새로운 문학을 위하여

ATARASHII BUNGAKU NO TAME NI
by OE Kenzaburo
Copyright ⓒ 1988 OE Yukari
All rights reserved.
Originally published in Japan by Iwanami Shoten, Publishers.
Korean translation rights arranged with OE Yukari, Japan
through The Sakai Agency and EntersKorea Co., Ltd.

이 책의 한국어판 저작권은 엔터스코리아를 통해 저작권자와 독점 계약한
21세기문화원에 있습니다.

새로운 문학을 위하여

오에 겐자부로 지음

이민희 옮김

21세기문화원

일러두기

1. 이와나미서점岩波書店에서 2023년 발행한 오에 겐자부로大江健三郎의
   『새로운 문학을 위하여新しい文学のために』38쇄본을 번역하였다.

2. 표기법은 국립국어원의 표준 표기법에 따랐다. 다만 책과 영화의 제목
   은 예전에 최초로 나온 표기를 따른 경우도 있다.

3. 책 제목과 각 장 제목은 원서 그대로 하되, 독자들이 알기 쉽도록 본문
   사이에 소제목을 새로 달고 삽화도 넣었다.

4. 강조점이나 따옴표 등은 가로쓰기의 부호를 중시하되, 단행본과 잡지는
   『』, 권과 기사는 「」, 영화와 공연은 〈〉로 표시하였다.

5. 오에 컬렉션 간행 위원회는 여러 번 원고를 윤독하며 우리말을 살리고
   전문 용어를 통일함으로써 최대한 번역의 완성도를 높였다.

오에 컬렉션을 발간하며

오에 컬렉션은 읽기와 쓰기를 향상하기 위해 기획되었다. 요즘 스마트폰 세대는 움직이는 영상은 익숙하지만, 고정된 활자는 그렇지 못하다. 만약 우리가 빨리 '보는 감각'만 앞세우면, 찬찬히 '읽고 쓰는 사고력'은 뒤처지기 마련이다.

시중에는 읽기와 쓰기 관련서가 많다. 하지만 주로 초급용이다. 보다 근본적으로 문제를 성찰하고 해결하려면 좀 더 수준 높은 '현대적인 고전'이 필요하다.

이른바 작가라면 소설 읽기와 쓰기에 대해 고민하지 않을 수 있겠는가. 오에 겐자부로大江健三郎는 일평생 치열하게 소설이라는 형식을 연구하고 그 방법을 다음 세대의 읽고 쓰는 이들에게 전하고자 노력했다. 이런 작가는 매우 드물다!

오에는 도쿄대 스승인 불문학자 와타나베 가즈오渡辺一夫의 가르침을 본받았다. 전 생애에 걸쳐 3년 단위로 뛰어난 문학자나 사상가를 한 명씩 정하여 집중적이고 체계적으로 읽어 나간 것이다. '오에 군은 숲속에서 샘물이 솟아나듯 소설을 쓴다'는 스승의 칭찬이 괜히 있는 게 아니었다.

하지만 국내에서 오에는 일본의 군국주의화를 반대하는 다양한 활동 때문에 '행동하는 지식인'의 이미지가 강렬하여, '소설가의 소설가'로 불리는 그의 소설에 대한 열정과 지식이 똑바로 부각되지 못하고 있는 형편이다.

이에 평소 오에를 연구해 오던 간행 위원회는 소설 읽기와 쓰기의 궁극적 단계에 이른 그를 한국의 독자들에게 충실히 알리고자 이 자리에 모이게 되었다. 노벨문학상 수상 작가인 그는 과연 어떻게 책을 읽고 글을 썼는가. 그것을 제대로 살피는 것이야말로 21세기에 걸맞은 오에 컬렉션을 기획한 목적에 부합하리라 믿는다.

오에 컬렉션은 평론 4권, 소설 1권의 전 5권으로 구성했다. 독자 여러분들은 제1권에서 제4권까지 읽기와 쓰기 이론의 정수를 경험하고, 그 이론이 실제 소설에서는 어떤 양상으로 표출되는지를 제5권을 통해 확인할 수 있을 것이다.

첫째, 『새로운 문학을 위하여』이다. 이 논집에서 오에 겐자부로는 단테·톨스토이·도스토옙스키 등의 작품들을 러시아 포멀리즘의 '낯설게 하기'라는 방식으로 새롭게 바라보는 것에서 출발한다. 그는 '문학이란 무엇인가, 문학은 어떻게 만드는가, 문학을 어떻게 수용할 것인가' 등과 같은 질문을 파고든다. 문학을 적극적으로 읽고 쓰기를 원하는 이들에게 그의 경험과 방식은 도움이 되리라 생각한다. 어쨌든 이 책은 이와나미신서 시리즈의 첫 번째 작품으로 배치될 만큼 대표적인 문학 입문서이다.

둘째, 『읽는 행위』이다. 이 논집에서 오에는 '독서에 의한 경험은 진정한 경험이 될 수 있는가, 독서에 의해 훈련된 상상력은 현실 속의 상상력일 수 있는가' 하고 묻는다. 그리고 곧바로 독서로 단련된 상상력은 확실한 실체로 존재한다고 답을 내린다. 이는 초기의 다양한 경험 부재에 대한 고뇌와 소설 쓰기 방법론의 암중모색을 거치고 터득한 십여 년에 걸친 장고의 산물이라 할 수 있다. 즉 작가 스스로에 대한 근본적 물음이자 확답, 그리고 독자들에 대한 선험자로서의 제언인 것이다. 이러한 작가 인식은 소설가라는 개인의 글쓰기와 읽기의 고민에서 출발하여 그것이 마을·국가 그리고 소우주라는 공동체의 역사와 신화를 이야기하는 집단적 상상력의 확대로까지 이어질 수 있음을 여실히 보여 준다. 읽는 행위를 통해 활자 너머에서 오에가 느꼈을 상상력의 자유를 독자 여러분도 감지할 수 있으리라….

셋째, 『쓰는 행위』이다. 작가로서 '읽는 행위'에 대한 효용성과 고민을 어느 정도 해소한 후 중견작가로서 본격적으로 '쓰는 행위'를 논한 창작론이다. 오에는 소설을 쓸 때의 스스로의 내부 분석부터 시작하여 시점·문체·시간·고쳐쓰기 등의 문제에 관하여 자신이 실제 소설을 쓸 때의 경험을 바탕으로 얻어 낸 것들을 일종의 임상 보고 형식으로 풀어내고 있다. 이렇듯 일반적인 소설 작법서와는 차별화된 오에만의 독특한 창작론은 새롭게 소설을 쓰려는 사람들은 물론이거니와 소설을 다양한 방식으로 읽고자 하는 독자들에게도 유용한 힌트가 될 것이다.

넷째, 『소설의 전략』이다. 제2권 『읽는 행위』와 제3권 『쓰는 행위』의 '작가 실천편'에 해당하는 평론이다. 오에가 장애를 가진 아들의 출생 등 자신에 닥친 고난을 소설 쓰기로 극복하고자 한 것은 잘 알려진 사실이다. 하지만 일반인이 현실의 역경을 소설이라는 '제2의 현실', '문학적 현실'로 바꾸는 것은 그리 간단한 일이 아니다. 이 책에서 오에는 어떻게 작가로서 소설을 통해 활로를 찾아 나갔는지를 밝히고 있다. 즉 자신의 실제 독서 경험과 창작 방식의 비법을 풀어놓으며 독자들이 소설의 '전략'을 터득할 수 있게 도와주는 것이다. 특히 소설이라는 형식에 그 누구보다도 의식적이었던 작가는 50대를 맞이하며 방법론적 연구와 고뇌가 절정에 이르렀다.

바로 그 전성기 때 이 책을 썼다. 작가의 경험과 지식은 물론 열정이 넘친다. 독자들은 소설의 형식을 익히며 현실 문제에 대한 해결의 실마리까지 얻을 수 있을 것이다.

다섯째, 『그리운 시절로 띄우는 편지』이다. 이 소설은 내용적으로는 『만엔 원년의 풋볼』, 『동시대 게임』을 잇는 고향 마을의 역사와 신화를 둘러싼 '구원과 재생'의 이야기인데, 형식적으로는 사소설의 재해석이라 부를 수 있을 정도로 난해하다. 하지만 이 작품은 완숙한 중년 작가의 방법적 고뇌가 함축되어 있는 소설이라 할 수 있다. 소설가가 발 딛고 있는 동시대라고 하는 무대를 역사로 쓰는 것과 소설로 쓰는 것에 대한 고민이 절실히 느껴진다. 주인공 '나'가 '기이 형'에게 평생 부치겠다는 편지는, 소설가로서 쓰는 행위를 이어가겠다는 오에 자신의 결의의 표현이자 소설이란 형식이 아니면 자신의 이야기를 풀어낼 수 없다는 독자들을 향한 외침이다. 제1권~제4권으로 소설 쓰기와 읽기를 익힌 독자라면 반드시 일독을 권한다. 쓰기와 읽기의 이론이 어떻게 소설화되는지 그 구체적 과정을 직접 확인할 수 있다.

인생을 다시 고쳐 살 수는 없다. 그러나 소설가는 다시 고쳐 쓸 수가 있다. 그것이 다시 고쳐 사는 일은 아니라고 하더라도, 애매하게 살아온 삶에 형태를 부여하는 일이 될 것이다.

무언가를 읽고 그것을 토대로 무언가를 쓰는 행위는 위의 오에 말처럼 인생의 의미를 명확히 하는 일임과 동시에 참다운 나를 찾아가는 과정이기도 하다.

　국내의 오에 전문 연구가들이 한데 모여 오에의 진가를 알리고 읽기와 쓰기에 치열했던 작가의 고뇌와 결과물을 이제 '오에 컬렉션'이라는 형태로서 공유하고자 한다. 소설가이자 문학부 교수인 마치다 코우町田康가 간행 위원들의 마음을 대변하고 있어 소개로 갈음한다.

　　소설을 읽고자 하는 사람, 또 쓰고자 하는 사람은 프로든 아마추어든 이 책을 읽어라! 나는 무척이나 반성하면서 반쯤 울었다.

　아무쪼록 독자 여러분들이 오에 컬렉션을 통해 격조 높은 작품들을 감상하면서 읽기와 쓰기의 세계도 더 즐길 수 있는 계기가 되길 진심으로 바란다.

2024년 1월
오에 컬렉션 간행 위원회

차 례

제3부 새로운 문학의 미래

제1부
새로운 소설 방법론

1. '소설의 목소리'를 듣다

새롭게 문학을 바라보며

나는 이 책을 쓰기 바로 전에 장편소설『그리운 시절로 띄우는 편지』를 끝냈다. 교정쇄를 검토하는 단계에서 담당 편집자가 내게 다음과 같은 질문을 던졌다. 그것이 문학에 대한 생각을 새롭게 정리하는 계기가 되었다.

"『그리운 시절로 띄우는 편지』에는 두 건의 치명적인 '사고'가 일어나서 주인공의 운명을 뒤흔듭니다. 먼저 성적인 동기로 인한 살인인데요. 피해자한테는 당연히 무서운 사고겠지만, 가해자 역시 사고라고 할 수밖에 없는 측면도 있지 않을까요? 마치 첨부터 정해 놓은 인생 목표인 양 줄곧 성적 살인을 마음속에 품고 살다가 결국 범행을 저지르고 마는 경우는 극히 드물 테니까요….

주인공이 암에 걸리는 것도 그래요. 암 또한 몸속에서 느닷없이 올라온다는 점에서 당사자로선 사고가 아닐 수 없거든요.

오오카 쇼헤이大岡昇平의 『무사시노 부인武蔵野夫人』을 보면, '사고가 아니면 비극은 일어나지 않는다. 그것이 20세기이다.'고 했죠. 전후문학을 읽고 자란 우리 세대에게 사고 하면 가장 먼저 떠오르는 구절이랍니다."

나는 곧바로 대답했다.

"맞습니다. 20세기도 저무는 이때, 비극적인 사고로 가득 찬 이 세상에서 어떻게 주체적으로 책임을 지고 힘닿는 한 싸울 것인가 하는 문제는, 동시대를 살아가는 우리가 안고 있는 근본적인 주제라고 생각합니다. 내가 만든 주인공 또한 처음 터진 사고도 그렇고 두 번째 사고도 그렇고, 주체적으로 책임지려 애쓰다가 결국 죽음을 맞이하잖아요. 하지만 그것은 자기주장에 따른 행위로서의 죽음입니다.

핵무기나 원자력발전 사고를 생각하면 문제는 더 커집니다. 굳이 설명할 필요도 없이 분명합니다. 반대로 개인적인 방향으로 좁혀 보자면, 우리 집에 뇌 장애가 있는 아이가 태어나는, 『그리운 시절로 띄우는 편지』에도 쓴 것 같은 사고가 일어나는 것이겠지요. 그런 사고를 가족이 다 같이 주체적으로 받아들이면서, 그야말로 삶도 문학도 결정되는, 그런 경험을 거듭해 왔습니다. 이십여 년 동안 내 안에서 굳어진 주제랍니다."

실제로 이렇게 만들어진 나는 이 세상과 사회 그리고 인간에 대해 생각하고 느낀 대로 글을 써서 한 편의 긴 소설을 완성했다. 이와 마찬가지로 '문학이란 무엇인가', '문학을 어떻게 만들 것인가', '어떤 식으로 문학을 받아들일 것인가', '삶 속에서 문학을 어떤 용도로 쓸 것인가'에 관해 쓰려는 이 책 또한 자연스레 방법이 떠오르는 것 같았다.

요컨대 무엇을 소설의 주제로 잡을 것인지, 소설을 쓰면서 인간으로서 자신이 처한 시대를 어떤 식으로 이해하며 살아갈지를 이야기하는 방식으로 나아가면 된다. 그것은 마치 이제 막 완성한 소설을 실제로 살아 있는 작가의 속사정을 털어놓으며 다시 이야기하는 것과 같다. 이렇게 하면 자연스레 읽는 이의 관심을 끌게 될 것이다.

소설의 방법론

그러나 나는 여기서 다른 길로 가고자 한다. 소설이 어떤 지적인 방법으로 만들어지는지 그중에서도 상상력이 어떤 역할을 하는지 원리적인 방법으로—따라서 일단은 한 사람의 작가로서 품고 있는 신조를 밝히는 레벨에서 벗어나—쓰고 싶다. 내가 이렇게 생각한 데에는 지금까지 일본에서 방법론 중심으로 소설을 이야기하는 방식이 적극적으로 시도된 적은 거의 없기 때문이다.

나만 해도 20대라는 이른 나이에 소설을 쓰고 발표한 사람으로서 줄곧 소설의 방법에 관한 책을 찾아왔다. 일찍이 대학교에서 문학을 배웠으며, 그전부터 그리고 이후로도 소설과 시 읽기로 일상을 보내면서 늘 방법론이 필요했으니까. 한마디로 자신이 눈앞에 있는 책을 받아들임과 동시에 비평도 가해야 했기에 객관적 척도가 절실히 필요했다는 말이다.

문학에 대해 구체적이고 이론적으로 깊이 생각해 본 사람이라면, 객관적 척도라는 말이 상당히 모호하다는 사실을 알고 있을 터이다. 서로의 속마음을 잘 아는 친구 사이라 해도, 하나의 작품을 두고 두 사람이 공유하는 객관적 척도가 얼마나 두루뭉술한 것인지, 아주 잠깐 말을 섞어 보기만 해도 바로 알 수 있다. 이미 겪어 봐서 알고 있지 않은가? 문학이, 구체적으로 소설이나 시가, 한 사람 한 사람에게 수용될 때까지 밟아야 하는 절차는 또 얼마나 성가시고 많은지…. 이렇게 놓고 보면, 문학을 이루는 말이라는 단위 자체가 참으로 버거운 분석 대상이다.

그렇다고 해서 소설을 쓰면서 혹은 소설을 읽으면서—시도 마찬가지로—어떤 객관적 척도에 의한 비평, 스스로 그런 비평을 기꺼워하고 마음속으로 동의할 수 있는 비평을 꿈꾸지 않은 이가 있을까? 과연 자기만의 밀실에 뿌리내리고 쓴 글을 타인이 쉬이 받아들일 수 있을까? 개인적인 사항으로 가득 찬 글을 타인이 어떻게 이해할 수 있을까? 그것도 깊숙한 곳에 고이 간직해 둔 지적 자양분이 듬뿍 담긴 한 방울의 꿀을 상대가 받아먹도록 하면서? 이런 의혹은 누구나 한 번쯤은 품어봤을 것이다. 게다가 우리는 자신의 작품을 쓰고 혹은 타인이 쓴 작품을——멀리 떨어진 나라와 먼 시대의 외국어로 된 작품까지——마음을 다해 읽는….

가 보지 않아도 버거운 길임에 뻔하고 성공하기 어려운 일일지라도, 나와 함께 문학에 대한 객관적 척도를 모색해 보지 않겠는가? 문학을 만들어 내고 문학을 받아들이는 방법적이고도 원리적인 문제에 관해 신뢰할 수 있는 이론을 만들고 싶다. 이렇게 정립된 이론을 객관적 척도로 삼아, 공동의 장에 모였다가 다시 개인의 작업장으로 돌아가는, 그런 방법을 나와 함께 찾아보지 않겠는가?

새로운 문학 입문서

나는 이미 십 년 전에 이런 생각으로 『소설의 방법』(이와나미현대선서)을 썼다. 지금 이 책은 한 손에 쏙 들어오도록 더 핸디형으로 구성하고 거기에 새로운 내용을 더해서 채울 생각이다. 작가로서 분기점에 서 있음을 직감한 나는, '문학 입문'이라 할 만한 글을 써서 지금 내가 어느 지점에 서 있는지나 스스로 확인해 보고 싶기 때문이다. 최근 십 년 사이, 내가 만든 방법론을 따라 일하면서 사고도 깊어졌고, 이해를 도울 믿을 만한 자료도 얼마간 모을 수 있었다.

무엇보다 앞으로 소설이나 시를 쓰고 적극적으로 소설과 시를 읽으려는 젊은이들에게 메시지를 보내고 싶은 마음이 십 년 전보다 더 절실해졌다. 현재 일본 문학의 ─ 특히 '순문학', 즉 진지한serious 소설의 ─ 쇠퇴는 이미 저널리즘의 상투어가 되었다. 정말이지 '순문학'을 쓰고 읽는 일로 하루하루를 보내는 나도, 그 쇠퇴는 부정할 수 없는 현상으로 ─ 더욱이 상당히 오랫동안 계속되었고 앞으로도 지속될 현상으로서 ─ 자각할 정도다.

쇠퇴는 회복해야만 하고 원래 상태로 돌아가리라 믿는다. 하지만 착실하게 되돌아갈 길을 만들 당사자 역시 앞으로 소설이나 시를 적극적으로 쓰고 읽을 젊은이들이다. 젊은 사람에게 희망을 거는 나는, 내 생각을 문학의 원리와 방법론으로 풀어놓으면서 그들과 이야기를 나누고 싶다.

예를 들어 그들에게 러시아 포멀리즘의 '낯설게 하기(異化)'를 이해시키려면, 그것은 문학의 원리를 실로 명쾌하게 제시하고 있지만, 구체적으로 작품을 따라가며 문학론을 말로 풀어 보면 곳곳에서 설명하기 까다로운 난관에 부딪힌다. 그만큼 의미가 광범위하다는 뜻이다. 상황이 이러하니 나는 내가 할 수 있는 '문학 입문'을 만들면 된다는 식으로 단순하게 마음먹는다. 하지만,──『소설의 방법』이 그랬던 것처럼──내 의도와는 무관하게 난해한 비평에 또다시 맞닥뜨리게 될지도 모른다. 이런 걱정을 한가득 끌어안으면서도 나는 원리·방법론에 따라 이 책을 쓰고 싶다. 이 방법 말고는 일반적이고도 확실하게 문학을 전달할 길이 없기 때문이다.

게다가 나는 이 책『새로운 문학을 위하여』를 끝맺으면서 작가의 삶을 살다가 '마지막 소설'로 삼을 작품의 구상에 관해 이야기하려 한다. 내가 말미에서 소개할 소설은 올여름 히로시마広島에서 열린 심포지엄에서 사람들 앞에서 말한 내용과 이어진다. 그것은 문학의 원리·방법론이라기보다는 20세기가 저물어 가는 무렵 어떻게 살아갈 것인가 하는, 실로 사적인──사회·세상을 바라보는 태도 자체가 사적이지만 ──신념 고백이 될 터이다.

어째서 그런가? 젊은이들에게 문학에 관해 이야기하려는 지금, 삶에 대해 말하지 않고서 도저히 이야기를 매듭지을 수 없으리라는 생각이 들었기 때문이다. 나는 원리·방법론의 장에서 이렇게 논리를 세운 한 작가의 내면에는 20세기 말을 향해 가며 어떻게 소설을 쓰고 살아갈 것인지, 무엇을 쓸 것인지에 대한 고민이 늘 함께하고 있었음을 보여 주고 싶다.

그래도 마지막 장이 너무 뜻밖의 구성이 되지 않도록, 이 과정을 이해하기 쉽게 연결 고리를 심어 두려 한다. 원리·방법론을 폭넓게 이해할 수 있도록 쓰겠지만, 나는 기술자처럼 메마르고 중립적인 마음은 품지 않으리라….

밀란 쿤데라의 소설 쓰기

요즘 내가 어떻게 지내는지 이른바 '자전적 소설'을 한 편 쓰는 것보다는 더 객관적으로 나의 사정을 설명하고 싶다. 그것은 바로 20세기를 보내며 세상에서 가장 곤란한 처지에 놓여 있는 한 사람의 작가와 그의 초상을 스케치하는 것이다. 이 작가는, 자기 작품에 관해 이야기할 때 인용하는 말에서 알 수 있듯이, 동시대를 살아가는 우리 가운데 진정으로 의식적인 ─ 즉 방법적·원리적인 사고를 거듭해 온 ─ 작가 가운데 한 사람이다.

체코슬로바키아 작가 밀란 쿤데라. 그는 현재 나와 비슷한 나이로 파리에서 출판한 ─ 체코어로 쓴 소설을 친구와 함께 프랑스어로 옮긴 듯한 ─ 『웃음과 망각의 책』이 계기가 되어 고국에서 시민권이 박탈되었다. 그 단편집은 방법적으로 첨예한 연작이다. 절실한 주제를 담은 개별 작품들이 저마다 겹치면서 미묘하게 깊어지고 되돌아가다가 엇갈리기를 거듭하며 나아간다. 나는 그것을 영역본(킹펭귄판)으로 읽었다. 쿤데라를 지지하는 뛰어난 서구 작가들의 강한 공감의 말도 함께 보았다.

1979년 이 책을 출판하기까지 쿤데라가 살아온 궤적을 거슬러 올라가 보자. 그는 1975년 파리에 정착했다. 1968년 소비에트 전차가 체코슬로바키아로 쳐들어온 후, 그는 직업을 잃었고, 자기 저작이 모조리 공공도서관 밖으로 밀려나는 장면을 목격해야 했다. 그런 쓰라린 일을 겪고 나서 『웃음과 망각의 책』이 출간된 것이다. 쿤데라가 영화계에서 체코에 '새로운 바람'을 불러일으킬 힘 있는 교사였고, '프라하의 봄'에서 젊은이들에게 가장 큰 지지를 받는 작가라는 항간에 떠도는 소문은 여기 일본까지 전해져 왔다….

쿤데라는 이 단편집에 처음 나오는 작품을 1948년 클레멘트 고트발트가 체코 공산당 정권 수립을 성명한 날부터 쓰기 시작했다. 프라하에 있는 바로크식 궁전의 발코니였는데, 그때 마침 눈이 내리기 시작했다. 머리털이 빠져 벗어진 고트발트는 딱하게도 모자를 쓰고 있지 않았다. 옆에 있던 동지 클레멘티스가 이를 안쓰럽게 여겨 자신의 모자를 건넸다. 나중에 클레멘티스는 반역죄로 교수형을 당했다. 공산당이 배포하고 기록한 모든 사진에서 예의 기념할 만한 날의 클레멘티스의 정경은 자취를 감췄다. 고트발트의 머리를 덮고 있는 클레멘티스의 모자만을 남긴 채. 쿤데라는 "1971년에 일어난 일에 대해 미레크는 권력에 대한 인간의 투쟁은 망각에 대한 기록의 투쟁이라고 말했다."며 작중인물의 입을 빌려 썼다.

이 책에서 쿤데라는 '천사의 웃음'과 '악마의 웃음'을 대비하여 보여 준다. 하늘의 신이 처음 이 세상을 만들었을 때, 천사의 역할은 세상 모든 것을 긍정하는 자였다. 그러자 악마가 웃는다. 신이 만든 세상에서 빈틈을 찾아내서는. 천사된 도리로 당연히 되받아쳐 웃어 줘야지. 아니다. 신이 만든 세상은 모두 올바르고 좋은 것뿐이라고 알려 줘야겠다. 여기에 뿌리내린 두 개의 웃음, '천사의 웃음'과 '악마의 웃음'.

이 두 가지의 웃음을 어떻게 정의해야 할지 미국 작가 필립 로스가 묻자 쿤데라가 답했다.

"음…, 그러니까 둘로 만들어진 인간의 형이상적 태도를 표현키 위해 똑같은 하나의 생리적 표현, 즉 웃음을 쓴 겁니다. 막 파헤쳐진 무덤 속 관 위로 누군가의 모자가 떨어졌다고 생각해 보세요. 그로 인해 장례 의식은 의미를 잃고 (악마의) 웃음이 새어 나오겠지요. 연인끼리 두 손을 맞잡은 채 오솔길을 내달리면 어떨까요. 웃으면서 말이죠. 그들의 웃음은 장난도 해학도 아닌 살아 있음을 기뻐하는 표현이에요. 그야말로 천사의 웃음 그 자체죠.
이들의 웃음이 모두 생의 기쁨에 속합니다. 그러나 그것이 극단으로 치달으면 이중의 세계가 끝나는 종말apocalypse의 표징이 된답니다. 광적인fanatic 천사들의 열광적 웃음. 그들은 세상에 의미가 있음을 확신한 나머지 자신들의 삶 속에서 기쁨이 되지 않는 것을 언제든 목 졸라 죽일 수 있습니다. 자신들의 삶 속에서 기쁨이 되지 않기 때문이죠. 그리고 반대편에서 들려오는 또 하나의 웃음. 그것은 모든 것을 무의미하게 보아 장례 의식마저 비웃고 희롱합니다. 그들한테는 그룹섹스도 코믹한 팬터마임에 불과하거든요. 이처럼 인간 생활은 깊게 팬 두 개의 틈을 경계로 나뉘어 있습니다. 한편은 광신주의로, 또 한편은 절대적인 회의주의로."

이런 두 개의 웃음 속에서——거듭 강조하건대——가장 가혹한 삶을 살아가는 현대의 지식인이자 망명 작가로서 계속 일하는 불굴의 쿤데라! 그는 소설 쓰기 자체를 어떻게 생각할까? 과연 그가 생각하는 문학의 역할은 무엇일까?

"나는 페시미즘이란 말에도 옵티미즘이란 말에도 주의를 기울여 왔습니다. 소설은 그 무엇도 확신하지 않아요. 단언하진 않죠. 소설은 다양한 문제를 찾아내서 눈앞에 펼쳐 놓는 것입니다. 나는 우리 국민이 멸망할지 안 할지 알 수 없으며, 내가 만들어 낸 인물 가운데 누가 옳은지도 모릅니다. 나는 그저 몇 가지 이야기, 즉 스토리를 만들어 하나하나 마주 보게 할 뿐입니다. 이런 방식으로 서로 질문을 던지게 하는 거죠. 사람들의 어리석음은 매사에 정답을 가진 데서 오는 것입니다. 돈키호테가 세상 밖으로 나왔을 때, 그의 눈앞에 펼쳐진 세상이 갑자기 신비롭게 변했습니다. 그것이야말로 유럽 최초의 소설이 그 뒤를 잇는 소설의 역사 전체에 퍼뜨린 유산이 아닐까요. 작가는 독자가 세상을 향해 질문함으로써 세상을 이해할 수 있도록 가르쳐야 합니다. 그런 태도 속에 지혜와 관용이 있습니다.

신성시하며 감히 침범해선 안 된다는 확신 위에 세워진 세상에서 소설은 죽습니다. 전체주의적 세계란 ― 마르크스주의나 이슬람 교리처럼 그 어떤 것에 뿌리내린 것이라 해도 ― 질문을 던지기에 앞서 답부터 내놓는 세계입니다. 질문보다 답이 우선인 거죠. 그런 곳에 소설이 머물 자리는 없답니다.

여하튼 오늘날 전 세계 사람들은 이해하기보다는 판정 내리는 걸 즐기고 묻기보다는 대답하는 걸 중히 여기는 듯합니다. 잡다한 것들이 꽉 들어찬 인간의 우매한 확신 속에서 소설의 목소리를 듣기는 어렵겠지요."

장소만 다르지 쿤데라가 말하는 현대를 살아가는 한 사람의 작가로서 나 또한 기쁨인지 노여움인지 모를 무언가가 가슴속에서 치밀어올랐다. 비록 기세는 늠름하고 씩씩하지 않을지라도. 어디에다 누구한테 호소해야 할지 언제 내 목소리가 가닿을지 모르지만, 어디선가 기도 소리가 울려 퍼지는 것이 느껴졌다. 그러나 쿤데라가 말한 대로 현대가 이러하니 직접 이야기하기에 앞서, 소설이라는 말의 장치라는 방법과 상상력이라는 인간의 마음을 움직이는 기능에 관해 깊이 생각하는 것에서 이 책을 시작해야겠다고 느꼈다. 소설의 목소리를 듣기 위한 방법적·원리적 기반을 만드는 것이야말로 지금 당장 필요한 일이니까.

2. 다양한 레벨에서 관계 맺기

『그리운 시절로 띄우는 편지』와 『신곡』

앞서 밝혔지만 나는 『그리운 시절로 띄우는 편지』를 완성하고 나서 문학이란 무엇인가, 문학을 어떻게 만들 것인가, 어떤 식으로 문학을 받아들일 것인가, 삶 속에서 문학을 어떻게 쓸 것인가에 관한 책을 쓰려고 준비했다.

노트나 자료를 읽는 한편으로 친구들에게 보낼 완성본의 서명 옆에 찍으려고 생각해 둔 낙관의 도안을 카드에 그려 본다. 이리저리 궁리해 가며 그린 도안을 조각칼로 지우개에 새긴다. 그렇게 만든 인장을 고무의 윤곽이 해질 때까지 책상 한 귀퉁이에 올려 둔다. 대학에 나가거나 젊은 엄마들의 모임에 강연 등으로 참석할 때, 책에 서명해 달라는 부탁을 받으면 내 이름을 적어 주는 것만으로는 뭔가 부족하다 싶어 주저하게 된다. 그래서 살짝 재미를 보탠다는 마음으로 이 도장과 인주를 가방 속에 넣고 다닌다.

그러면 『그리운 시절로 띄우는 편지』를 위한 도장을 보자. 이 장편은 전쟁이 한창 벌어지던 때부터 1945년 전후에 걸쳐 시코쿠四國의 깊은 숲속에 자리 잡은 작은 마을에서 유소년기를 보낸 내가, 어떻게 문학을 만나게 되었는지, 삶의 방향이 어떻게 문학으로 정해졌는지, 어떻게 살아왔는지, 그리고 소설을 어떻게 써 왔는지가 하나의 주제로 이어져 있다. 작품 전체에 단테의 『신곡』이 빛을 발하며 가로지르는 방식으로 써 내려갔다.

그러니 간행을 기념하며 지우개 도장을 만들어야 하는 지금, 단테를 인용하는 것으로 이 책의 출발로 삼고 싶다. 기나긴 소설을 쓰는 와중에도 집필에 앞서 삼 년 정도 매일 읽었을 때도 『신곡』은 번역본이나 원전을 펼칠 때마다 너무나 다양한 방식으로 나를 사로잡았다. 이처럼 사람의 마음을 움직이는 여러 기능을 단 한 줄로 표현할 수 있을까?

한 줄, 그도 아니면 반 줄이나 짧은 한 구절로 골라내야 하는 까닭은, 아마추어의 기술로 보나 지우개에 새겨 넣을 글자 수로 보나 길이에 제한이 있기 때문이다. 내가 소설을 쓰고

완성하도록 만든 『신곡』은 나에게 소중한 작품이다. 그래서
그것이 나를 이끈 핵심을, 『신곡』을 단 한 줄로 표현하는 데
서 찾고 싶다. 친구들에게 그리고 서명을 부탁하는 사람들에
게 나는 단테를 이렇게 읽었다며──모두 다 털어놓지는 못
하더라도──단테에 가닿을 수 있는 메시지를 전하고 싶다.
그러기 위해 한 줄 혹은 반 줄의 인용이….

완성한 장편은 오랜 세월 나와 연락을 주고받던 친구에 관
한 이야기이다. 그는 나의 소년 시절부터──소설에서 말하
는 '나'는 픽션의 요소가 여럿 덧붙어 있지만──패트런 역할
을 맡은 '스승[師匠]'으로, 내가 산골짜기에서 도쿄로 나와
작가 생활을 막 시작할 무렵부터 나와 편지로 이어지고 있
다. 그는 평생 마을에 남아서 『신곡』을 읽는 일로 삶을 지탱
하지만, 결국 험한 일을 당해 죽고 만다. '나'는 친구와 자신
그리고 가족들이 연옥의 섬으로 불리는 해안가로 향하는 꿈
을 꾼다.

소설의 전개가 이러하니, 이 책 『새로운 문학을 위하여』의
출발로서 『신곡』의 「연옥」 첫머리에 나오는 구절이 알맞은
것 같다.

> 그토록 참혹한 바다를 뒤로하고
> 더 좋은 물살을 헤쳐 나가기 위해
> 내 재능의 조각배에 돛을 올리네.

연옥의 이야기를 시작하려는 단테의 결의가 느껴지는 부분으로, 글자 수를 생각해서라도 행 중에서 '돛을 올리네'라는 글귀만 간단한 범선 그림의 돛 가운데에 파 넣고 싶었다. 그래서 그 부분 'alza le vele amai'의 도안을 스케치하자 이번에는 'la navicella'(조각배)라는 이탈리아 말이 나를 끌어당겼는지 내가 이 한 구를 읊조리고 있다는 사실을 깨닫게 되었다. 물론 '내 재능의 조각배'를 이어 붙이면 조그마한 지우개 밖으로 당장이라도 밀려날 지경이지만….

이렇게 놓고 보면, 「연옥」에서 가장 아름다운 곳은 끝맺음에 나오는 한 구절이다.

성스러운 물결에서 돌아오면
마치 새싹이 돋아난 어린나무처럼
모든 것이 새롭기만 하여라

깨끗해지니 별들에게 이르기에 마땅하도다.

『신곡』은 작중인물로 맑고 푸릇푸릇한 삶을 여실히 보여주었다. 환희에 찬 삶이야말로 소설 전체를 관통하는 주제가 아닐까 싶다. 어린나무처럼이라고나 할까, come piante novelle….

나는 소설을 쓰면서 『신곡』을 읽고 또 읽었다. 그때마다

나 자신에게 그것을 잘 이해하기 위해 소설을 쓰고 고치기를 되풀이하고 있는 것은 아닌지 묻곤 했다. 내가 그렇게 느낀 데에는 작품 전체를 매듭짓는 끝맺음에 나오는 한 구절에 초점이 맞춰져 있다. 기독교 신자가 아닌 한 사람의 동양인이지만, 가능한 한 깊이 알고 싶었던 사상은 역시 마지막 구절에 담겨 있는 것 같다.

　　나의 드높은 상상은 여기에 이르러 힘을 잃고
　　나의 소망은 한결같이 움직이는 수레바퀴처럼
　　힘없이 사랑에 휘둘린다

　　태양과 세상의 모든 별을 움직이는 사랑으로.

　이처럼 긴 글자를 잘게 파면, 어쩌면 '태양과 세상의 모든 별을 움직이는 사랑으로'에 해당하는 l'amor che move il soleel'altre stelle의 한 행은 지우개 안에 들어갈지도 모른다. 그렇게만 된다면야 태양과 별을 그림으로 그려서….

　이처럼 지우개에 새겨 넣을 수 있는 한 구절을 찾는다는 핑계로 『신곡』을 다시 읽으면서, 나는 단테의 작품과 다양한 레벨에서 관계를 맺고 있음을 깨달았다. 지금부터는 이점을 염두에 두고 보자.

일상어와 문학어

나는 소설이나 시를 만들어 내는 말을 '문학 표현의 말'이라 하겠다. 이는 일상생활에서 쓰는 회화나 편지 또는 신문의 정치면·사회면에서 볼 수 있는 활자, 관공서의 문서와 같은 말과는 대비되는 것이다. 그렇다고는 해도 문학 표현의 말이 처음부터 일상·실용에서 쓰는 말의 의미나 소리와 전혀 다른 말이었던 것은 아니다. 단테가 살던 시대, 그가 머물던 대지의 말로 생생하게 묘사한, 지옥에서 신음하는 자들의 목소리는 분명 문학을 표현하는 말이다. 그러나 단테가 거리를 걷다 처음 들은 시끄러운 소리는 일상·실용의 말이었다.

소설과 시는 일상·실용에서 쓰는 말의 의미와 소리에 그치지 않고, 이를 더 잘 살려서 문학 표현이 쓰는 독특한 예리함과 무게감을 찾아내어 정착시키는 작업이라 할 수 있다. 소리를 소리가 아닌 리듬으로 넓혀서 보면, 가령 젊은 가인 다와라 마치俵万智가 읊은 단카短歌가 지닌 특성을 바로 알아차릴 수 있다.

"이 맛이 좋아." 하고 네가 말했으니까
7월 6일은 샐러드 기념일.

집집이 일상·실용에서 쓰는 "이 맛이 좋아"라는 발언은 매일같이 쓰는 말이다. 이런 말이 내 귀에 들려오면 그냥 지나쳐 버린다. 내가 숨을 쉬고 있다는 사실을 딱히 의식하지 않는 것과 마찬가지로, 그것이 일상·실용에서 쓰이는 말의 방식이다.

그런데 만약 이 말을 노래라고 생각하고 읽으면, '그치 이 맛이 참 좋아'라는 말이 마음속에 머문다. 시가를 읊듯 리듬을 타면, 옆으로 미끄러지듯 우리의 의식 표면을 지나쳐 가는 대신 몇 초 동안 아래로 가라앉듯 의식 속으로 들어온다. 젊은 연인들끼리 이런 말이 오간다면, 머릿속에 그 말이 맴돌아 그날을 '샐러드 기념일'로 부르고 싶으리라. 그도 그럴 것이 이 시를 통해 '그치, 이 맛이 참 좋아'라는 말이 특별해질 테니까.

『신곡』의 다양한 감동

다시 단테로 돌아가자. 『신곡』은 일상·실용의 말을 문학 표현의 말로 새로 쓴 작품이다. 우리는 다양한 레벨에서 그것이 전하는 문학적 감동을 확인할 수 있다. 내가 지우개 도장에 새기기 위해 고른 말로 표현하자면, '조각배navicella'가 그것이다. 아니면 단테의 「천당」에서 가장 중심이 되는 사

36

상을 한마디로 나타낸 말, '사랑愛(amor)'도 있다. 「지옥」에서 자살한 인간이 나무가 되어 괴로워하며 슬퍼하는 정경을 읽거나, 「연옥」에서 맑고 깨끗한 재생의 이미지를 전하는 '새롭게 거듭나는 어린나무처럼'이라는 한 구절을 읽고 나면, '나무piante'라는 한마디도 특별한 말로 가슴에 새겨질 것이다.

또한──나처럼 하이쿠俳句나 단카를 읊는 나라에서 태어난 사람은 특히 이런 방식에 익숙하지만──문학 표현의 말은 어떤 한 구절 또는 문장의 한 덩어리 레벨로 받아들인다. 사람은 일정 나이가 되면 어린 시절이나 한창 청춘이었을 때 어떤 문학에서 감명을 받았는지 남에게 털어놓는다. 그런 얘기를 나누는 과정에서 상대가 감동한 문학에 공감하는 경험을 얻게 된다. 가장 또렷하고 구체적으로 공감할 때는 시구나 문장의 한 구절을 분명히 밝힐 때이다. 그렇다고 해서 반드시 텍스트에 나온 어구를 그대로 인용할 필요는 없다. 하나의 구, 하나의 절이 표현한 것을 자기식으로 받아들인 것이면 된다. 다소 잘못 외워 인용한 것이 더 설득력이 있는 법이다. 하이쿠나 단카를 비롯해 일정한 틀이 갖춰진 정형시는 거의 텍스트 그대로 기억할 수 있지만, 산문일 경우는 글자 그대로 축어적逐語的으로 기억하는 것은 쉬운 일이 아니다. 그러나 문장의 메시지를 정확히 파악하고 있으면, 어느 정도는 기억하고 있다고 확신할 수 있다. 우리는 인용을 통해 그 것을 이야기한다. 아무튼 문장의 한 구절을 정확히 기억하도록 노력하는 것은 앞으로 젊은 사람들한테 많은 도움이 될 것이다.

앞서 인용한 단테의 시구로 말하면, '태양과 세상의 모든 별을 움직이는 사랑으로'라는 「천당」의 맺음말이나 「지옥」을 시작하는 첫 구절이 이에 해당할 것이다.

　나는 바른길을 잃은 채
　인생의 여정 한가운데서
　어느 어두운 숲속에 있네.

그리고 단테가 베르길리우스에 이끌려서 들어가는 지옥문에 새겨진 비문은, 모리 오가이森鷗外를 비롯하여 많은 일본 문학자들의 가슴에 깊이 각인되어 왔다.

　나를 거치면 번민의 도시가 있고
　나를 거치면 영원한 고뇌가 있으며
　나를 거치면 멸망한 족속이 있다.

이처럼 문학작품은 시구의 한 구절, 문장의 한 구절 레벨에서 포착된다.

지옥문 위의 비문 윌리엄 블레이크의 『신곡』삽화(1826).

문학작품 중에서도 특히 산문이 그러하고, 시라 하더라도 서사적이거나 일정 길이가 되는 것이 그러한데, 신화·이야기 차원에서 하나의 작품과 깊은 관계를 맺으면 오래 기억할 수 있다. 『신곡』의 경우, 앞서 말한 「지옥」 제13곡에 나오는 자살자의 숲에 해당하는 삽화만 해도, 읽는 이에 따라 저마다 다양한 관계 맺기를 하고 있을 것이다. 나는 「지옥」 제26곡이 강렬하게 다가왔다. 한번 고향으로 돌아간 율리시스가 재차 여행길에 올라 지중해를 가로질러 북아프리카와 스페인이 맞닿아 곳을 이룬 해협을 건너 세상 밖으로 나가는 삽화에서 어찌나 마음이 흔들리던지. 율리시스는 함께 배를 탄 동지들을 독려하면서 이렇게 말한다.

아, 수많은 위난을 겪고
서쪽으로 떼 지어 가는 형제들이여
그대들은 태양을 따라

남아 있는 오감을 일깨워
사람 없는 세상에 알리거라
너희들의 뿌리를 생각하라고

너희는 정녕
짐승처럼 살기 위해 태어난 것이 아니라
덕과 지식을 구하기 위함이었나니.

율리시스 윌리엄 블레이크의 『신곡』 삽화(1824).

이어서 저 멀리 남반구 바다에서 연옥의 산을 올려다본 순간, 난파하고 마는 삽화.

물론 우리는 문학작품 전체를 통해 감명을 받는다. 『신곡』의 「지옥」, 「연옥」, 「천당」 세 편이 저마다 감동을 선사하고 전편이 그러하듯 이는 두말할 필요도 없다. 작품이 그려 낸 인물상 또한 인물 레벨에서 우리에게 주는 감동이 있고, 작품의 사상적 메시지가 주는 감동이 있다. 개중에는 나처럼 『신곡』에 관한 논문에 이끌려 작품을 새롭게 바라보게 된 사람도 있을 터이다. 논문은 지옥에서 천국까지 등장한 인물을 살펴봄으로써 단테가 회심回心에 이르는 과정을 좇았는데, 그것은 회심한 시인이 전향conversion하는 과정을 스스로 표현한다는 사상적 과제를 달성하는 차원에서 『신곡』을 다시 읽은 것이다.

다양한 읽기의 효과

내가 『신곡』을 예로 들어 다양한 레벨에서 작품 읽기를 살펴본 까닭은, 문학작품이 다면적으로 읽어야 하는 대상이라는 점을 설명하기 위함이다. 그것은 다방면으로 읽는 이의 마음을 움직일 수도 있다. 하나의 작품을 나이가 들면서 여러 번 다시 읽어 보기를 적극적으로 추천한다. 왜냐하면 의식적으로 다양한 읽기를 시도할 때, 연령대에 따라 자신을 강력하게 흔드는 레벨이 변한다는 사실을 깨닫기 때문이다. 세월이 흐르면서 지금까지 이해한 차원이 겹치고 합쳐지면서 읽는 능력이 제대로 갖춰진다. 더군다나 젊었을 때 맛본 생생한 감동은, 한 차원 읽는 법을 끌어올린 기억으로 인해 새로운 읽기에 파묻히는 일 없이 언제까지나 그리움으로 남아 빛을 발한다.

문학작품 전체 레벨에서 해당 작품에 대한 감명이 해를 거듭할수록──또는 해당 작품의 작자에 관한 공부를 거듭하면서──바뀌고 깊어진다는 사실은 다들 알고 있을 것이다. 그렇지만 변하는 가운데서도 하나하나 짚어 가며 나아간다면, 말 하나로 마음이 움직이고 질적으로 변화가 일어난다는 사실을 발견할 수 있다. 예전에는 충격을 받을 정도로 앙칼져만 보였던 인물이 지금은 내게 따스한 위안이 된다는 식으로 작중인물에 초점을 맞추어 심화시킬 수도 있다. 이런 읽기는 그 자체로 자기 자신의 변화와 성숙도를 반영한다. 자신의 내면 변화를 스스로 확인하기 위해서라도 의식적으로 다양한 차원에서 문학작품을 읽는 절차를 밟아야 한다. 분명 의미가 있을 것이다.

신세대 작가의 소설 작법

지금까지는 문학작품을 읽는 편에 서서 이야기를 진행한
셈이다. 그러나 작품을 쓰는 쪽에서 봐도 다양한 레벨에서
자신이 지금 쓰고 있는 작품을 다시 살펴보는 일은 유효하
다. 그래서 '문학 입문'을 쓰는 지금, 내가 살아오는 동안 나
에게 버팀목이 되어 준 소중한 문학작품을 읽은 경험을 바탕
으로 삼고자 한다. 현재 활동하는 작가로 소설을 쓰며 살아
가는 인간이, 신세대 작가가 될 젊은이들에게 보여 주고 싶
은 '소설 작법'이기도 하다. 이런저런 곳에서 내가 소설을 어
떻게 쓰는지 말할 기회가 많았지만, 여기서는 소설을 쓰는
인간으로서 문학의 다양한 레벨에 따라 자기를 검증할 필요
성에 대해 일러두고자 한다.

소설을 쓰면서—또는 쓴 것을 고치면서—내 일을 점검
하는 방법은 말 하나하나가 지닌 층위를 찬찬히 들여다보는
것이다. 이 말은 타당한가? 좀 더 구체적이고 효과적인 말은
없는가? 하는 식으로 나 자신에게 따져 묻는다. 하이쿠나 단
카를 짓는 사람은 제한된 글자 수와 정해진 리듬 속에서 대
체어를 찾고 글을 다듬는 일에 온 힘을 기울인다. 이런 방식
은 산문을 쓰는 사람도 배워야 한다. 하나의 말이라 해서 명
사나 형용사에 그치는 것은 아니다. 조동사와 조사까지 꼼꼼

히 따져 봐야 한다.

앞서 나온 다와라 마치 또한 거리낌 없는 일상·실용의 말로 읊은 시에서 "그치, 이 맛이 참 좋아"로 할지, "그치, 이 맛은 참 좋아"로 할지, 격조사 하나까지 얼마나 고심했을지, 산문을 업으로 하는 사람은 잘 생각해 봐야 한다. 일본의 기나긴 노래의 역사 속에서 여성이 남성을 부를 때 쓰는 대명사 '너[君]'라는 말이, 여기서 얼마나 새롭고 자연스러운지 눈여겨볼 일이다. 결코 저절로 생겨난 것이 아닐 테니까.

소설을 다시 쓰는 작업은 내 안에 비평가를—또 다른 나 혹은 나와 가까운 타인도 좋다— 한 사람 상정하여 눈앞에 있는 작품을 끊임없이 부정하는 그를 상대로 답하는 것이다. 언뜻 봐서는 꽤 우울한 일로 비칠 것이다. 그러나 앞서 쓴 것을 단어의 레벨에서, 한 덩어리의 문장 레벨에서, 인물 레벨에서, 주제 레벨에서, 그리고 전체 레벨에서 어떤지 조목조목 따져 가며 검증하는 일은, 자신을 독려하여 일에 집중할 수 있도록 도와주는 효과적인 방법이다.

이번에는 조금 다른 각도에서 설명해 보자. 소설을 쓸 마음이 없는 사람들에게도 이해에 도움이 될지 모르니까. 어느 젊은 친구가 자신이 습작한 것에 비평을 가해 달라고 부탁했다고 치자. 그는 불안감과 동시에 자신감도 품고 있으리라…. 그러니 불안한 마음에서 비롯된 것이든 자신감에서 나온 것이든 타인의 말은 그에게 상처가 되어 자기방어적으로 나올 것이다. 온몸에 껍질을 두른 것과 매한가지인 그 친구한테 그의 글을 모두 부정하는 것은 아니라고 설득하면서, 그 스스로 껍질을 벗고 나와 자신의 작품을 고치기 위해서는 하나하나 말의 레벨에서 시작할 수밖에 없다. 그다음으로 한 덩어리의 문장 레벨, 그리고 작품 전체 레벨로 나아가면서 다양한 층위를 검토해야만 저항이 덜하다.

그런데 이처럼 여러 차원에서 대화를 나누는 동안, 기성 작가와 장차 이 일을 업으로 삼을 젊은 사람들 사이에서 이른바 권위적인 장벽이 자연스레 허물어진다. 자유로이 문학 표현의 말이 가진 특별한 울림에 귀를 기울이게 되는 것이다. 그제야 비로소 울림이 또렷해지고 증폭되는 지적인 작업의 즐거움을 공유하게 된다.

3. 기본적 수법 '낯설게 하기' (1)

작은 하나의 말

「다양한 레벨에서」라는 것부터 먼저 시작한 데는 이유가 있다. 문학이란 무엇인가, 문학을 어떻게 만들 것인가, 어떤 식으로 문학을 받아들일 것인가, 삶 속에서 문학을 어떤 용도로 쓸 것인가. 그것을 생각할 때, 작은 하나의 말의 레벨에서 유효한 것은, 어떤 문장에 또 한 덩어리의 문장에 그리고 작품 전체에 대해──라는 식으로 레벨을 나누어 가며──각각의 레벨에서 도움이 된다. 게다가 해당 작품의 인물상이나 사상을 놓고서 작가 그 사람을 알아 가는 레벨에서도 쓸모가 있다.

이러한 사고는 소설이라는 장르를 종합적으로 짚어 볼 때나 가장 높은 레벨에 있는 예술을 이해하려 들 때 여러모로 효과적이다. 말로 이뤄진 문학의 특질이 여기에 있다. 더군다나 그 말은 흔하디흔한 일상·실용의 말이 이리저리 궁리한 끝에 구조화되어 문학 표현의 말로 바뀐 것이 아닌가. 말만 놓고 보면 같은 것일지라도, 이 구조화의 파이프를 통과함으로써 문학 표현의 역할을 다하게 된다.

내가 아직 젊었을 때, 파리에서 대학교 불문과 동급생들을 다시 만난 적이 있다. 그때 발자크를 연구하는 친구가, 지하철을 타고 오는 길에 발자크가 쓴 작품 속에 나오는 대화와 똑같은 소리를 들었다며, 행복한 표정을 지었다. 콜레트 연구자는 호텔 직원이 『지지Gigi』에 나오는 대사와 똑같은 말을 정원에서 외쳤다며 들떠 있었다.

그때 문득 이런 생각이 들었다. '난 도쿄에 살면서 소세키漱石·나오야直哉·야에코弥生子와 같은 소설가가 쓴 책에 나오는 대화를 길거리에서 들어 본 적이 없었다는 사실이다. 파리와 비교해서 도쿄는 말이 빠르게 변하기 때문일 수도 있다. 하지만 아무래도 우리가 문학작품 속에 나오는 일본어에 귀 기울이며 읽는 습관을 잃어버린 탓인 것만 같다. 그렇게 된 데에는 학교 교육 현장에서 문학작품을 암송하기 위해 그다지 힘을 쏟지 않는 사정이 관련되어 있다.

앞서 나는 일본인이 하이쿠·단카를 자산처럼 그들의 의식 속에 지니고 있다고 말했다. 그러나 현대시를 단 몇 줄이라도 정확하게 기억하는 시민은 드물고, 산문 한 구절을 통째로 구두로 인용할 수 있는 사람은 좀처럼 찾아보기 어렵다. 이는 오늘날 일본 사회에서 문학 표현을 경시하는 풍조가 만연한 탓이 아닌가 싶다. 그것도 일상의 풍습을 따르는 일환으로서 고정된…. 학창 시절 대학에서 함께 공부했던 불문과 친구들이 과연 파리에서 지내다 보니, 남의 나라말이라 귀를 활짝 열고 있었던 것일까? 그것이 다는 아닌 것 같다.

이화, 낯설게 하기

지금부터는 '이화異化', 즉 '낯설게 하기'라는 특별한 말을 검토해 보자. '낯설게 하기'는, 어떻게 일상·실용의 말에서 문학 표현의 말로 전환이 이뤄지는지를 나타낸다. '낯설게 하기'라는 구조화를 통해서 일상·실용의 말은 문학 표현의 말이 된다.

'낯설게 하기'라는 말은 본디 러시아어 'Остранение'의 번역어에서 나왔다. 혁명 전후 러시아 예술의 다양한 분야는, 세계 그 어느 나라보다 앞서서 새롭고 활기찬 빛을 발했었다. 이런 흐름 속에서 '낯설게 하기'는 문학을 과학으로 진전시킨 러시아 형식주의 그룹이 만들어 낸 용어이다. 이들 학자는 문학이——새롭게 만들어진 것뿐 아니라 전승된 민담이나 민요를 포함한 넓은 의미로서의 문학——표현하고 있는 내용·사상보다는 형식·형태를 통해 연구해야 할 대상이라고 주장했다. 그 태도에 비판적인 사람들로부터 결코 칭찬하는 뉘앙스가 아닌 포멀리스트라고 불리기 시작했다.

그들은 스탈린 시대에 가장 악화된, 소비에트 연방의 오랜 문예 정책으로 힘든 시절을 보냈다. 그러나 1960년대에 들어 그들의 정신을 생생히 이어받은 미하일 바흐친을 유럽에서 재평가하게 되었고, 러시아 형식주의를 향한 관심은 여기 일본까지 전해졌다.

'낯설게 하기'는 포멀리스트들이 만들어 낸 문예 이론의 중심이다. 모든 문예론의 역사를 통틀어서 가장 기본이 되는 이론이라 할 수 있다. 잘 정제된 이론으로 단순하리만치 명쾌하며 깊이가 있어 일상·실용의 말이 어떻게 문학 표현의 말과 다른지 확인할 수 있는 지표를 제공한다.

인쇄된 몇 줄의 글을 읽거나 자기나 친구가 쓴 원고의 한 구절을 다시 읽어 보면, 그것이 문학 표현의 말인지 아닌지 분명히 알 수 있다. '낯설게 하기'는 말과 언어에서 문학으로 그리고 예술 전반에 이르기까지 각 구간에서 힘을 발휘한다. 말에서 예술로 퍼지는 총체를 작은 층에 새김으로써.

시클롭스키의 『러시아 포멀리즘 논집』

나는 이에 대한 정의를 시클롭스키의 저서 『러시아 포멀리즘 논집』에서 살펴보겠다. 그는 러시아 형식주의자를 대표하는 이론가로 우리가 영위하는 삶 속에서 쓰는 말, 즉 일상·실용의 말이 자동화하는 과정을 관찰하여 제시했다.

만약 우리가 지각知覺의 일반적인 법칙을 해명해야 한다면, 동작이라는 것이 습관화를 거침으로써 자동적인 것이 된다는 사실로부터 이해할 수 있을 것이다. 예를 들어 우리가 습관적으로 반응하는 모든 행위는 무의식적·반사적 영역으로 사라져 버리는 것이다. 예를 들어 누군가가 처음 펜을 잡았다거나 외국어로 말했다거나 할 때, 바로 그때 느낀 감각과 일만 번째 되풀이해서 느낀 감각을 비교해 보면, 내 말에 찬성하게 될 것이다. 완전히 표현하지 못했거나 단어를 입 밖으로 꺼내다 만 산문적 말의 법칙은, 이런 자동화·반사화 과정으로 설명할 수 있다. 사물이 심벌로 대체된 대수학代數學은 이러한 과정의 이상적 표현이다….

이러한 대수적 사고법에서 사물은 계산과 공간으로만 파악할 수 있어, 우리 눈에는 보이지 않고 최초에 자리 잡은 특징으로 그것의 존재를 알릴 뿐이다. 사물은 흡사 포장지에 둘러싸인 모양으로 우리 곁을 지나치고, 우리는 그것이 차지하고 있는 장소를 단서로 그것의 존재를 안다. 그러나 그것조차 표면만 볼 수 있다. 이런 지각의 영향을 받아 사물은 최초 지각으로서 무미건조해지다가, 이번에는 반대로 사물의 생성에 영향을 미친다. 일상어에서 단어가 끝까지 들리지 않는 경우는 이처럼 산문적 말의 지각법으로 설명할 수 있다. 여기서 끝까지 다 말하지 못하는 대화법도 일어난다(잘못 나오는 말도 모두 여기에 기인한다). 사물의 대수화·반사화 과정에서 지각력의 최대 분절이 생겨난다. 사물은 단 하나의 특징, 가령 자신의 존재를 오직 번호로만 나타내거나 의식에 떠오를 기회조차 얻지 못하고 마치 공식에 따라서 실현되는 것이다. (겐다이시쵸샤)

시클롭스키는 말에 의한 표현에 초점을 두어 자동화·반사화를 제시했으며, 이를 일상생활의 현장으로 끌고 가서 보여 주었다. '실제로 일상생활에서 마주치게 되는 이런저런 장면들을 떠올려 보라. 의식이 또렷하지 않은 현재 상태에서 이미 과거의 것이 되어 버린 사물은 애써 머릿속에 떠올리려해도 재현 불가능하지 않겠는가?' 하고 반문한다. 분명 그 자리에 있었으나 한번 지나치고 나면 처음부터 그 자리에 없었다는 듯이….

친구와 테이블을 사이에 두고 마주 앉아 얘기를 나누고 있다고 생각해 보자. 고양이가 다가와 테이블 아래에 자리를 잡고는 그르렁그르렁 소리를 내고 있다는 사실은 어렴풋이 자각하고 있다. 그러나 얘기에 정신이 팔린 지 한참 만에, 고양이가 사라지고 나서 친구가 "방금 너희 집 고양이, 다리다친 거 아냐?" 하고 묻는다. 그 소리에 나는 조금 전 테이블 밑에서 웅크리고 앉아 있던 고양이를 다시 떠올려 보려 애쓰지만, 생각이 나지를 않는다. 고양이는 처음부터 거기에 없었던 것과 마찬가지다. 희미하게나마 고양이가 있다고 자각하더라도, 그 존재를 의식에 새기고 사라지지 않도록 붙잡기 위해서는 의식적으로 고양이 쪽으로 눈을 돌려야만 한다. 이런 방식으로 관찰해야 비로소 고양이는 한 개의 사물로 존재한다. 평소와 다른 몸짓이 무엇을 의미하는지 알게 되고, 구체적으로 다리에 상처를 입은 고양이가 실재하기 시작하는 것이다.

그러나 줄곧 고양이를 길러 온 사람 중에 그 누구도 평소 이런 식으로 고양이를 의식해서 보지는 않는다. 이처럼 의식에 머물지 못한 일상의 고양이 몸짓은 마치 실재하지 않는 것처럼 지나쳐 간다. 나중에 이렇게 지나온 나날들을 되돌아볼 때, 기억 속에서 고양이의 구체적인 존재는 쏙 빠져 있다. 고양이가 존재하지 않은 것이나 다름없이…. 그러나 완전히 잊어버린 것과는 다르다. 처음부터 의식 속에 존재하지 않았던 것이다. '잊을 것이 없다면 기억할 것도 없다'는 멋진 대사도 있잖은가. 그것에 기대어 말하자면, 애초에 기억하지도 못하는 것은 잊을 수도 없다.

이렇게 생활은 무無로 돌아가며 사라져 간다. 자동화 작용은 사물을, 의복을, 가구를, 아내나 전쟁의 공포를 삼켜 버린다.

여기서 전쟁의 공포를 우리 세대가 안고 있는 핵전쟁의 공포로 바꿔 놓고 보면, 자동화·반사화 과정이 더욱 분명해진다. 두 대국의 핵무기 보유는 전 세계를 뜨거운 핵전쟁으로 태워 버리거나 모든 생명을 '핵의 겨울'로 꽁꽁 얼어붙게 만든다. 우리의 내일은 불확실해진다. 핵으로 인한 위기 상황을 의식하려 들지 않는 자에게는 전 세계를 뒤덮는 방대한 핵무기의 양 또한 없는 것이나 매한가지다.

그래서 생활 감각을 되돌려 사물을 느끼고 돌을 돌로 볼 수 있게 하려고 예술이라 불리는 것이 존재한다. 예술의 목적은 인지認知(узнавание), 즉 그것을 알아보는 것이 아닌 명시明視(видение)하는 것으로서 사물을 느끼게 하는 것이다. 그리고 예술의 수법手法(приём)은 사물을 자동화 상태에서 끄집어내는 이화異化(остранение)의 수법이며, 지각知覺을 어렵게 하고 지연시키는 난삽한 형식의 수법이다. 예술에 있어서 지각 과정은 그 자체로 목적이라 이를 지연시킬 필요가 있는 것이다. 예술은 사물을 만드는 과정을 체험하는 방법이므로 완성된 것은 예술에서 중요한 의의를 지니지 않는다.

예술의 목적은 인지, 즉 그것이라고 알아보는 것이 아닌 명시하는 것으로서 사물을 느끼게 하는 것이라는 생각인 것이다. 이것이 의미하는 바를, 앞서 시클롭스키가 말한 포장지로 둘러싸인 것이라는 말에 기대어 구체적으로 생각해 보자. 유럽에서 수입한 고가구 열 개가 창고에 들어 있다. 창고에 물품이 잘 도착했는지 확인하기 위해 수입 상사 관계자가 찾아온다. 그는 전표의 수치에 따라—요컨대 대수학에 의해—포장된 열 개의 사물이 있다는 사실을 알아보는 것이 가능하다면 목적을 달성할 수 있다.

그런데 예술가는 수량 따위는 뒤로 미루고—물론 숫자가 있는지 없는지 그것이라 알아보는 것도 그다지 방해가 되는 일은 아니지만—창고로 들어가 포장을 뜯어서는 고가구를 일일이 눈으로 확인하고 손으로 만져 봐야만 만족한다. 자기 눈으로 명시하고 직접 사물을 느껴보기 전에는 전표에 적힌 수치라든가 여기에 박스가 열 개 있다는 소리 정도로는 사물을 봤다고 할 수 없다며 창고 관리자를 향해 소리칠 것이 뻔하다. 이렇게 주장하는 사람이 수입한 고가구는 비로소 하나하나 개성을 가진 사물로 존재한다. 단순히 전표 수치나 상품 열 개가 아닌 것이다.

소설과 르포르타주

그렇다면 예술의 방법이 지각을 어렵게 하고 지연시키는 난삽한 형식의 수법이라는 뜻은 무엇인가. 소설의 문장은 르포르타주를 잘 쓰는 신문기자의 문장과 비교하여 읽기가 영 어렵고 알아듣기 쉽지 않다는 소리를 종종 듣는다. 예를 들어 갈라파고스섬에 사는 땅거북의 생존 조건이 곤란한 지경에 이른 상황에서, 현지로 가서 땅거북의 생태를 쉽게 묘사하고 명쾌하게 생존 조건을 이야기하는 것은 신문기자의 일이다. 그에게 그것을 알아보는 일을 맡기고, 독자는 정보를 얻는다. 이때 정보를 전달하기 위해 지각을 어렵게 하고, 지연시키는 난삽한 형식의 수법은 사용하지 않는다.

그런데 예술가는 이런 매끄러운 정보 전달과는 다른 방법으로 일을 한다. 한 사람의 작가가 갈라파고스섬을 찾았다고 치자. 그는 땅거북이 독자적인 것이라는 점에 초점을 맞춰 그 무엇과도 다른 생명체를 어떻게 독자의 마음에 새길지, 사물의 실재감을 발휘하기 위해 땅거북을 어떤 식으로 묘사할지, 그의 관심은 온통 표현에 쏠려 있을 것이다. 재빨리 문장을 읽어 나가던 독자는 문장 한 구절에서 눈이 박힌다. 그리고는 찬찬히 활자를 더듬기 시작한다. 그것도 아주 천천히 주의 깊게. 작가는 독자가 탁하고 멈춰 서기를 기대하면서 문장을 만든다.

사람이 사물을 본다. 단순히 그냥 보는 것이 아니라 사물 자체로 자신의 몸에 와닿는 느낌이 있는지 반응을 살피면서 본다. 그러기 위해서 사람은 급히 서두를 수 없다. 그는 종종 멈춰 선다. 그가 사물을 보는 방식은 느리고도 깊다. 글 쓰는 이가 이런 식으로 글을 쓰고 읽는 이가 이런 식으로 읽는 태도를 보이는 문장이, 거의 대수학적 정보인──이 섬에 땅거북 열 마리 서식이라는 통계표의 표시와 다르지 않은── 르포르타주와 비교해서 '이게 뭐야?' 하는 비판의 소리를 듣는 것은 어찌 보면 당연한 게 아닌가? '지각을 어렵게 하고, 지연시키는 난삽한 형식의 수법?', '뭔 소리야?', '도대체 뭐라는 거야?' 그러나 예술에 몸담은 사람들은 굳이 이렇게 낡아 빠져 보이는 수법을 취한다.

이때, 문장을 예술로 대하며 읽는 사람들이 보여 주는 태도 또한 수동과 능동이라는 대립적 태도를 문제 삼을 수 있다. 예를 들어 신문에 연재된「비경탐험祕境探險」이라는 르포르타주를 읽을 때, 의식은 수신하는 쪽으로 움직인다. 어떤 한 정보를 조금의 지적 수고로움도 없이 받아들이며 가볍고 즐겁게 읽기를 마친다. 아무 감각도 없이 읽는 행위는, TV에 나오는「비경탐험」의 필름을 보는 태도 혹은 채널을 바꿔서 프로야구의 실황 중계를 보는 태도와 크게 다르지 않다. 눈앞에 펼쳐진 기분 좋은 매끄러움으로 전달되는 정보를 수동적으로 즐기는 것으로 끝이 난다.

한편 지각을 어렵게 하고, 지연시키는 난삽한 형식의 수법을 받아들여 문장을 능동적으로 자기 것으로 만드는 일은 완전히 별개의 작업이다. 자동화·반사화와는 다른 식으로 사물을 대하며, 의식을 사물에 집중하는 방식으로 문장을 읽어 나간다. 능동적인 작업은 이런 것이다. 문장 한 구절에 멈춰서서 의식의 힘을 한곳에 집중하여 말이 표현하고 있는 사물에 가닿는다. 이러한 능동적 행위는 너무나 인간다운 것이다. 작가는 읽는 이가 능동적인 마음가짐으로 문장을 대하기를 기대하며 소설을 완성한다.

예술에서 지각 과정은 그 자체로 목적이라 이를 지연시킬 필요가 있다는 말이 무엇을 의미하는지 생각해 보자. 여기서 만약 학창 시절 국어 시험에 대비하여 『겐지 이야기』 중 한 권을 요약했던 기억이 떠오르는 사람이 있다면, 지금부터 내가 하려는 말을 쉽게 받아들일지도 모르겠다. 설명하자면 자신이 요약한 것을 다시 읽어도 거기서 문학적 감흥은 일어나지 않는다는 것이다. 그러나 노트를 만들 당시, 비록 매끄럽지는 않더라도 어찌어찌 읽어 낸 열 쪽 남짓한 이야기에는 읽을거리가 풍성하고 아름다운 부분이 있었음이 틀림없다. 더욱이 학창 시절은 이미 한참 지난 옛날! 어느 날 그 시절에

작성한 노트를 찾아내 한쪽을 읽
으면 이를 계기로『겐지 이야기』
를 읽었을 때로 돌아간다. 텍스트
한 줄 한 줄 읽을 때마다 힘겹게
감각을 불러일으켜 서서히 눈앞
에 펼쳐지는 세계…, 어쩌면 이
토록 사물 그 자체가 되어 또렷
하고 깊숙하게 나의 새로운 눈에
응답해 주는지….

『전쟁과 평화』(1869)

톨스토이의『전쟁과 평화』

톨스토이는 한 편지에서『전쟁과 평화Война и миръ』전체
를 둘러싼 첫 구상을 밝힌 바 있다. 그는 삼십 년간의 형기를
마치고 크림전쟁 직후 모스크바로 돌아온 어떤 데카브리스
트 부부의 눈에, 러시아가 어떻게 비쳤는지 쓸 생각이었다고
한다. 실제로 그런 마음으로 집필을 시작했다. 그러나 익히
알다시피『전쟁과 평화』는 이들 늙은 혁명가 부부가, 아직
젊고 장차 서로 부부가 될 사이란 것을 모르고 만난, 머나먼
청춘 시절로 거슬러 올라가 이야기를 시작한다. 그리고는 줄
곧 그들을 에워싼 시대의 흐름에 이야기를 맡긴다.

피에르와 나타샤는 각각 청춘의 '정체성 위기'를 극복한다. 그렇게 두 사람은 삼십 년 동안 추방형을 당할 수밖에 없더라도 절대로 굴복하지 않는 자유주의자가 된다. 그 과정만 잘 드러나게 묘사하면 된다. 그에 더해 그들이 겪은 수난과 이후 겪게 될 일은 그리지 않아도 상관없다. 톨스토이의 예술은 소녀 같은 나타샤와 청년 피에르가 어떻게 어지러운 격동기의 러시아 사회를 살아 내는지 그 과정을 사물처럼 겉으로 드러낸다. 혁명가들의 출현 자체가 『전쟁과 평화』라는 장대한 소설의 실체인 셈이다.

앞서 시클롭스키가 한 말, 즉 예술은 사물을 만드는 과정을 체험하는 방법이므로 완성된 것은 예술에서 중요한 의의를 지니지 않는다. 이 말은 『전쟁과 평화』에서 두 가지 의미로 해석할 수 있다. 문학의 방법론, 문학에 관한 이론은 다양한 레벨에서 받아들일 수 있는 유연한 것이다. 시클롭스키의 이 말은 이 책 『새로운 문학을 위하여』 처음 부분에서 밝힌 내 생각을 증명해 주는 것이기도 하다.

첫째로 소설의 인물 레벨에서 말할 것 같으면, 『전쟁과 평화』를 읽는 이는 피에르와 나타샤라는 인물상이 만들어지는 과정을 봄으로써 깊은 문학적 경험을 맛본다. 완성된 인물로서의 데카브리스트 부부에 대해 새로이 또 다른 이야기를 써 내려가는 것은 톨스토이에게는 아무 의미가 없다. 우리 또한 젊은 나타샤와 피에르를 쫓은 이유가, 완독해서 얻은 자산이 곧 완성된 이미지임을 느끼고자 함에 있지 않다. 뒤쫓는 것 자체가 문학적 경험이다.

　두 번째로 소설 그 자체가 이론이 된다는 차원의 이야기. 소설은 그것을 읽는 인간에게 해당 소설이 만들어지는 과정을 경험하게 한다. 소설을 다 읽고 났을 때, 그가 손에 쥐고 있는 것은 말하자면 찌꺼기와 같은 것이다. 지나온 여정에서 그가 겪은 일 자체가 소설이다. 완독한 그에게 소설은 이미 끝이 났다. 소설의 마지막에 이르기까지 경험한 말의 생기만이 모든 의의가 된다.

4. 기본적 수법 '낯설게 하기' (2)

무용의 낯설게 하기

이제 시클롭스키가 내린 정의 가운데 예술의 수법에 관한 직접적인 견해를 알아보는 일이 남았다. 그것은 사물을 자동화 상태에서 끄집어내는 이화의 수법이다. 나아가 앞서 검토한 바와 같이 지각을 어렵게 하고 지연시키는 난삽한 형식의 수법이다.

전위적인 댄스를 직접 무대에서 보거나 TV에서 볼 때마다 사람들 대부분은 보기 거북하다거나 인간의 육체가 참으로 신기하다는 느낌을 받을 것이다. 그렇다고 해서 무용수가 특별한 소도구를 써서 머리가 두 개라든가 어깨에서 한 차례

꼬인 팔이 튀어나온다거나 하는 것은 아니다. 등에 날개를 달고 있는 것도 아니다. 일본식과 서양식이 한데 섞인 장식으로 한껏 멋을 낸 의상을 입고 있는 전통 무용과 비교하면, 이 새로운 무용수 쪽 부속물이 훨씬 간소하다. 게다가 제대로 단련된 근육만 드러나는 경우가 더 많다. 관객은 이들 무용수가 추는 댄스가 진행됨에 따라 '인간의 육체가 이토록 육체 그 자체일 줄은 몰랐다'며 새삼스레 놀라지 않을 수 없다. 몸이 이처럼 기이하게 거북한 모습을 드러낼 수 있는지 그저 놀라울 따름이다. 이들 무용수는 인간의 육체에 대한 새로운 발견을 선사한다.

정장 차림에 가방을 들고 통근 전차에 올라탄 셀러리맨도 ──이들 무용수만큼 몸이 좋지는 않겠지만── 육체의 소유자라는 점에서는 무용수와 다르지 않다. 그러나 우리는 셀러리맨들이 갖춰 입은 옷 속에 거북하리만치 기이한 육체가 들어 있으리라 상상하지 않는다. 그들을 바라보는 눈에 육체는 존재하지 않는 것과 마찬가지다. 우리는 인간이 마네킹 인형처럼 양복을 지탱하는 육체를 갖고 있다는 사실을 알고 있다. 개념적으로는 전차 안의 모든 양복이 육체로 채워져 있다는 것을 안다. 만약 그들 가운데 누군가가 가슴을 드러내며 텅 빈 속을 보여 준다면 모두 깜짝 놀랄 것이다. 그러나 그에 앞서 우리가 눈앞에 있는 셀러리맨의 양복 속에서, 전위적인 댄스를 선보인 무용수들이 보여 준 것과 같은, 낯설고 기이한 육체를 실감하고 있는 것은 아니다.

여기서 새로운 무용수들은 지각으로 개념 지워진 육체를 우리 눈앞에 생생한 실재감과 함께 새로이 제시하는 역할을 맡는다. 그들은 낯설고 이상한 육체를 구체적으로 실감할 수 있도록 정신이고 감정이고 따지지 않고 관객의 온몸에 쇼크를 가한다──그럼으로써 새로이 인간의 몸을 발견할 수 있도록──. 그들이 춤추면서 연출하는 표현을 지각이란 관점에서 보면, 상대방을 곤란하고 불편하게 만들며 지각을 오래 끌도록 산만하고 매끄럽지 못한 형식을 동반한다. 이를 종합하면 앞서 시클롭스키가 내린 정의를 좀 더 쉽게 받아들일 수 있다. 이런 예술적 수법이 곧 '낯설게 하기'이니까.

문학의 낯설게 하기

그런데 문학에서 '낯설게 하기'는 예술의 수법 말고도 또 다른 성격을 띠고 있다. 이러한 문학의 독특함은 그것을 구성하는 성분이 말이기 때문에 생겨난다. 가령 시나 소설은 새로움으로 다가오는 무용수들처럼 생생한 육체 일부를 직접 드러내며 거북하고 기이한──즉 '낯설게 하기'가 진행된── 인간의 몸을 표현하지는 못한다. 그것은 어디까지나 말로 표현되어야 하며, 그렇게 표현된 것은 마치 예고 없이 눈앞에 나타난 무용수의 벌거벗은 상반신처럼, 거북살스럽고 기이한 느낌이 드는 것 자체로서의 실재감을 느끼게 하는 것이어야 한다. 이것이 오직 말만 사용해서 지어낸 문학의 '낯설게 하기' 수법이다.

내가 이 책을 쓴 목적은 문학의 다양한 레벨에 대해 함께 생각해 보자는 것이다. '낯설게 하기'야말로 다양한 층위를 뚜렷이 구분할 수 있게 해 주는 수법이라 하겠다.

먼저 말 개개의 차원부터 살펴보자. 앞서 인용한 단테의 시구를 들어 설명하면, 한 번이라도 『신곡』 전체를 쭉 훑으며 읽어 본 독자라면 그 눈에는 조각배라든가 나무, 사랑과 같은 단어 하나하나가 단테의 세계에 독자적인 개성을 부여하며 종이 위로 튀어 오르는 것이 보였을 터이다. 극히 일반적인 이러한 말들이 『신곡』 속에서 단테만의 방식으로 '낯설게 하기'가 이뤄졌기 때문이다. 우리의 시선은 이들 단어 하나하나에 붙박인다.

일반적인 문장, 예컨대 주간지에 '페루 아이들은 조각배에 나무를 싣고 강을 거슬러 올라가 숲에 대한 사랑을 표현한다.'는 기사가 났다고 치자. 이런 문장은 일정 속도로 대충 읽어 내려가면 그만이다. 단어 하나하나가 발목을 붙잡지는 않는다. 그런데 『신곡』을 읽는 사람은 조각배·나무·사랑이란 단어가 가슴에 새겨지도록 각각의 단어를 본다. 이런 식으로 단테를 읽으며 자신의 마음속 움직임을 관찰해 보면 적어도 두 가지 사항은 분명해진다.

그 하나는 이들 단어 하나하나가 정화되듯 말이 가진 본래 의미를 명확히 제시하고 있다고 느끼게 된다는 점. 다른 하나는 좀 더 구체적으로 자각할 수 있는데, 자신이 그 말에서 눈을 못 떼고 온전히 그 시간에 집중하고 있다는 점. 이들 단어가 반들반들 얼음 표면을 미끄러져 내려오다가 움찔 멈춰서는 저항을 맛보게 한다.

이런 인상을 받는 순간, 우리는 이들 말을 낯설고 기이하게 받아들이고 있음이 분명하다. 해당 말의 의미라면 익히 알고 있고 아까만 해도 익숙하게 쓰던 말이었는데…. 이것이 '낯설게 하기'가 가해진 말이 불러일으키는 작용이다. 시나 소설을 비롯한 문학 일반이 말 개개의 레벨에서 이러한 '낯설게 하기'의 수법을 통과함으로써 성립된다.

말의 낯설게 하기

그렇다면 글을 쓰는 쪽은 개개의 말에 '낯설게 하기'를 어떤 식으로 사용해야 하는가? 실제로 작품 속에서 말 하나하나는 그것이 둘러싸인 절과 문장 그리고 한 무더기의 문장에서 나아가 작품 전체로 유기적으로 묶여 있다. 다양한 레벨에서 검토해야 하는 필요성이 여기에 있으며, 검토가 가능한 것 또한 이러한 유기적 관계 때문이다. 이 점에 유의하면서 개개의 말의 '낯설게 하기'로 넘어가 보자.

말은 지각에 의미를 전달하는 것인 만큼 가장 먼저 일상적으로 쓰이는 과정에서 엉겨 붙은 먼지·때를 털어 내는 데서 출발한다. 어린아이가 사용하는 말의 신선함 또는 때 묻지 않은 순수함을 떠올려 보는 것도 '낯설게 하기'를 이해하는 하나의 방법이다. 실제로는 모든 말은 닳고 닳아서 이미 녹초가 된 상태이다. 먼저 말을 깨끗이 씻어 낸다. 완전히 새로운 말로 다시 만든다. 그런 노력이 필요하다. 시나 소설은 그러기 위해 존재하는 것이다.

앞서 나온 젊고 푸릇푸릇한 언어 감각을 살린 단카로 말하자면, 샐러드라는 말과 기념일이라는 말이 이 노래를 통해 얼마나 새롭고 맑아졌는가. 샐러드 플러스 기념일이라는 말의 짜임새가 상당한 효과를 거두고 있다. 거기에 전통에 뿌리내린 단카 그대로의 호흡이 효과를 거든다. 이 또한 말 하나하나에 '낯설게 하기'를 더하는 방법이다. 이런 세계는 궁리에 궁리를 거듭하면 얼마든지 넓혀 나갈 수 있다. 이리저리 머리를 짜내는 목적은, 흔하디흔한 일상적 말의 때와 피로를 말끔히 씻어 내어 처음부터 다시 만드는 데 있다. 마치 그 말을 인간이 처음으로 입 밖에 내뱉는 것처럼 새롭게…. 여기서 관건은, '어느 만큼 낯설고 기이한 말로 만들 수 있는가'에 있다. 이것이 바로 말을 '낯설게 하기'의 실제 세계다.

개개의 말을 '낯설게 하기' 레벨에서 보면, 말에 이끌려 시선이 고정되는 것이 가장 바람직하다. 글 쓰는 이는 이러한 목적의식을 분명히 하여 이에 맞추려고 노력해야 한다. 말을 새롭게 정화하는 데 힘쓰는 것과 마찬가지의 효과를 거둘 수도 있다. 그러나 하나로 연결된 문장 레벨에서 보면, 어떤 하나의 말이 '낯설게 하기'로 새로워진다는 것은 문장 속에서 해당 말이 시선을 붙잡아 둔다는 말이 된다. 그러니 이에 알맞은 방법을 찾아내기 위해 고민해야 한다.

이와 관련하여 13세기 중엽에 일본에서 만들어진 설화집 『고금저문집古今著聞集』에 실린 「고시키부노나이시小式部内侍, 노래를 듣고 병이 치유되다」를 살펴보자. 이 글은 단편소설이 생성되는 초기 과정을 보여 준다. 이 한 편의 짧은 소설은 산문으로서 당시 이미 완성된 단카 형식에 대응하려 애쓴 모습을 역력히 보인다는 점에서 흥미롭다. 문장 속에서 말의 '낯설게 하기'를 시도한 효과적인 사례라 할 수 있다.

병이 깊이 든 고시키부小式部는, 이름 높은 가인이자 모친인 이즈미 시키부和泉式部의 얼굴조차 못 알아볼 지경에 이르자 이런 시를 읊었다.

어찌할까나 / 이제 가야 하는데 / 미처 몰랐네 / 부모 두고 가려니 /
어찌할 바 모르고

그러자 천장 위에서 무언가가 ── 필시 귀신이 ── 내는 소
리가 났다.

억지로 하품을 참는 듯한 기묘한 소리로 "아, 가엾어라" 하는
소리가 들려왔다.

그래서 고시키부의 병이 나았다고 한다. 이를 읽는 사람 대
다수는 '하품을 참는'이라는 말에 관심이 쏠릴 것이다.

하품을 참는다는 뜻을 가진 이 말이, 병상이라고는 해도 고
상한 단카와 그에 걸맞게 그 역시 고상한 궁전 안에서 갑자
기 튀어나온다. 천장에서 하품을 참는 듯한 소리가 난다. 일
거에 일상적이고 유머러스한 분위기를 연출하는 말의 삽입!
'하품을 참는'이라는 말의 사용법을 접한 13세기의 독자 또
한 고시키부의 노래에서 이음매가 낯선 이상한 말을 마주하
고 있다는 기분이 들었을 터이다. '하품을 참는'이라는 말에
'낯설게 하기'가 가해진 것이다. 그 말에 시선을 빼앗겨 미끄
러지는 의식의 흐름은 탁하고 멈출 수밖에 없다. 그와 동시
에 문장 전체를 받아들이는 데에도 역류 현상이 일어나는 것
을 알아차리게 된다.

'낯설게 하기'가 이뤄진 '하품을 참는'은, 표기가 분명치 않은 주격으로서 선행하는 귀신이라는 말을 하나의 어절 속에서 '낯설게 하기' 작용을 수행한다. 무엇보다 귀신은 추상적·개념적인 내용을 담은 말이다. 우리는 지각적으로——즉 머리로 배운 것으로——귀신이라는 말을 알고 있지만, 그것을 직접 보아서 구체적으로 알고 있는 것은 아니다.

　그런데 그러한 귀신은 하품을 참는 듯한 소리를 낸다는 표현으로 일상적이고도 손에 닿는 육체를 갖춘 것으로 떠오른다. 귀신한테 사물로서 천장 뒤에 숨어 있는 존재의 실감이 난다. 흔해서 어디서나 볼 수 있는 사물을 좀처럼 눈으로는 확인할 수 없는 신비한 것으로 느끼게 만드는——말을 깨끗이 씻어서 그 말에 시선이 고정되도록 하는——그것이 '낯설게 하기' 작용이다. 더군다나 개념으로밖에 잡히지 않는 귀신이라는 말을, 그것도 언외에 숨어 있는 말을 구체적으로 생생하게 실재하는 것으로 여기게 하는 것——해당 말을 정제하여 시선을 붙박아 두는 것——역시 '낯설게 하기'가 일으킨 작용이다.

　이 경우 어떤 추상적·개념적인 말을 낯설게 하는 방법으로써 육체를 느끼게 하는 효과도 가져온다. 슬프다는 말을 나타냄으로써 읽는 이가 구체적으로 슬퍼하는 육체를 느낄 수 있다면, 문맥에서 슬프다는 말은 '낯설게 하기'가 진행된 것이다. 니체가 남긴 유고 가운데 육체를 방법으로 존중하는 말에서 '낯설게 하기'의 기능을 생각하는 데 있어 힌트를 얻을 수 있다.

> 본질적인 것은, 육체에서 출발하여 육체를 길잡이로 이용하는 것이다. (…) 육체를 믿는 건 정신을 믿는 것보다 훨씬 확실한 근거가 된다. (하쿠스이샤 전집)

문학은 정신이나 혼에 관련된 부분을 표현해야 할 때 사물을 제시하지 못한다. 오로지 말에 의지할 수밖에 없다. 그럴 때 훨씬 확실한 근거를 구하기 위해 우리는 육체적인 것과 말을 한 쌍으로 잇는 방식으로 확실하게 표현하려고 노력한다. '낯설게 하기'는 이런 방식으로 진행된다.

나쓰메 소세키의 『명암』

『명암明暗』은 나쓰메 소세키夏目漱石가 1916년 5월부터 12월에 걸쳐 아사히신문에 연재한 소설로, 작자가 병을 못 이겨 죽는 바람에 도중에 중단되었다. 다 쓰지 못한 뒷부분에는 주인공 츠다津田가 도쿄에서 보낸 '밝은[明]' 세상에서 벗어나, 일찍이 연인이었던 여성이 사는 온천지로 여행을 떠나게 되는 저간의 사정이 그려져 있다. 츠다가 이를테면 살아 있는 몸으로 강림하는, 죽음의 세계로 묘사되는 온천지, 그 '어두운[暗]' 세계!

소세키는 어둠의 세상으로 향하는 여행길과 그 여정에서 보고 들은 견문을 묘사하는 부분에서, 츠다를 '밝은' 세상인 도쿄에서 지낸 생활에서 완전히 떼어 내려고 이리저리 궁리한다. 『명암』에는 이러한 작가의 의식이 강하게 드러난 '낯설게 하기'의 흔적이 곳곳에 깔려 있다.

> 마침내 마차가 검고 큰 바위처럼 생긴 것에 부딪힐 판이길래 산기슭을 크게 돌았다. 눈을 들어 보니 반대편에도 이와 비슷한 바위에서 떨어져 나온 파편 같은 것들이 아무렇게나 도로변을 막고 있었다. 자리에서 뛰어내린 마부는 곧장 말 고삐를 당겼다.
> 그 한편에 하늘을 뚫을 만치 높다란 나무가 솟아 있다. 달빛과 맞먹는 별빛을 한 몸에 받은 굉장한 그림자로 판단하건대 고송古松인 모양이다. 그 나무와 어디선가 느닷없이 들려오는 여울 소리는 오랫동안 도회지를 벗어나지 않은 츠다의 마음속에 불시의 일대 전환을 불러일으켰다. 그는 마치 예전에 잊어버렸던 기억을 되찾은 기분이 들었다.
> '아, 세상에는 이런 것도 있었지. 어째서 지금까지 그걸 까맣게 잊고 있었을까.'

소세키는 츠다의 내적 독백으로 추상적인 마음의 풍경을 쓴다. 우리가 그것을 읽고 실감하는 까닭은, 바위와 나무 그리고 급류가 흐르면서 내는 소리에 '낯설게 하기'가 설정되어 우리의 가슴에 새겨지기 때문이다. 그곳에 시선을 고정함으로써 우리 또한 눈에 익지 않은 신비로운 것에 가닿는 듯한 기분이 든다. 아, 세상에는 이런 것도 있었지. 어째서 지금까지 그걸 까맣게 잊고 있었을까, 하는 문득 떠오르는 생각을 공유하는 것이다.

주위는 고요했다. (…) 그런 고요함 속에서도 전등은 사방 빈틈없이 비추고 있었다. 그러나 그것은 그저 빛나고 있을 뿐 소리도 움직임도 없었다. 오직 그의 눈앞에 있는 물만이 움직이고 있다. 소용돌이 모양을 그렸다. 그리고 그 소용돌이는 늘어지기도 하고 줄어들기도 했다.

나는 곧바로 물에서 눈을 뗐다. 그러자 물에서 방금 뗀 시선이 갑자기 사람 모습에 가닿아서 깜짝 놀라 눈을 거두었다. 하지만 그것은 세면장 옆에 걸어 둔 커다란 거울에 비친 자신의 그림자에 불과했다. 거울은 사람 크기에 가까우리만치 큼지막했다. 보통의 이발소에서나 볼 수 있을 법한 높이였다. 그리고 그것이 놓여 있는 모습 역시 이발소의 그것처럼 똑바로 서 있었다. 따라서 그의 얼굴뿐 아니라 그의 어깨도 몸통도 허리도, 그와 똑같은 평면에 다리를 받치고 그와 마주한 채 서 있었다. 그는 상대가 자기라는 사실을 알아차리고도 여전히 거울에서 눈을 떼지 못했다.

여기에 묘사된 전등·물·거울 모두 '낯설게 하기'가 가해졌다. 그것은 일상적으로 익숙한 것, 실제로 그곳에 있어도 없는 것과 매한가지로 보고도 못 본 척 지나칠 수 있는 성질의 것이 아니다. 이들 물건에 해당하는 말 하나하나를 포함한 문장의 절은, 시선을 끌어당기는 방식으로 우리의 마음을 사로잡는다. 이런 식으로 '낯설게 하기'가 더해진 말이 모여서 구절을 익숙한 것에서 떼어 놓고 위에서 인용한 문장 덩어리 전체를 낯설게 한다.

이어서 소세키는 이렇게 쓴다.

> (…) 평소와는 다른 불만족스러운 인상이 거울 속에서 나타났을 때, 그는 조금 놀랐다. 이것이 자신이라고 인정하기에 앞서, 이것은 자신의 유령이라는 생각이 그를 엄습했다.

앞선 내적 독백과 마찬가지로 이러한 설명적 문장은 쓰일 필요가 없을 정도로 우리는 이 상황을 공감한다. 전등·물·거울을 핵심으로 삼아 잇달아 '낯설게 하기'가 이뤄진 문장으로 인해 소세키의 주인공에게 찾아든 심적 이변은 이미 우리 것이 되었다.

문학, 소리를 갖다

지금까지는 개개의 말 레벨에서 '낯설게 하기'를 검토했다. 이 과정에서 살펴본 바와 같이 하나의 말에 가하는 '낯설게 하기'는, 구절과 문장 그리고 하나의 문장 덩어리에서 작품 전체로 연결고리를 따라서 진행된다. 말의 '낯설게 하기'가 그것을 포함한 구절을 낯설게 한다. 반대로 구절에 이미 '낯설게 하기'가 설정되어 말의 '낯설게 하기'가 더 또렷해지는 예도 있다.

'낯설게 하기'는 말·구절·문장을 낯설고 신비한 것으로 만든다. '낯설게 하기'가 더해진 말·구절·문장을 활자로 인쇄된 것으로 읽는 독자 측에서 보면, 이들 말·구절·문장이 지면에서 벌떡 일어나는 것 같은 기분이 든다. 말이면서 동시에 알알이 낱개의 입자가 되어 사물에 응답하는 느낌이다. 우리가 사물이 응답한다고 느끼게 되는 가장 큰 이유는 말 하나하나에서 비롯된 것이고, 그다음으로 구절·문장 레벨에서 그것이 형태를 갖춘 것으로 여겨지기 때문이다.

이는 시에서 가장 큰 힘을 발휘한다. 산문에서는 문체로 분명해진다. 일본의 문학 세계는 꼭 그렇다고 할 수 없지만, 보통의 경우 문장 하나에는 음성voice이 있다. 어느 한 문장을 읽어 보면 그것이 독자적인 문장가의 것인 이상 독자적인 목소리가 들리는 것처럼 느껴지기 마련이다. 실제로 작가의 육성을 들은 적은 없지만.

작품을 통한 목소리에 익숙해지고 나서 라디오나 TV에서 해당 작가의 육성을 들으면, 자신이 알고 있는 소리와는 다르다는 사실에 도리어 당황하게 된다. 여기서 소리는 그것의 음질이라고 하기보다는 억양이나 구절 나누는 법 또는 문장 하나를 읽는 속도와 같은 지연이나 가속의 교체법과 관련된다. 달리 말하면 문체라고 할 수 있다. 그러나 문체를 육체적으로 받아들일 때는 목소리라고 불러야 더 타당할 것 같다. 시가 나오야志賀直哉의 목소리, 나카노 시게하루中野重治의 목소리, 고바야시 히데오小林秀雄의 목소리 그리고 내 안에 있는 나 자신의 독서 경험에 뿌리내린 음성의 축적을 확인해 보면 이해할 수 있을 것이다.

이 소리는 글 쓰는 이가 문장 레벨에서 수행하는 각각의 '낯설게 하기'를 우리가 어떻게 능동적으로 포착하는지 알려 주는 이정표이다. 베스트셀러에서 종종 볼 수 있는, 너무나도 매끄럽고 정서적인 저항이 전혀 없는, 정보 전달 능력이 뛰어난 문장. 예를 들어 신문소설 한 권으로 우리가 결코 가볼 일 없는 교토京都에 있는 고급 요정이나 앞으로 만날 일 없는 패션모델의 생활에 통달할 수가 있다. 그러나 그러한 문장을 기꺼이 읽고 나서 해당 작가의 목소리가 전혀 들리지 않았음을 깨닫게 된다. 그런 적이 없다고 딱 잘라서 말할 수 있는가?

오히려 그럴 새도 없이 쌩하고 읽어 내려가 곧바로 잊어버리는 것이 이런 소설의 특성 가운데 하나다. 이는 한마디로 말해서 문체가 없다는 것, 그러니까 문장 레벨에서 '낯설게 하기'가 실행되지 않았다는 말이다. 무료함을 달래 줄 수는 있어도 읽는다고 하는 인간적인 경험을 얻지 못하게 되는 것이나 진배없다.

그런데 문체나 소리에서 벗어나 '낯설게 하기'를 개개의 말보다 더 큰 문장의 절과 문장, 그리고 어떤 하나의 문장 덩어리 레벨에서 생각하면, 표현된 내용을 보고 이렇게 말할 수 있다. '이 문장이 쓴 걸 지각 차원에서는 이해한다. 그러나 지금까지 이런 식으로 쓴 걸 본 적이 없다. 이만큼 실감한 적도 없고.' 이런 글쓰기는 일찍이 본 적이 없는 이상한 방식이지만, 무엇보다 진실하다고 실감할 수 있는…. 이것이 '낯설게 하기'를 알아보는 하나의 지표이다.

이와 관련하여 또 한 사람의 포멀리스트인 예이헨바움이 톨스토이를 예로 든 말은 일리가 있다. 그에 따르면 톨스토이는 모든 것을 '낯설게 하기'로 바꿔 버린다. 지금까지 익숙했던 기성 사고에 대해 톨스토이는 '아니야, 진실은 따로 있어.'라고 말한다. '그게 아니야. 진정한 진실은 여기에 있어.'

라고 집요하게 외친다. 예이헨바움은 톨스토이가 이런 의미를 담아 모든 레벨에 걸쳐서 '낯설게 하기'를 끝까지 밀어붙였다고 보았다.

톨스토이가 얼마나 상식을 부정하는 일을 되풀이하며 '낯설게 하기'에 이르렀는가.

> 용기는 그렇게 나타나지 않고, 사람들은 그렇게 사랑하지 않고, 그렇게 살고 생각하다 죽는 것도 아니다──여기에 톨스토이 계통 전체의 원천이 있다. 톨스토이에게 실로 파멸인 동시에 회피할 수 없는 '그렇지 않다'가 밀려온다. '예술도 사람들이 쓰거나 생각하는 것과 같지 않다'면서. 이런 의미에서 톨스토이는 실제로 위기를 정식화canonization한 인물로, 폭로하고 파괴하는 힘은 거의 모든 수법 속에 감춰져 있다.

이처럼 '낯설게 하기'는 말 하나하나의 레벨에서 시작하여 예술 전체로 퍼져 나가며, 실로 다양한 레벨에서 행해지고 그 효과를 발휘한다. '낯설게 하기'는 문학에서 가장 기본적인 수법이다.

5. '낯설게 하기'에서 전략화·문체화로

살아 있는 듯 생생한 문체

지금까지 시나 소설의 말을 문학 표현의 말이라 불러왔지만, 이들 역시 개개의 말로 돌려보내면 일상·실용의 말과 다르지 않다.

그러나 어떤 문어적인 어법·단어는 오직 문학 속에서—그것도 시·단카·하이쿠처럼 현대적 표현이면서 동시에 문어적 표현도 허용하는 형식 속에서—살아 있다. 이런 종류의 표현은, 문맥에서 떼어 내 발췌해 봐도 역시 일상·실용의 말과는 다르게 느껴진다. 이런 엇갈림을 보이는 말로 패러디 효과를 보는 일도 종종 있다. 광고나 디스크자키의 입담 속에서 일부러 일상·실용의 말과 혼용되는 경우가 그러하다. 이렇게 문장을 쓰거나 말하는 사람은, 언어 자체가 지닌 문어적인—이러한 표현마저 더는 쓰지 않게 된 아어雅語적인—언어의 예스러운 느낌을 역으로 이용한다.

현대적인 언어 감각의 소유자 오오카 마코토大岡信 시인도 바쇼芭蕉의 하이쿠나 산문을—위서僞書마저—의식적으로 패러디한 시를 썼다.

> 그대는 아는가
> 반하게 만든 작자의 위작 하나를
> 쓰려고 마음먹다 그제야 알았네
> 반한다는 것이 무엇인지
> 단장斷腸의 심정을
>
> 이 녀석은 다른 데서
> 살짝 맛볼 수도 없는데
> 진실의 공포
> 억누르는 연정이라.

(『깊디깊은 한밤중, 천상의 청소기는 다가오누나』, 이와나미서점)

현대어가 만들어지기 이전 말로 썼지만, 구어적인 문체로 절묘하게 쓴 작품. '그대는 아는가' 하는 문어적인 표현이나,

이 역시 일상에서는 그다지 쓰지 않는 '단장斷腸'이란 한자에 '억누르는 연정'이라는 일본산 오래된 성구成句까지 한데 섞어서 짰다.

원리적으로 이와 비슷한 것을 심야방송에서 젊은 재담꾼이 하고 있었다. 밋밋하고 단조롭기 십상인 입말 문체에 다양한 채색감을 입힌 분위기를 연출했다. 취미가 고상한지 아닌지는 차치하고, 본디 말의 레벨에서 컬러풀한 다양성을 끌어내 살아 있는 듯 생생한 문체를 만드는 기도는, 예나 지금이나 하루하루 삶 속에서 풍속의 표층에서 활용되는 것이다.

아이가 처음에 헛나간 말을 의식적으로 반복하면서 즐거워하는 모습을 자주 본다. 말을 배우는 단계에서 보면 가장 초급반 학생이겠다. 그러나 그들 역시 문학적인—즉 일상·실용의 말과는 별개의 레벨에서 말 게임을 하는—즐거움을 느끼는 것은 분명하다. 검열관이 그렇듯 엄격한 태도로—'아냐. 이건 틀린 용법이잖아!' 하며 억압하는 것만큼 빈곤한 대응은 없다. 유아도 올바른 말 사용법이 있다는 사실을 알고 있었기 때문에 더욱—그쪽으로 기본적인 감각을 지니고 있기에 더더욱—부러 헛나간 말 기법을 즐기는 것이다.

문학 표현의 말 역시 말의 기본적인 레벨로 돌아가서 보면, 예외적인 사례를 빼고는 모두 일상·실용의 말이다. 말 하나하나가 문어·한어·아어와 같이 뚜렷한 표식을 단 말은 문학에서든 실제 생활 현상에서든 지금은 패러디로밖에 사용되지 않는다고 봐야 할 것이다.

사물을 사물로 바라보기

미요시 다쓰지三好達治의 시에 나오는 문어·한어·아어 표식이 달린 말을 읽으면, 그것이 앞서 나온 오오카 마코토의 시처럼 특정 작가를 모방한 패러디가 아니라는 사실을 이해하게 될 것이다. 미요시 다쓰지라는 시인의 글 쓰는 법이 장중하고 마음을 다하는 스타일이라는 점을 이미 알고 있기 때문이다.

그러나 만약 미요시 다쓰지라는 전전·전중·전후에 걸쳐 큰일을 해낸 시인의 글 쓰는 법, 즉 문체에 대한 예비지식이 없다면, 게다가 실제 작품에서 진실한 톤을 느낄 수 있는 감이 없다면——가령 외국인으로 처음 일본 시를 배우려는 독자의 경우——그것이 패러디한 어조인지 아닌지 알아볼 수 없다. 공교롭게도 미요시 다쓰지는 패러디적인 글 쓰는 법·문체도 자주 채용한 시인이다.

이리해도 저리해도 나그네

나그네여

나무 그늘로 가자

그럭저럭 살지만 나 살던 곳 아니네

나그네여

모든 일 뒤로하면

차디찬 돌덩이도 쉼터가 되네

마음을 다해도 고향은 참으로 멀어

아득히 먼 시골로 돌아갈 때까지는

나그네여

조심하고 또 말조심

믿음 없는 자들의 손발이 되어

한때 진심이나마 어깨 두드려 주면

쓸쓸히 등 돌려도 서운치 않네

이리 보나 저리 보나 나그네

나그네

나무 그늘로 숨어들어

차디찬 돌덩이도 쉼터가 되네.

(『고향 떠나면 나그네』, 치쿠마쇼보)

일상·실용의 말이——그것도 문학을 위해 미리 준비한 표
식을 달지 않은 말이——문학 표현의 말로 작품 속에서 힘을
발휘한다. 일상·실용의 말이 평소의 쓰임새 그대로, 사회생

활에서 사용되는 경우와는 다른 풍성하고 활기찬 역할을 다한다. 말의 움직임이 상당히 인상적이라 해당 문학작품의 한 구절이 우리의 가슴속에 새겨져서 더는 벗어날 수 없을 것만 같다. 어떻게 이런 일이 일어날 수 있는가?

먼저 말 레벨에서 '낯설게 하기'가 실행되고 이어서 문장의 절·문장·한 덩어리의 문장 순서로 잇달아 '낯설게 하기'가 더해짐으로써 가능하다. 직접 문장을 쓰면서 말 하나하나가 낯설어지는지 아닌지 확인하기는 어렵다. 말을 적어 가면서 ──혹은 일단 쓴 문장을 다시 읽어서 고쳐 쓰고 쇠붙이에 열을 가해 두드리는 단련 작업을 거치면서──그 말이 또는 문장이 낯설어졌는지 확인하면서 나아간다. 만약 낯설어지지 않았다고 느껴지면 처음부터 다시 쓴다.

이런 능력을 키우려면 뛰어난 문학작품을 많이 읽어 그중에서 어떤 것이 '낯설게 하기'가 더해진 말인지 어떤 것이 낯선 문장인지 알아보는 훈련이 필요하다. 낯선 말에는 사물에 반응하는 장치가 설정되어 있다. 우리는 사물에 반응하도록 유도된 말을 느낄 수 있는 능력을 이미 지니고 있다.

우리에게 그런 능력이 갖춰진 것은 우리가 삶 속에서 사물과 관계를 맺고 있기 때문이다. 말과 관계를 맺는 것은 사물과 관계 맺기를 대행하는 것이다. 이는 말을 할 때, 의식하면서 말을 해 보면 바로 알게 될 일이다. 그런데 실생활에서 자신과 사물 사이에는 자동화 작용이 일어난다. 사물을 사물로 의식하며 잠시 멈춰 서서 그것을 포착하기란 여간 어려운 일이 아니다. 반면 '낯설게 하기'가 가해진 말은 사물을 사물로 볼 수 있게끔 우리를 꽉 붙잡아 준다.

어릴 적 영화를 보고 돌아오는 길에 자신이 무의식중에 존 웨인이 했던 몸짓을 그대로 흉내 내고 있다는 사실을 알아차리고 놀란 적은 없는가? 이와 마찬가지로 청춘 시절을 보내던 어느 날 전차 안에서 나카 간스케中勘助의 단편소설을 읽다 위를 올려다보다가, 무릎이 닿을 정도로 가까이 서 있는 소녀를 평소와는 사뭇 다른 눈빛으로 쳐다보고 있다는 사실에 놀란 적은? 자신의 가슴 속에 평소와는 달리——그 또한 대개는 평소보다 천천히 또렷한 리듬으로——눈에 들어오는 주위의 사물을 말로 하려는 움직임이 일어나는….

이는 나카 간스케 문장의 '낯설게 하기'를 가한 힘이, 즉 사물을 보는, 사물을 생각하는 문체가 영향력을 행사했기 때문이다. 전차 안에서 한 권의 문고본을 열심히 읽고 있는 청춘이 창문 밖 풍경을 보고 한순간 얼빠진 사람처럼 넋을 놓고 있다. 나는 이런 광경을 좋아한다. 그 혹은 그녀는 지금 풍경을 보고 있는 것이 틀림없지만, 그때까지 읽은 독서로 인해 맑아진 눈·감수성, 활기찬 기운이 전해져서, 새로이 생긴 마음의 움직임으로 풍경을 바라본다. 바로 앞에서 읽은 책의 '낯설게 하기'의 힘·문체가 창밖 풍경에 이르기까지 그의 몸속에서 배어 나온다.

앞에서 영화를 본 직후 신체 반응에 관해 말했다. 영화를 본 경험에 비춰 보면 바로 이해할 수 있을 것이다. 생트 빅투아르산이 세잔의 영향을 받았다는 말을 자주 듣는다. 그 이상으로 전 세계 해바라기가 고흐의 영향을 받았다는 말도 한다. 실제로 어느 바위산의 표면이나 그 주변의 무성한 수목을 볼 때, 그에 앞서 세잔의 그림을 봄으로써 맑아진 눈·감수성에 의해 대상의 모습·색조를 정확히 포착하고, 대상을 새롭게 바라보고 있다는 사실을 깨닫곤 한다. 고흐의 그림을 봄으로써 활기 넘치고 기운이 가득 찬 눈으로 꽃이나 나무의 모습·색조에 집중하고 있다는 사실을 알게 되는 때가 있다.

뛰어난 화가들의 '낯설게 하기'의 힘, 사물을 낯설게 포착하는 스타일이 우리에게 옮아와 영향을 미친다. 두말할 필요도 없지만, 생트빅투아르산이나 해바라기가 영향을 받는다는 말은 우스갯소리고, 이들 그림 앞에 선 우리가 세잔이나 고흐의 영향을 받은 것이다. 작가와 화가 모두 '낯설게 하기'의 힘, 사물을 낯설게 포착하여 표현하는 문체·스타일로 사람들에게 영향을 준다.

울림을 가진 말

말을 어느 정도까지 낯설게 만들 수 있고, 그렇게 낯설어진 말을 구절·문장·문장 덩어리 중에서 어느 선까지 넓힐 수 있을까? 그 방법을 배우려면 빼어난 문장을 많이 읽는 수밖에 달리 방도가 없다. 그러나 좋은 문장이라 해서 반드시 종이에 적힌 인쇄된 문장일 필요는 없다.

외딴섬 작은 촌락 공동체에서 대대로 살아온 사람들 가운데 문장을 읽거나 써 본 적이 거의 없는 사람한테 전해 들은 메모가 '낯설게 하기'가 된 사례도 있다. 기록은 귓속에 맴돌아 좀처럼 떠나지 않는 독자적인 음성을 지닌 문체를 갖추고 있다. 이는 그들이 좁은 촌락 공동체 안에서 나날이 주고받은 ──생활하는 데 필요해서 나왔고, 일상·실용의 말임이 분명하지만──언어 표현을 갈고닦았기 때문일 것이다. 자신을 둘러싼 일상생활에서 사물과 말을 마주 대하는 일이 절실했을 테니까. 개중에는 주변의 사물을 넘어서는 사물과 말의 일대일 맞대어 보기도 있다. 이는 소망을 담은 기도의 말이나 신화·민담에서 쓰는 말을 떠올려 보면 더욱 분명해진다.

패전 후 생활에서 오는 괴로움이 도회지에서 지방까지 곳곳에 펴져 있던──특히 농촌·어촌에서──극히 특수한 시기에 나는 시코쿠에 있는 숲속에서 소년기를 보냈다. 당시 내가 말 때문에 쇼크를 입었던 일은, 도호쿠東北에 사는 소년들이 읽는 문장을 나도 읽어 봤을 때로, 지금도 기억이 생생하다. 그들이 읽은 문장은 무차쿠 세이쿄無着成恭가 편찬한 『메아리 학교』라는 작은 책자로 내 손에도 들어왔다.

눈이 펑펑 내린다
인간은
그 아래서 지낸답니다

(이시이 도시오石井敏雄, 「눈雪」)

어째서 형제들이 이처럼 뿔뿔이 흩어질 수밖에 없었냐면, 원인은 어머니가 돌아가신 것과 집이 가난한 탓으로 두 가지입니다.

우리 집에 있는 것이라곤 조그만 밭과 집에 딸린 땅이 전부였는데, 어머니는 삼단으로 만든 계단식 밭에 착 달라붙어서는 어떻게든 우리를 어엿한 한 사람의 성인으로 만들어 보려고 무지 애를 썼어요.

어머니는 그리 건강한 편은 아니어서 '자신이 죽으면 우리 집은 어떡하지?' 하며 걱정했는지는 몰라도, 자신의 몸을 무척이나 아끼던 사람이었습니다. 그러나 너무 가난했기에 늘 남의 신세를 져야 했고, 마을 사무소에서 부조금 받은 걸 비참하게 여겨서 그만 무리를 했는지도 모르죠. 나도 작년에 중학교 1학년이 되고 나서는 무차쿠 선생님의 허락을 받아 종종 학교를 쉬고 힘쓰는 일은 거의 도맡다시피 했지만, 한집안을 책임지는 가장은 아닌지

라 마음은 편안했습니다. 그러니까 어머니는 몸을 많이 써서가
아니라 '어떻게 생계를 이어 가지?', '세금 낼 돈은 어디서 나고?',
'쌀 배급을 받으려면 어떻게 해야 하나?' 이런 걱정거리들로 애
태우다가 돌아가신 것 같습니다.

(에구치 고이치江口江一, 「어머니의 죽음과 그 후」)

말의 차원만 놓고 봐도, '눈, 인간, 지내고 있다, 어머니,
가난, 신세, 비참하다, 무리, 힘쓰는 일, 생활, 세금, 쌀 배급,
걱정거리'와 같은 말 하나하나가 나에게는 메아리치는 울림
으로 다가왔다. 도호쿠에 사는 나와 같은 연령대 아이들의
개성 넘치는 얼굴을 마주하고 있는 듯 『메아리 학교』에 적
혀 있는 말에서 그들의 얼굴을 찾아냈다.

그것도 책을 읽어서 훈련했다기보다는 이 아이들이 속한
공동체 마을이나 학교에서 서로 얘기를 나누는 과정에서 단
련된 말임을—그들의 생활 속에서 그들이 얼마나 사물과
인간의 삶을 깊이 있게 응시했는지를 알려 주는 단련된 말임
을—느낄 수 있었다. 그제야 나는 새로이 재편된 중학교 국
어나 사회 시간에 쓰는 작문과 보고서가 얼마나 상대방의 반
응을 불러일으키지 못하는지 그리고 말뿐인지 알게 되어 부
끄러운 생각이 들었다. 당시의 기억은 지금도 여전히 내 안
에 남아서 내가 소설을 쓸 때마다 기울이는 근본적인 반성과
이어져 있다.

말에서 구절·문장으로 이어지는 레벨에 따라 '낯설게 하기'가 진행된다. 지금까지는 그렇게 완성된 말과 문장의 모습을 살펴봤다. 그렇다면 지금부터는 시야를 좀 더 넓혀서 하나의 문학작품을 둘러싼 외부 측면도 검토해 보자.

일상·실용의 말로 실제 사용할 용도로 쓴 문장도 한 편의 작품으로 볼 수 있다. 그러나 그 속에서 말은 뉴트럴한 것으로서—즉 사전에 오른 것 말고는 거의 의미가 없는 방식으로. 만약 특별한 의미를 덧붙이려면, 부연 설명하는 방식으로서—쓰인다. 신문 기사나 거기에 실린 르포르타주 유의 문장에서도 말 혹은 문장은, 그 역시 중립적인 것으로서 적혀 있을 뿐이다.

글쓴이의 전략 파악하기

그러나 시가 됐든 소설이 됐든 하나의 문학작품에서 작품의 틀 안에 놓인 말은—문학 표현의 말은—중립적이지 않고 언제나 전략적인 역할을 맡고 있다. 이와 관련하여 미국의 문학 이론가 케네스 버크는 『문학 형식의 철학』에서 다음과 같이 설명한다.

"그 남자가 무슨 말을 했어?"라고 당신이 나에게 물었다고 가정하자. 그러자 나는 "예, 하고 대답했어." 하고 답했다. 그러나 그 정도로는 그가 도대체 무슨 말을 했는지 도무지 알 수가 없다. 대화 내용을 알기 위해서는 발화되는 상황, 그런 말을 하기 직전에 무슨 말이 오갔는지 사전에 그 내용을 알 필요가 있다.

비평이나 창작은 그것이 관련된 상황이 제출한 문제에 대한 해답이라고 할 수 있다. 더욱이 그것은 단순한 해답이 아닌 전략적 해답, 문체화된 해답이다. 왜냐하면 그저 "예"라고 대답한 것만으로는, "예, 덕분입니다" 하고 마음을 담은 "예"와 "예, 정말이지 곤란해요." 하고 난감해하는 "예"와는 문체로 보나 전략으로 보나 다르기 때문이다. 그래서 나는 문학 표현의 말을 이해하는 첫 걸음으로 전략과 상황이 실제로 사용되는 구별을 제시하고자 한다. 우리는 시를 — 나는 조금이라도 평론이나 창작 분야에서 인정한 것이라면 모두 시로 본다 — 모든 '상황'을 포위하기 위해 이런저런 '전략'을 사용하는 것으로 여긴다. 그 전략은 각각의 상황을 '어림잡아' 그 상황의 구조나 눈에 띄는 특징적 요소에 이름을 부여하는데, 그 명명은 상황에 대한 명명자의 태도를 그 안에 포함하는 방식으로 이행된다. (고쿠분샤)

하나의 작품 속에 자리 잡은 말·문장은 그 바탕에 글쓴이의 태도가 숨어 있다. 예를 들면 어떤 대상을 희극적으로 비판하는 글을 쓰면서 이런 태도를 표면상으로 들키고 싶지 않을 때 이리저리 고안해 낸 짜임새를 이용하기도 한다. 이와는 반대로 자신의 견해나 바람을 가능한 한 진솔하게 호소하는 식으로 쓰는 사례도 있다.

이런 태도에서는 양쪽 모두 아이러니하거나 나이브한 말의 부조화가 발생한다. 요컨대 말은 각기 다른 전략이 부여되고, 그에 따라 문체화된 것이다. 작품을 읽을 때마다 글쓴이의 전략을 파악해야만 정확하게 이해할 수 있다. 이를 간파하지 못하면 사실을 뒤집어서 표현하는 질 높은 아이러니는 헤아릴 수조차 없다.

문학을 혁신하는 힘

모든 문학작품은 독자적으로 방향이 지워지고 전략이 적용되고 문체화되어 있다. 작품 자체가 일정 방향에 따라 '낯설게 하기'가 설정된 셈이다.

글을 읽는 사람은 작품에 들어가면서 가장 먼저 글쓴이가 어떤 식으로 전략을 짜고 문체화를 실행하는지를 읽어 낸다. 읽는 이가 글쓴이의 전략과 동맹을 맺는 것이다. 그다음에 전략에 맞추어 하나하나 말·문장의 '낯설게 하기', 문체화에 상응하는 반응을 보이면서 읽어 나간다.

이 작품에는 아무래도 빠져들 수 없을 것 같은 때가 있다. 읽는 사람이 글쓴이의 전략을 받아들이지 못하는 경우다. 새로이 글을 쓴 사람은 새로운 전략을 보유한 자다. 그가 새로울 수 있는 것은, 기존의 다른 문학에서는 볼 수 없는 독자적인 전략을 갖고 있기 때문이다. 새로운 전략은 당연히 기성 진영으로부터 저항을 받을 것이다. 그런 장해를 넘어 새로운 전략에 공감해 주는 독자를 찾았을 때, 새로운 글쓴이와 새로운 읽는 이 사이에 문학 표현의 말, 새로운 '낯설게 하기'의 세계가 펼쳐진다. 그것이야말로 문학 상황을 혁신하는 힘일 것이다.

제2부

새로운 문학의 원리

6. 상상력은 어떤 역할을 하는가 (1)

야나기타 구니오의 상상력

문학에서 상상력이 중요한 역할을 맡고 있다는 사실을 의심하는 사람은 거의 없다. 이는 문학을 만들어 내는 쪽도 그것을 읽어 내는 쪽도 마찬가지다. 문학의 핵심에 상상력이 놓여 있다고 말하기도 한다. 나아가 상상력이 예술의 창조와 수용에 있어 중요하다는 점을 들어 상상력이 인간의 삶 속에서 결코 빼놓을 수 없는 기능이라고 말하는 사람도 있다. 그렇다면 과연 우리가 상상력의 기능을 제대로 이해하고 있을까? 상상력이라는 말을 지적인 도구처럼 사용할 때, 도구의 성격과 기능을 제대로 알고서 쓰고 있을까?

나는 아니라고 생각한다. 일본의 일상생활 레벨에서 상상·상상하다는 말이 쓰이기는 하나, 상상력이라는 말을 마주하는 일은 극히 드물다. 상상·상상하다는 말을 공상·공상하다는 말과 혼용하여 쓰는 광경을 자주 목격한다.

일본에서 문장을 쓰는 사람 가운데 상상·상상하다를 가장 많이 쓴 이는 아마도 야나기타 구니오柳田國男일 것이다. 민중에 전해진 생활 관습·용구 등의 단서를 통해 그리운 먼 옛날로 더듬어 올라가는 민속학의 개척자 야나기타에게 상상·상상하다는 매우 중요한 말이었다.

야나기타는 상상·상상하다와 공상·공상하다는 말을 구별하려고 노력했다. 글 쓰는 시기나 다루는 대상, 그리고 애기하는 상대에 따라 공상·공상하다와 상상·상상하다의 구별이 분명한 때와 그렇지 않은 때가 있다. 후자의 경우에도 공상·공상하다가 점차 정확해지면 상상·상상하다에 이른다고 하는 단계적인 관계 속에서——서로 맞닿아 경계가 흐려지더라도 겉과 속의 차이는 뚜렷한 방식으로——사용되었다.

구체적인 근거 없이 혹은 근거가 있더라도 애매하게 행해지는 고대[古層]를 향한 마음의 움직임을 공상·공상하다로 보고, 이보다 더 명확한 근거에 선 확실한 마음의 기능을 상상·상상하다로 그 쓰임새를 나누었다. 때로는 조금이라든가 틀림없이라는 한정사를 덧씌웠지만, 공상·공상하다에는 마음

의 기능으로서 마이너스·소극적 평가의 표식을 붙이고 상상·
상상하다에는 플러스·적극적 평가의 표식을 달았다.

예를 들면 1952년에 발표한 야나기타 학풍의 새로운 전개
와 전체상을 보여 준 『바닷길海上の道』에서 야나기타는, 야
자나무 열매를 표류물로 설명하면서 그것이 남방에서 해류
를 타고 건너왔다는 —— 당시 구체적인 증거를 들어 확인할
수 없지만, 진실한 상상으로 여겨졌던 —— 이야기와는 별개로
산속에서 흘러 들어왔다는 전승도 있다고 덧붙인다.

> 그것을 영산靈山의 신비로움에 의탁한 것은 신앙일지는 몰라도,
> 적어도 화자話者는 동시대인 모두와 함께 이 나무 열매의 산출지
> 에 관한 공상의 자유를 보유하고 있었다. (치쿠마쇼보)

이어서 야나기타는 야자나무 열매가 이리저리 떠다니다가
뭍에 닿았다고 보는 착상을 역사적 사건과 결부시킨다.

> 이른바 동이東夷가 바다를 영위하는 데 있어 지금에 이르러 분명
> 한 사실은 보패寶貝의 공급이었다.

그리고는 일본인의 선조가 섬에 이른 '바닷길'을 끝까지
좇아 민속학 관련 영역의 여러 전문가가 한 방향을 향해 연
구하기를 촉구했다.

여러분은 막중한 책임을 떠안게 되시겠지만, 이런 상상이 꽤 유쾌한 일이 될 것은 분명합니다.

발자크의 『환멸』

프랑스어권에서 '상상력imagination'이라는 말은 일상적으로 널리 쓰이는 모양이다. 특히 소설의 세부적인 부분에서 상상력은 자주 쓰인다. 발자크 소설에서 그 용례는 쉽게 보인다. 『환멸』에서 처음에 시골의 문학청년으로 등장하는 뤼시앙 드 뤼방프레는, 정인이던 귀족 부인으로부터 함께 파리로 떠나자는 말을 듣고 마음이 격하게 움직인다.

> 뤼시앙은 그녀의 유혹적인 말을 들으며 파리의 모습을 상상으로 한번 그려 보고는 멍해졌다. 여태껏 자신이 머리를 반쪽만 쓰며 살았다고 생각했다. 그리고 나머지 절반이 지금 발견된 듯한 기분이 들었다. 그만큼 생각이 급격히 확대되었다. 앙굴렘에 사는 자신은 늪 바닥의 돌 밑에 사는 개구리와 같은 신세라는 사실을 깨달았다. 파리의 장려함이 완전 촌뜨기의 상상력으로는 꿈속의 세계로 비쳤다. 파리의 웅장하고 화려한 광경이, 지금 눈앞에서 황금빛 의상을 걸치고 보석으로 수놓은 왕관을 쓴 채, 재능 있는 사람들에게 손길을 내미는 모습으로 나타났다. (도쿄소겐샤)

그러나 파리에서 이루려던 뤼시앙의 꿈은 크나큰 '환멸'이 대신한다. 막다른 길에 내몰려 실의에 빠진 청년의 삶을 이야기하는 후반부에서 상상력이라는 말이 다시 나온다. 그런데 이토록 아무런 저항 없이 상상력이라는 말을 받아들일 수 있을까. 게다가 그것은 앞선 구절과는 다른 방식으로 생동감 넘치는 내용을 담고 있다. 뤼시앙은 막연하게 파리 생활을 몽상하지 않았다. 그는 뜻을 세워 파리로 향해 있는 힘껏 노력했지만, 결국 구렁텅이로 떨어지는 심정으로 고향으로 돌아오고 말았다.

얼굴에 깊게 팬 번민이 시인처럼 이마 위에 그림자를 드리웠다. 이러한 변화는 고뇌가 얼마나 깊었는지 알려 준다. 궁박한 현실이 용모에 남긴 흔적을 보니 그저 가엾은 생각이 들 따름이었다. 집안에서 날아올랐던 상상력이 되돌아와서 마주한 것은 슬픈 현실이었다.

우리는 이처럼 구체적인 문장 속에서 想像·想像하다 또는 想像力이라는 말을 봄으로써, 딱히 뭐라 정의할 수는 없지만, 내 안에서 이해심과 같은 마음이 솟아난다는 것을 느낄 수 있다.

체호프의 『결투』

그럼, 이번에는 체호프의 소설을 실마리로 한 걸음 더 상상력에 가까이 다가가 보자. 상상력의 정의는 아무리 철저히 따져 정식화한 것이라도—내가 가장 타당하다고 여기는 정의는 뒤쪽에서 쓰겠지만—그에 앞서 구체적인 사례를 체계적으로 살펴보지 않으면 제대로 파악하기 어렵다.

『결투』는 체호프의 소설 가운데 뛰어난 작품이다. 여기에 그려진 반식민지 코카서스의 어느 해변에 사는 고등실업자에 가까운 관리나 군인들이다. 사람들 대부분은 이곳에서 지내는 평온한 생활을 주체하지 못해서 페테르부르크와 같은 도시 생활을 그리워하며 제한되나마 사교 생활을 하는 것으로 나날을 보내고 있다. 개중에는 지루함에 진절머리 나는, 언제라도 정인을 버리고 숨 막히는 시골에서 도망치고 싶어 하는 말단 관리 라예프스키와 같은 남자도 있지만….

어느 날 그들은 마을에서 벗어나 소풍을 갔다.

> "그보다는 저기 좀 보게. 정말 멋진 경치로군!" 사모일렌코는 마차가 왼쪽으로 돌아 황하의 골짜기가 눈앞에 펼쳐지자 누런 강줄기가 반짝반짝 빛을 발하는 광경을 보고 말했다.
> "이보게, 난 아무 감흥이 없네." 하고 라예프스키는 대답한다.

"자연을 찬양해 마지않는 건 우리와 우리의 상상력이 빈약하다는 거야. 내가 공상 속에서 그리는 세상에 비하면 이런 시냇물이나 바윗덩어리는 먼지와 티끌에 불과해. 아무것도 아니지."

이제 마차는 개울을 따라 달리고 있다. 고개를 들어 올려다봐야 할 만큼 치솟은 암벽은 점차로 양쪽에서 다가오고 물길이 좁아져서 앞길은 골짜기가 나 있다. 마차가 달리는 길옆에 서 있는 바위산은 자연의 손이 거대한 바윗덩이를 겹겹이 쌓아 올린 것으로, 거암巨巖이 무시무시한 힘으로 밀치락달치락 실랑이를 벌이는 모습에는, 사모일렌코가 눈길이 가닿는 곳마다 연신 앓는 소리를 낼 정도로, 묵직한 무언가가 있었다. 땅거미가 지기 시작한 아름다운 산 중간중간에 가느다랗게 갈라진 틈이나 골이 생겨서, 그 사이로 물기 어린 바람과 신비스러운 기운이 밀려왔다. 골짜기를 빠져나오자 이번에는 다른 산들이 보인다. 갈색빛·장밋빛·연보랏빛에 안개 낀 산이 있는가 하면 석양빛을 받아 아름답게 빛나는 산들이. 마차가 골짜기 앞에 다다랐을 때 어디선가 높은 곳에서 물이 떨어지는지 이따금 물방울 소리가 들린다.

"아, 원망스러운 산들이여." 하고 라예프스키가 탄식했다. "난 이제 질렸어." (신쵸샤)

쓸데없이 여기저기 간섭할 만큼 사교적인 군의관 사모일렌코가 옆에서 함께 마차를 타고 있던 라예프스키의 마음을 휘젓기라도 하듯 풍경의 아름다움을 말한다. 그러나 라예프스키는 실제로 눈으로 봐서 와닿는 감동은 상상력을 발휘한 것보다 빈약하다고 응답한다.

자신이 공상 속에서 그리는 세상에 대해 — 그것은 홀로 시골에서 탈출해서 페테르부르크에서 즐기고 싶은 화려한 도시 생활일 테니, 뤼시앙이 상상력으로 그린 파리 생활과 성격이 같다. 실없는 공상일망정 그 역시 상상력을 발휘한 하나의 현상이라 할 수 있다 — 자연은 결국 시냇물이나 바윗덩어리는 먼지와 티끌에 불과하다. 이는 라예프스키의 마음이 어딘가에 매여 있어 눈앞의 자연에 마음을 열지 못하는 것이다. 이와는 반대로 자연이든 다른 그 무엇이든 대상을 향한 마음을 여는 원동력은 상상력에 있다. 나는 이점을 거듭 강조하고 싶다.

열린 마음은 구체적인 세부 사항에 이르기까지 자연의 풍경을 살아 숨 쉬는 활기찬 것으로 바라본다. 닫힌 마음은 자연을 시냇물이나 바윗덩어리로밖에 보지 못한다. 이는 가로수 길의 어느 집 한 채를 구체적으로 상상하는 경우와 신문 광고(옆면 표 참조)가 알려 주는 것을 비교하면 분명해진다.

광고의 목적은 정확한 정보를 전달하는 기호의 집합이다. 상상력은 구체적으로 대상을 포착한다. 자동화 작용이나 대수화와는 다른 방식으로 '낯설게 하기'의 형태로….

매매 40억	전세 4억 5천
관리비 확인 불가	관리비 10만원
초특급 주택, 서울 시내 완벽 조망!	정원 있는 신축 빌라, 보증보험○
전용 302.7m² (단독 B1~2층)	전용 50.8m² (1층)
주차 4대 가능	투룸(욕실 2개) / 주차 가능
즉시 입주 협의 가능	입주 시기 협의 후 결정

유쾌한 여행을 기대하며 기를 쓰고 마차에 오른 사모일렌코의 마음은 닫혀 있지 않다. 그의 눈은 사물을 구체적으로 보고 적극적으로 받아들인다. 자신과 풍경 사이에 살아 숨 쉬는 마음의 관계를 형성한다. 그야말로 상상력이 기능을 발휘하는 장면이라 하겠다. 체호프는 생기 넘치는 상상력이 어떤 식으로 풍경을 빨아들이고 찾아내는지 사모일렌코의 마음속 움직임을 따라 이야기를 풀어 나간다.

바위산의 거대한 바윗덩이, 가느다랗게 갈라진 틈이나 골, 물기 어린 바람과 신비스러운 기운. 갈색빛·장밋빛·연보랏빛에 안개 낀 산. 사모일렌코는 연신 감탄하지만, 라예프스키는 오로지 진저리를 칠 뿐이다. 모든 것에서 자동화 작용이 일어난다. 그는 그저 개념적인 산, 기호에 불과한 산을 보고 있을 따름이다.

풍경을 보는 행위는 대체로 수동적인 것이라 여길지도 모르겠다. 그러나 자신의 경험을 깊이 생각해 보면, 거기에는 두 가지 측면이 있다는 사실을 알아차리게 된다. 차창 밖 흘러가는 풍경에 시선을 향하고 멍하니 있을 때일지라도 새롭게 마음을 사로잡는 산이나 강, 수목이 나타나면 바로 몸을 내밀듯 적극적으로 풍경과 교신을 시작하지 않던가. 그때까지 쭉 수동적으로 있었는데, 그 순간부터 마음속에서 무언가가 꿈틀대기 시작하는 것은 능동적인 양상이고, 이를 자신의 말로 표현하는 것도 가능해진다. 사실 대상을 의식적으로 받아들이고 파악하는 것은 곧 말로 대상을 포착하는 것이다.

열린 마음 닫힌 마음

이런 능동적인 태도는, 지각하여 개념화하는 파악과 어떻게 다르고 상상력은 어떻게 개입하는가? 이에 답하기 위해 다시 한번 찬찬히 짚어 보자. 차창 건너편으로 아름다운 집이 눈에 들어왔을 때, 우리는 그것을 전체로 파악하는 동시에 세부적인 부분까지 두루두루 살핀다. 그 누가 앞의 광고처럼 개념화하여 파악하겠는가?

아름다운 집을 바라볼 때, 건물 안에서 들려오는 소리에 가만히 귀 기울여 보면, 분명 상상력을 풍부히 갖춘 말소리가 들려올 터이다. 내부에서 새어 나오는 소리는 아름다운 집을 보고 있는 우리 자신의 내적 가치 또한 표현하고 있음에 틀림 없다. 마차에 올라 바위산 골짜기를 달리는 사모일렌코의 눈에 비친 장면을 그대로 묘사하여 드러내는 체호프의 문장은, 너무나 생생히 이 군의관의 내면을 비춰 준다. 활기로 가득 찬 사모일렌코의 모습을 무미건조한 라예프스키의 내면과 예리하게 대비시킨 장면을 보면 분명히 그렇다.

풍경을 보는 눈에 초점을 맞춰 생각해 보자. 거기에는 통합하는, 형태를 부여하는 기능이 작동하고 있음을 바로 알아차릴 수 있다. 인간이 아닌 개도 창밖 풍경을 본다. 설령 개에게 집이나 나무나 들판을 하나하나 지각하고 식별하는 능력이 있다 한들, 그 개는 그저 뿔뿔이 흩어진 대상으로서 집·나무·들판을 볼 수밖에 없다.

그런데 우리는 한번 흥미가 생긴 풍경을 보기 시작하면, 전체 또는 일부분을 하나로 짜인 그 무엇으로 파악한다. 세부적인 곳을 주목할 때도 하나의 형태를 갖춘 전체 중 일부를 눈여겨보는 것과 같다. 우리는 무의식중에 풍경에 어떤 하나의 형태를 그리고 스타일을 덧붙여 파악한다. 이는 일정 시점이 지나, 일단 주의를 기울인 풍경을 떠올리며 그림을 그려 보면 알 수 있다. 물론 지난 과거의 시간 속에서 숙성 작용이 일어날 터이다. 그러나 실제로 풍경을 바라본 순간,

만약 그것이 의식적인 행위였다면, 우리의 마음은 이미 그림 그리기의 시작 단계로 진입한 것이 아닐까?

우리는 종종 바위 결이 드러난 산이나 벌거벗은 수목을 보면 세잔의 스타일이라고 느낀다. 앞서 말했다시피 이런 느낌은 세잔이 그림을 그릴 때 풍경을 포착하는 방식, 즉 통합하고 형태를 부여하는 방식을 우리가 떠올리는 것이다. 일찍이 세잔이 눈으로 사물을 포착한 방식과 같은 방식으로 우리도 풍경을 통합하고 그 풍경에 형태와 스타일을 갖다 댄다.

세잔이 그림을 그리면서 독자적으로 상상력을 발휘한 사실을 부정하는 사람은 없을 것이다. 설령 그렇게 말하는 이가 있다 하더라도 그 또한——라예프스키처럼 심기가 불편하고 마음의 문을 닫아 버린 상태가 아니라면——세잔이 풍경을 그리려고 그림 붓을 들었을 때, 빈약한 상상력을 드러낼 뿐이라고 말하진 못하리라. 도리어 그와는 반대임을 인정하게 될 것이다. 우리가 풍경 앞에서 마음이 활기차게 흔들리는 때는 상상력이 작업을 걸고 있다는 뜻이다.

풍경만 그런 것이 아니다. 인물도 마찬가지다. 아니, 오히려 더 명료하다. 일정한 틀 속에 자리 잡은 프랜시스 베이컨의 그림은 인간의 육체와 내면에 대한 상상력을 휘저어 불안감을 불러일으킨다. 누구나 한 번쯤은 거꾸로 녹아내리는 듯한 인체 그림을 보고 나서 전차 안에서도 자신이 주위 사람의 움직임에 반응하고, 베이컨의 스타일과 겹쳐서 사람들을 쫓는 눈의 움직임을 느낀 적이 있을 것이다. 베이컨은 그림의 형태 레벨에서 인간의 육체와 내면에 '낯설게 하기'를 가한다. 낯설게 하는 방식이 그의 상상력의 기능을 표현한다. 우리의 상상력은 큰 폭으로 진동한다.

그리고 문학은 회화보다 더 직접적으로 어떻게 인간을 통합할지 어떻게 형태를 부여하여 인간을 포착할지 오랜 세월 노력을 거듭해 왔다. 톨스토이나 도스토옙스키가 만들어 낸 인물들을 잠시 떠올려 보는 것만으로도, 인간을 파악하고 말로 인간을 표현하는 일이 얼마나 상상력을 요구하는 작업인지 확실히 알게 된다. 우리는 일상생활에서 인간을 마주하는 레벨에서도 상상력을 발휘하며 살아가고 있다.

7. 상상력은 어떤 역할을 하는가 (2)

타르콥스키의 〈노스텔지아〉

특히 문학에서 상상력이 발동한다고 설명하려 들 때, 이런 말을 자주 한다. 문학에서 풍경이나 인물의 구체적인 모습을 읽어 내 마음속에서 그려 보기 위해서는 상상력이 필요하다. 그러나 TV 화면이나 영화관의 스크린이 비춰 주는 풍경이나 인물을 보고 있는 한 상상력은 작동하지 않아도 된다. 이런 생각을 바로잡기는 성가신 일이다. 이런 설명이 근본적으로 틀렸는데도 현상적으로는 종종 옳을 때가 있기 때문이다.

이따금 TV에서 문장으로 쓴 글을 그림으로 설명하는 드라마를 본다. 지금은 음성다중방송이라는 장치가 있어서 시력을 잃은 사람들을 위해 화면에서 벌이지는 일이 음성으로 설명된다. 가끔 스위치를 잘못 눌러서 이 소리를 들으면서 드라마를 보기도 한다. 놀라운 사실은, 브라운관의 드라마가 무미건조한 설명이 나타내는 것 이외에 다른 것은 표현하지 않는다고 여긴다는 점이다. 이러한 TV는 시청자 내부에서 상상력이 가동되는 그 어떤 기능도 불러일으키지 않는다.

그러나 문자로 읽어 낸 풍경이나 인물을—마치 그림 연극이나 만화의 장면이 시시각각 바뀌듯이—시각적 이미지로 대체한다고 해서 과연 그것을 상상력이라고 할 수 있을까? 활자로 된 글이 나온다고 다는 아니다.

그저 문자에 의한 표현을 그림에 의한 표현으로 바꿔 놓는 것이 아닐까. 토끼라고 쓴 문자를 토끼 그림과 바꾼 것을 두고 진정 상상력이 작동한 것이라 말할 수 있겠는가? 문자라는 기호로 전해진 정보를 수중에 든 그림 카드에 상당한 것으로 치환하는, 이런 바꿔치기는 침팬지도 가능한 조작에 지나지 않는다는 생각은 해 본 적이 없는가?

오직 TV 화면이나 스크린에 비친 것만을 상상력의 소산으로 간주한다면, 그림으로 표현할 수 없는 것은 상상력과 관련이 없다는 말인가? 그렇다면 인류가 그토록 오랜 세월 상상력의 대상으로 삼아 온 신앙은 어떠한가? 일상생활에서 사물 레벨을 넘어선 신앙을 그린 불교나 기독교 그림 이외의 다른 모든 것은 징녕 상상력과 무관한가?

뛰어난 영화를 보면, 문자로 쓴 작품이 환기하는 방식과는 다르지만, 그 역시 새로운 상상력을 발동시키는 요소를 발견할 수 있다. 신마다 화면의 구석구석까지 꽉 채운 자잘한 사물을 포함한 시각적 이미지 자체가 갖는 힘이다.

단순히 사전에 말로 표현된 것을 화면에 나타나는 이미지로 바꿔 놓은 것이 아니다. 우리는 영화로 만들어지기 이전 원작의 문장 속에서 영상의 등가물을 찾아내는 식으로 상상력을 환기하지 않는다. 그렇다고 해서 화면의 이미지가 상상력으로 불러일으킨 모든 것을 문장으로 바꾸어 표현할 수 있는 것도 아니다.

설령 문학에서 상상력의 역할을 높이 평가하는 사람이더라도, 훌륭한 영화에서 보이는 독자적인 상상력의 환기성으로 영화에 관심이 쏠리기 마련이다. 이는 문자→영상, 영상→문자로 전환하는 식의 단순한 치환 작업과는 다른, 깊이 있고 풍부한 레벨에서 새로운 문학적 상상력을 발동하는 자극을 일으킨다. 실제로 지금 시나 소설과 같은 문학에 의한 표현 형식을 채택한 사람 중에 그 누가 소련의 안드레이 타르콥스키 영화를 무시할 수 있겠는가?

1986년에 암으로 사망한 타르콥스키 감독이 타계 3년 전 이탈리아에서 만든 〈노스텔지아〉. 영화는 로마의 캄피돌리오 광장에서 마르쿠스 아우렐리우스 황제의 기마상에 올라 탄 미친 남자가 연설하는 신을 보여 준다. 이 남자가 영화에서 하는 말은 오늘날의 세계에 대한 타르콥스키 자신의 사상을 전달하고 있다. 스웨덴과 프랑스가 합작한 마지막 작품 〈희생〉 또한 핵전쟁으로 인한 세계 괴멸의 위기와 마녀 같은 자의 힘을 빌리는 민속적 신앙을 통한——이 영화에서도 그 것을 믿는 남자는 광기에 사로잡힌 것으로 보인다——재생의 희망을 담은 영화의 근본 모티브를 밝히고 있다.

그러나 이것을 문자의 형태로 채록한 시나리오로 보면, 설득력이 떨어지고 도리어 패러디의 요소가 섞인 대사로 느껴진다.

어디서 살지? 현실에서도 못 살고 상상 속에서도 못 산다면….
천지天地와 새로 계약을 맺어 태양으로 밤을 밝히고 팔월에 눈을
뿌릴까? 큰 건 사라지고 작은 건 살아남는다. 세상은 다시 하나
로 합쳐질 거야. 너무 뿔뿔이 흩어졌어. 자연을 보면 바로 알 수
있지. 생명은 단순한 거야. 태초로 돌아가자. 길을 잘못 들었으니
본래 왔던 길로 되돌아가자. 생명이 시작된 그곳으로! 물이 더럽
혀지지 않았던 그곳으로! 이 무슨 일인가. 광인이 수치심을 알아
라 하고 외쳐 대야만 하는 세상이라니! (시네 비방)

거대한 기마상 위에서 고함치는 광기에 휩싸인 늙은이, 그 기마상 아래 모여든 그들 역시 미친 사람들, 정면으로 보이는 커다란 계단에 올라선 구경꾼들…. 이들을 비치는 영상은 소리 지르던 노인이 마침내 분신자살에 이르기까지의 기나긴 장면을 리얼리티와 설득력이 넘치도록 만든다. 소설의 말로 이와 같은 효과를 얻기는 불가능할 것이다.

이어서 토스카나 지방의 휴양지에서 바람 앞에 꺼질 듯 위태로운 성냥불을 손으로 감싼 채, 온통 물기로 가득한 온천 바닥을 몇 번이고 가로지르려 애쓰는 중년의 한 남자. 그는 성냥불을 꺼뜨리지 않고 끝까지 길을 건너는 것으로 미친 노인과 한 약속을 지키려는 것이다. 이 장면을 지켜보는 사이, 우리는 간절히 뭔가를 희구하며 애타게 갈망하는 중년 남자의 내면을 자신의 상상력으로 긴박하게 쫓고 있다는 느낌을 받지 않을 수 없다.

우리는 한 줄의 대사도 설명도 없이 성냥불을 손바닥으로 감싸 쥐는 어리석은 시도를 광기에 휩싸인 노인이 외쳐 대던 세계 회복을 향한 염원과 연결 짓는다. 그 단순하지만 곤란한 걸음걸이에 맞추어 남자와 함께 숨이 막힐 지경이다. 불을 붙인 채 횡단하던 남자가 마침내 건너편에 도달했을 때, 우리는 지금까지 살면서 겪어 보지 못했던 크나큰 성취감과 더불어 '생명의 시작'을 향한 화해 분위기가 가득한 새 출발을 실감한다. 영상이 제시하는 압도적인 리얼리티 외에 다른 그 어떤 증거가 없는데도….

타르콥스키 영화의 상상력은 ── 요컨대 관객의 상상력이 증폭되도록 주위를 환기하는 힘은 ── 문자와 영상 가운데 어느 쪽이 상상력의 기능을 더 지니는가 하는 논의의 통속적인 근거를 깨 버린다.

바슐라르의 『공기와 꿈』

상상력의 작동에 관한 정의에서 내가 배워 보고 싶은 것은, 프랑스 철학자 가스통 바슐라르가 『공기와 꿈』에서 내세운 논리다.

> 지금도 여전히 사람들은 상상력을 이미지를 형성하는 능력으로 본다. 그러나 상상력은 오히려 지각을 통해 제공된 이미지를 왜곡하는 능력으로, 무엇보다 기본적 이미지로부터 우리를 해방하고 이미지를 바꾸는 능력이다. 이미지의 변화, 예기치 않은 이미지의 결합이 없다면, 상상력은 없고 상상하는 행위는 없다. 만약 눈앞에 놓여 있는 어떤 이미지가 거기에 없는 이미지를 연상시키지 못한다면, 만약 상상력을 촉발하는 어떤 이미지가 엄청난 속도로 달아나는 이미지의 폭발을 결정하지 않는다면 상상력은 없다. 지각이 있고 어떤 지각의 추억, 익숙하고 친숙한 추억, 색채나 형체

의 습관이 있다. 상상력imagination에 대한 말은 이미지image가 아닌 상상적인 것imaginaire이다. 어떤 이미지의 가치는 상상적인 것의 배후에 있는 후광의 넓이에 의해 측정된다. 상상적인 것 때문에 상상력은 본질에서 열린 것, 도주하기 쉬운 것이 된다. 인간의 심상psychisme에서 상상력이란 실로 개시開示의 경험인데, 이는 새로운 경험이 아닐 수 없다. 상상력은 다른 그 어떤 성능보다더 인간의 심리 현상을 특징짓는다. 블레이크의 명언대로 '상상력은 상태가 아닌 인간의 생존 그 자체이다.' (호세대학출판국)

바슐라르는 위와 같이 정의를 내리고 나서, 그만의 독자적인 상상력 연구의 방향성을 밝혔다.

그러므로 정지한 이미지, 명확하게 규정하는 말로 완성된 이미지를 가장 먼저 제외하자. 동시에 명백히 전통적인 모든 이미지—가령 시인들이 식물잡지에서 보여 주는 더없이 풍부한 꽃 이미지와 같은 것—를 빼놓자. 그런 이미지는 인습적 필치가 가해진 문학적 서술을 덧칠한다. 그러나 그것은 이미 상상적 능력을 잃었다. 그렇지 않은 이미지는 신선하다. 생기 있는 언어의 생명이 살아 숨 쉰다. 사람은 이들 이미지를 영혼과 정신을 쇄신하는 어떤 내밀한 신호에 따라 살아 있는 서정성 속에서 체험한다. 이들은—이들 문학적 이미지는—감정에 희망을 불어넣어 인간다워지고자 하는 우리의 결의에 특수한 강인함을 부여하여 우리의 육체적 생명을 긴장시킨다. 이런 이미지를 포함한 서적은 어느 날 갑자기 친근한 편지로 다가온다. 문학적 이미지는 우리의 생명에서 어떤 한 역할을 맡아 우리에게 활력을 불어넣는다. 그럼으로써 말·성조聲調·문학은 창조적 상상력의 위치까지 오른다. 사상은 새로운 이미지 속에서 스스로 드러냄으로써 언어를 풍성하게 만드는 동시에 그 역시 풍부해진다. 존재가 말이 되는 것이다. 말은 존재의 심상 정상에서 나타난다. 말은 인간적 심상의 직접적인 생성으로서 스스로 나타난다.

상상력의 기능

젊은 야나기타 구니오가 지각으로 포착한 정보로 이라고자키伊良湖崎 해변으로 밀려 들어온 야자열매를 찾아냈다. 수많은 사람이 오래도록 바라봐 온 이 땅에서 야자는 이미 기성품 이미지였음이 틀림없다. 야나기타는 지각을 매개로 얻은 정보를 시마자키 도손島崎藤村에게 전달한다. 한 장의 스냅숏처럼 눈이 포착한 해안가 야자열매의 이미지가 귀로 전해진 것이다.

이를 계기로 도손의 내부에서 상상력이 폭발한다. 해변의 야자나무 열매라는 이미지를 배경으로 풍부한 상상적인 것의 후광을 본 것이다. 젊은 시인 도손의 가슴속에서 민속학자 야나기타가 환기한 흐름과 똑같은 방향으로 상상력에 발동이 걸린다. 야자열매를 보패寶貝가 전파된 사실과 엮어서 일본인·일본문화의 '바닷길'로부터의 도래라고 하는 구상에 이르는 학문적 정신의 작동. 야나기타는 도손이 상상력을 발휘한 것을 두고 의미를 부여했다. 이는 뛰어난 시인과 마찬가지로 민속학자 역시 상상력을 동원하여 큰일을 해냈다는 자부심을 에둘러서 표현한 것이다.

　　열매를 건져 가슴에 갖다 대니
　　새로움구나 유랑의 시름

당연히 위 구절이 내 거동이나 감회에 영향을 주거나 하는 일은 없었고, '바다의 일몰을 보면'이라고 운운하는 구를 봐도, 이런 우연한 만남으로는 얼마간의 내 견문도 아직 썩지 않았구나 확인하는 정도였다. 어느 시인은 지금 당장이라도 열매를 서쪽 쓸쓸한 물가로 옮기고 싶었는지 몰라도. 이세伊勢가 도코요常世의 파도가 쉴 새 없이 밀려드는 불로불사의 나라라는 사실은 가장 오래된 기록에도 남아 있지만, 이를 실증한 몇 가지 사실 가운데 야자 열매가 왜 들어갔는지 설명할 수 있는 이는 아직 없다. 물론 해당 토지에는 까닭을 아는 사람이 예나 지금이나 많겠지만, 그것을 어느 한 나라의 문화와 관련하여 문제로 삼는 것은 종합적인 일로 뛰어난 어떤 한 시인을 필요로 했다.

　　앞서 체호프가 그렸다시피 자신을 둘러싼 외계의 사물에 관심을 보이지 않는 혹은 관심을 두지 않는 인물의 상상력은 움직임이 없다. 사물은 눈에 들어오시만, 자동화 작용을 일으킨 채로 그것으로 의식되지 않아 없는 것이나 마찬가지다. 그런데 내부에서 상상력이 살아 움직이는 다른 한 사람의 시점에서 보면, 산들은 갈색빛·장밋빛·연보랏빛에 안개 낀 산이 있는가 하면 석양빛을 받아서 아름답게 빛나기까지 한다. 이 인물의 상상력을 발판으로 마음의 문이 닫힌 남자에게는 개념화된 '산'에 불과했던 산은 천변만화하고 잇달아 이미지를 터뜨린다.

산은 달아나기를 거듭하다 새로이 끓어오른다. 유쾌하고 활기 넘치는 남자에게 산의 이미지는 열린 것이다. 그것은 도주하기 쉬워 잇달아 갱신된다. 그는 산을 향해 상상력을 펼치면서 한순간 활발히 살아난다. 똑같은 광경을 보고도 난 이제 질렸어라는 말밖에 내뱉지 못하는 남자는 죽은 것이나 매한가지다. 이들에게 상상력은 어떤 기능을 하는가. 한쪽은 그야말로 살아 있는 남자로 만들고, 다른 한쪽은 아예 죽은 남자로 만든다. '상상력은 상태가 아닌 인간의 생존existence 그 자체이다.'

산이 자동화 작용을 일으킨 경우와 의식하여 구체적·적극적·능동적으로 생생하게 포착하는 경우. 이들의 모습을 '낯설게 하기'와 관련하여 생각해 보면, '낯설게 하기'가 가해진 사물이 그리고 말이 상상력을 자극한다는 사실을 알 수 있다. 거꾸로 말하면 우리는 상상력을 불러일으킴으로써 자동화 작용의 칠흑 같은 어둠 속에서 사물을 끄집어낸다. 사물과 말을 낯설게 하여 활기차게 움직이는 힘을 부여하는 것이다.

문학 표현의 말을 쓰는 사람은, 말과 문장 그리고 한 덩어리의 문장이라는 각각의 레벨에서 매 순간 '낯설게 하기'를 생각한다. 다양한 레벨에서 상상력이 제대로 작동할 수 있도록 고심하는 것이다. 영상의 세부에서 전체에 이르기까지 장면마다 깊이 생각한 타르콥스키 영화에서처럼. 타르콥스키는 인물·사물·풍경 하나하나를 익숙지 않고 신기하게 만드는—영화에서는 존재감이 있다고 표현한다—'낯설게 하기' 작업으로 우리의 상상력을 불러일으킨다.

영화 작가인 타르콥스키에게는 영상이나 소리로 '낯설게 하기'가 가능한, 즉 상상력을 환기시키는 장치와 고안이 있다. 이에 대해 문학 표현의 말로 글을 쓰는 이는, 오직 말을 이용하여 '낯설게 하기'에 도달하고 상상력을 불러일으킬 장치를 마련한다. 이러한 시도가 성공하면, 바슐라르가 말한 대로 신선한 이미지에는 생기 있는 언어의 생명이 살아 숨 쉰다. 사람은 이들 이미지를 영혼과 정신을 쇄신하는 어떤 내밀한 신호에 따라 살아 있는 서정성 속에서 체험한다.

인간다운 결의

말은 인간의 근간에서 출발하는 특별한 존재다. 인간에게 말은 숨 쉬는 것 다음으로 중요하다고 할 만큼 근본적이다. 아기는 말을 함으로써 인간이 되어 간다. 바슐라르가 말의 기능을 과학적으로 분석한 논의에서 인간의 삶을 향한 확신에 찬 사상을 끌어낸 것은 결코 논리적인 비약이 아니다. '이들은 ── 이들 문학적 이미지는 ── 감정에 희망을 불어넣어 인간다워지고자 하는 우리의 결의에 특수한 강인함을 부여하여 우리의 육체적 생명을 긴장시킨다.' 이는 『전쟁과 평화』를 읽고 『카라마조프가의 형제들』을 읽은 다음 『환멸』을 읽고 나서, 구체적으로 경험한 일을 명료하게 말로 표현해 보면 바로 알 수 있다.

더군다나 이들 문학적 이미지라는 것이, 오로지 위세 좋게 양성으로 위로 향하는 내용만 담고 있는 것은 아니라서, 반대로 어두울 때조차 읽는 이를 격려하는 기능이 작동한다는 점에 주의해야 한다.

『환멸』에 나오는 뤼시앙은 파리에서 사랑에 빠지는데, 상대인 창녀 코랄리는 병을 앓으며 죽어 간다. 막다른 길에 내몰린 청년은 생계에 앞서 당장이라도 치러야 할지 모를 장례비를 벌어야 한다.

뤼시앙은 어둡고 싸늘한 무언의 흥분에 사로잡힌 채 코랄리의 머리맡에 딱 붙어서 어스름한 램프 아래에서 재기 넘치는 기사를 쓰기 시작했다. 무언가 좋은 생각을 떠올리려 고개를 들 때마다 사랑하는 그녀의 얼굴에 시선이 꽂혔다. 죽음에 가까워 도자기처럼 새하얀 아름다움이 그윽한 얼굴…. 창백한 입술에 미소를 띠며 반짝반짝 빛나는 눈! 그것은 병뿐만 아니라 마음의 고통에도 굴복한 여자의 눈이었다.

우리는 위의 비참한 문장에서조차 밀려드는 감동으로 인해 감정에 희망을 불어넣어 인간다워지고자 하는 우리의 결의에 특수한 강인함을 부여하여 우리의 육체적 생명을 긴장시키는 것은 아닐까?

말은 세상 그 자체

바슐라르는 이런 이미지를 포함한 서적은 어느 날 갑자기 친근한 편지로 다가온다고 썼다. 작가는 말의 장치를 통해 말에서 문장 그리고 한 덩어리의 문장이란 다양한 레벨에서 독자의 상상력으로 이어지는 파이프를 연결시키고자 한다. 읽는 이는 그의 내부에서 일어나는 능동적 기능으로 상상력이 가동한다. 하나의 작품을 통해 글을 쓰는 이와 읽는 이의 상상력은 증폭되고 같은 쪽으로 방향이 설정된다.

읽히는 말은, 글을 쓰는 이의 것인 동시에 읽는 이의 것이다. 인쇄된 한 줄 한 줄이, 읽는 이의 상상력을 무대로, 살아 있는 장이 된다. 글을 쓰는 이 또한 자신이 적은 말은 여기서 ──즉 읽는 이의 상상력이란 무대에서── 비로소 살아난다.

상상력이 글을 읽는 인간의 마음속에서 더욱 잘 일어난다는 것. 바슐라르는 능숙한 말솜씨로 이렇게 말했다. 문학적 이미지가 힘을 발휘할 때, 글을 쓰는 이와 읽는 이를 구별하는 일은 그리 중요하지 않을 것이다.

그 이미지는 우리의 생명에서 어떤 한 역할을 맡아 우리에게 활력을 준다. 그럼으로써 말·성조聲調·문학은 창조적 상상력의 위치까지 오른다. 사상은 새로운 이미지 속에서 스스로 드러냄으로써 언어를 풍성하게 만드는 동시에 그 역시 풍부해진다. 존재가 말이 되는 것이다. 말은 존재의 심상 정상에서 나타난다. 말은 인간적 심상의 직접적인 생성으로서 스스로 표현한다.

말이 세상 그 자체가 된다.

8. 문학, 세상의 모델을 만들다

야우스의 『도전으로서의 문학사』

문학사를 생각할 때는 문학을 만들어 내는 쪽이 아니라 읽어 내는 쪽에서 살펴본다. 읽는 이의 역할을 적극적으로 내세우기 위하여 독일의 문예 이론가 야우스는 『도전으로서의 문학사』를 썼다.

일반적으로 문학과 예술의 역사는 너무 오랫동안 작가와 작품의 역사였다. 문학과 예술의 역사는 이 분야에서 이른바 '제3계급'이라 불리는 독자·청중·관객을 은폐하거나 침묵해 왔다. 이러한 '제3계급'의 기능은 불가결할지라도 이들에 대해 얘기하는 일은 극히 드물었다. 불가결하다고 하는 까닭은, 문학이나 예술이 작품을 수용하고 향유하고 판단하는 사람들의 경험을 매개로 했을 때, 비로소 구체적으로 역사 과정에 들어설 수 있기 때문이다. 그들은 작품을 용인하거나 거부하거나 선별하거나 잊거나 하는 사람들이다. 이런 식으로 그들은 다양한 전통을 형성하는 한편 그들 스스로 작품을 만들어 냄으로써 전통에 응답하는 적극적인 역할을 맡을 힘 또한 지니고 있다는 사실을 직시해야만 한다. (이와 나미서점)

독자는 자신과 동시대의 문학과 그에 앞선 시대의 문학을 알고 있다. 이러한 발판 위에서 앞으로 만들어질 새로운 문학을 기대한다. 기대 이상으로 만족할 수도 있고 배신을 당할 수도 있다. 나날이 새로워지는 문학 가운데 아주 드문 일이지만 유독 독자의 기대에 부응하는, 기대를 넘어선 새로움을 선사하는 것이 있다.

장르·양식 혹은 형식의 약속으로 규정되는, 독자가 기대하는 지평을 먼저 독특함으로 일깨우고 다음으로 그러한 기대의 지평을 한걸음 또 한걸음 파괴하는 듯한 작품.

이런 작품을 골라내서 얼마나 기대의 지평이 충족되었는지 아니면 기대에 미치지 못했는지 일일이 밝혀 보면 독자 측에서 보는 수용의 문학사가 성립될 터이다.

이처럼 재구성할 수 있는 작품의 기대 지평은, 작품의 예술성을 대중에 관한 작품의 종류와 정도에 따라 확정할 수 있게 한다. 미리 품었던 기대의 지평과 새로운 작품이 출현(이 작품을 받아들이면 익숙하고 친숙한 경험을 부정하거나, 아니면 처음으로 명백해진 경험이 의식화되어 '지평의 변화'를 불러일으킬 수 있다)한 간격을 미적 현격懸隔이라 한다면, 이것은 대중의 반응과 비평의 판정이 만들어 내는 스펙트럼(돌발적인 성공, 거절 내지는 쇼크, 가지각색의 찬의贊意, 서서히 혹은 때늦은 이해)에 의해 역사적으로 대상화될 수 있는 것이다.

또한 야우스는 독자와의 관계, 독자의 역할, 읽는 이에 따라 '문학이란 무엇인가'를 생각하는 견지에서 이렇게 말한다.

독서의 경험에는 삶의 실천 영역에서 당면한 순응이라든가 선입견과 같은 강제 상태에서 해방하는 힘이 있다. 독서 경험이 사물을 새롭게 지각하도록 강요하기 때문이다.

문학은 상상력의 역할로 인해 단순한 지각을 넘어서 좀 더 넓고 종합적인 경험을 가능케 한다는 점을 다시 한번 확인해 두자.

문학을 기대하는 지평이 역사적 삶의 실천에서 기대되는 지평보다 훌륭한 것은, 그것이 실제 경험을 보존하는 것뿐 아니라 현재 시점에서 실현되지 않은 가능성을 앞서서 예견하고, 사회적 행동에 있어 한정된 활동 범위를 새로운 바람·요구·목표를 향해 넓힘으로써 미래에 겪게 될 경험의 길을 열어 주기 때문이다.

사회 속에 살아가는 인간으로서 문학의 적극적인 역할을 생각하는 야우스의 방식. 이는 특별한 문학작품이 우리의 삶에 미친 영향을 돌이켜 보면 잘 이해할 수 있을 터이다.

문학과 사회의 관계

아직 전후 혼란의 기운이 감돌던 시기, 우리 마을에서 어린아이에 청년들까지 가세한 큰 다툼이 일어났다. 새로운 학제로 바뀌어 중학교 1학년생이 된 나 또한 패싸움에서 어느 한편에 서야 했다. 강기슭 위편에 있는 자갈밭이 집결지였다. 가족이나 학교 선생님에게는 비밀로 하기로 되어 있었는데, 싸움이 벌어지면 부상자가 나올 것이 뻔했다. 막상 일이 터지고 나면 나도 휘말려 들겠지.

대결이 벌어지기 전날, 이불속에서 이러저러 머리를 굴리는 사이—내 가슴속에서 '난 내가 어떻게 해야 하는지 이미 알고 있어. 그래 결심했어!' 하는 소리가 들려왔다. 그런데 이 소리는 얼마 전 읽었던 『허클베리 핀의 모험』에 나온 한 구절이다. 사실을 깨닫고는 그날 밤 나는 안심하고 잠자리에 들 수 있었다. 소설에서 허클베리 핀은 흑인 노예 짐이 있는 곳을 주인 노부인에게 알려야 할지 말지 고민한다. 남부 사회에 속한 사람의 윤리로 보면 밀고해야 맞다. 이 소식을 알리는 편지도 이미 써 났다. 그러나 허클베리 핀은 위험을 무릅쓰며 짐과 함께 여행하는 사이 그를 사랑하게 되고 만다.

> 참으로 괴로운 지경에 이르렀다. 나는 그것을 꺼내 들어 손에 쥐었다. 나는 떨고 있었다. 왜냐고? 다시는 돌아갈 수 없는 두 갈래 길에서 한쪽을 선택해야 하니까. 나는 숨죽이고 1분간 곰곰이 생각했다. 그리고 마음속에서 이렇게 말한다.
> '이제 준비됐어. 나는 지옥으로 갈 테다.' ── 이렇게 말하고는 그 종잇조각을 북북 찢어 버렸다.
> 실로 굉장한 생각이고 무서운 말이다. 그래도 나는 말했다. 그렇게 말한 채로 그대로 있었다. 그리고는 이 결정을 바꿀 생각을 단 한 번도 하지 않았다. (이와나미문고)

나는 지금도 여전히 내 생활의 이런저런 국면에서 허클베리 핀의 결단이 살아 있음을 느낀다. 나는 이렇게 사회적 행동에 있어 한정된 활동 범위를 새로운 바람·요구·목표를 향해 넓힘으로써 미래에 겪게 될 경험의 길을 열어 주는 일을 해 왔다. 이는 내가 실제로 살아온 경험담이다.

로트만의『문학 이론과 구조주의』

그럼, 이번에는 문학과 사회·세계와의 관계를 글을 읽는 이에서 쓰는 이로 되돌려서 생각해 보자. 이와 관련하여 소련의 문예 이론가인 유리 로트만의 이론이 유효하리라. 그는 최근 들어 관심이 높은 기호론적 연구를 러시아 포멀리즘에 넘겨준 세대의 대표 격이라 할 수 있는 인물이다. 그가 제시한 세계의 모델로서의 문학에 관한 논의를 요약해 보겠다.

논문『구조 시학 강의』1장에서 로트만이 말하는 구조란, 세부가 전체와 긴밀한 관계를 유지하고 있다는 정도의 의미다. 지금까지 우리가 다뤄 온 표현과 관련지어 설명하면, 말에서 작품 전체에 미치는 다양한 레벨에서 문학이 더 단순한 여러 요소로 구성된 덩어리이며, 동시에 보다 복잡한 통일체에서 일부를 이루는 것이다. 이것이 로트만이 구조라고 표현하는 것이다. (『문학 이론과 구조주의』게소쇼보)

① 과학적 모델은 대상에 대한 분석적 접근을 바탕으로 만든다. 대상의 구조에 대한 분석적 개념이 만들어지기도 하고, 일정 단계까지 만들어진 개념을 바탕으로 모델을 만듦으로써 분석을 이어 가기도 한다. 그런데 예술의 모델을 만들 때, 예술가는 도리어 대상의 완전한 형태 또는 완전한 실체에 관한 종합적인 개념을 잡고 있다. 그것을 모델로 만든다.

② 과학에서 직용하는 방법으로는 모델을 만들 방법이 더는 없을 때까지, 설령 대상의 구조를 잘 모를지라도 예술은 전체 모델을 만들 수 있다.

③ 예술적 모델은 처음부터 대상과는 다른 구조로 만들어진다. 매머드나 들소 벽화처럼 인류의 선조가 처음 예술적 모델을 만들었을 때부터, 그들은 벽화에 그려진 그림이 현실 속 매머드나 들소와는 다르다는 사실을 알고 있었다. 움직임이 없는 선묘線描가 살아 움직이는 뜨거운 피가 흐르는 짐승을 나타낸다. 이것은 단순한 형태의 모델을 넘어서 대상 내부에 있는 것을 표현하는 모델이다. 과학적 모델은 하나의 인간 형상을 인체의 모델로 간주하는데, 예술적 모델은 인간의 모델, 나아가 인간적 체험의 모델로 만들어 낸다. 로댕의 발자크상은 인체의 모델이 아닌 발자크라는 인간의 모델, 나아가 인간적 체험의 모델이다.

④ 어떤 대상의 모델은 동시에 그것을 만든 작가의 의식, 그 세계관의 반영이 된다. 하나의 예술작품을 볼 때, 가령 위에서 언급한 로댕의 발자크 기념상을 감상할 때, 우리는 분명 발자크에 관한 하나의 개념을 얻는다. 그와 동시에 로댕의 의식, 로댕의 세계관도 받아들인다. 발자크상을 로댕이 취한 세상의 모델, 로댕이 취한 인격의 모델이라는 좀 더 커다란 구조의 한 부분으로 받아들이는 것이다.

그러므로 이런 말도 할 수 있다.

⑤ 예술작품으로서 대상을 재현할 때, 작자는 전체적인 구조에 따라 만든다. 어떤 한 모델을 자신의 세계관 또는 사회 속에서 살아가는 자신이 현실을 포착하는 방법으로. 예술작품은 현실의 현상現象과 작자의 인격이라는 동시에 두 가지 대상의 모델이다.

⑥ 예술적 모델과 작자의 인격 사이에는 가역적 피드백이 성립한다. 예술가는 자신의 의식에 따라 작품을 만드는데, 현실의 대상과 관련 모델로서의 작품은 두 개가 함께 예술가의 의식에 변화를 가져올 수밖에 없다. 현실은 예술가에게 영향을 끼친다.

⑦ 예술은 본질적으로 기호적·커뮤니케이션적이다. 그런 까닭에 예술가가 모델을 만드는 일은 곧 그것을 받는 사람에게 보내는 일이 된다. 모델을 전달함으로써 예술가는 받는 이에게 현실에 있는 구조를 설명할 뿐 아니라 그가 형성한 의식 구조 또한 전한다. 예술에 의한 전달──예술가에 의한 수신자의 설득──이 성공했을 때, 예술가 그 자신의 구조는 동시에 받는 이 그 자신의 구조가 된다.

⑧ 모델은 이데아가 아닌 구조, 즉 살이 붙어 있는 이데아다. 과학적 모델을 만들 때, 그것이 몹시 서툴러서는 제 기능을 못 한다. 그런데 예술가가 표현하려는 이데아는 하나도

전할 수 없는 모델이, 예술직 모델은 서툴게 만들었는데도 해당 예술가가 어떤 세계관을 갖고 있고 어떤 인간인지를 아주 잘 이야기해 주는 예가 있다. 실패작이 도리어 예술가의 인간성을 잘 표현하는 장면을 종종 목격한다. 이는 과학적 모델로는 실현될 수 없다.

⑨ 예술작품의 대상이 되는 모델은, 그 자체로도 하나의 구체적 표현이지만 동시에 그것을 넘어선 보편적 대상을 표현한 그 무엇이다. 앞서 나온 발자크상은 실재했던 발자크라는 인물의 상이면서 동시에 인간 그 자체의 상이기도 하다. 구체성 자체가 보편적 성격을 띠고 있다.

⑩ 예술적 모델은 일목요연성이라는 필수적 성질을 특색으로 한다.

로트만은 영화관에서 스크린을 바라보면서 느끼는 전율이나 공포, 감탄의 정서와 같은 감정을 떠올려 보라고 말한다. 강렬한 정서적 자극을 느끼면서도 어째서 의지에 의한 충동이 일어나지 않고 곧바로 행동으로 옮기지 않는가?

이는 지금 스크린을 통해 보고 있는 장면에서 현실과 마찬가지로 아니, 그보다 더 정서적으로 강렬하게 충동이 일지만, 현실이 아니라는 사실을 알고 있기 때문이다. 우리는 그것이 현실에서 일어나는 모델에 불과하다는 사실을 이미 알고 있다. 그렇다고는 해도 스크린으로부터 전해 오는 정서적 충동은, 우리 가슴속을 파고들어 현실적 차원에서 의지에 의한 충동과 그에 따른 행동을 준비하도록 돕는다.

예술적 모델의 기능에 관한 로트만의 견해를 살펴본 다음 야우스의 말로 돌아가면, 그의 말을 더 분명히 이해할 수 있지 않을까? 문학을 기대하는 지평이 역사적 삶의 실천에서 기대되는 지평보다 훌륭한 것은, 그것이 실제 경험을 보존하는 것뿐 아니라 현재 시점에서 실현되지 않은 가능성을 앞서 예견하고, 사회적 행동에 있어 한정된 활동 범위를 새로운 바람·요구·목표를 향해 넓힘으로써 미래에 겪게 될 경험의 길을 열어 주기 때문이다.

톨스토이의 전쟁 모델

『전쟁과 평화』에는 로트만이 말한, 예술작품에서 세상의 모델을 만들어 내는 방법이, 풍성하리만치 가득 차 있다.

특히 전쟁 모델. 우리는 톨스토이가 전쟁이라는 대상을 완전하고도 종합적으로 파악하여 모델로 만들었음을 인정하지 않을 수 없다. 여기서 전쟁은 극히 작은 세부에서 거시적인 전망에 이르기까지 살아 있는 모델을 이룬다. 전쟁에 휘말려든 인간 모델은 인간적 체험의 모델을 형성하고 있다.

전장에 나선 안드레이 공작이 목격한 전쟁.

그의 눈에 들어온 첫 장면은 다리에 총을 맞은 고삐 풀린 말이다. 말은 수레에 매달린 다른 말 옆에서 히힝 소리를 내며 울고 있었는데, 다리에서는 샘물 솟듯 피가 흘러나왔다. (이와나미문고)

전투 장면을 세부적으로 보여 주는 이 모델은 곧바로 전쟁 전체를 뒤덮는 거대한 모델로 옮아간다.

눈에 보이지 않는 암담한 한 줄기 강은, 소곤거림과 말발굽과 수레바퀴의 울림을 뒤흔들며 어둠 속에서 한쪽으로만 묵묵히 흘러간다. 사방에서 와 하는 잡음이 몰려드는 가운데 부상자의 앓는 소리는 다른 그 어떤 울림보다 또렷이 한밤중 어둠 속에서 들려온다. 그들의 신음이 군대를 에워싸고 있는 밤의 어둠을 한가득 채우고 있는 듯한 기분이 들었다. 앓는 소리와 이 밤의 어둠— 그것은 실제로 같은 것이었다. 잠시 뒤 넘실거리는 대군중 속에서 동요가 일어났다.

이어서 재차 안드레이 공작의 개인적 경험에 초점이 맞춰지는 렌즈.

때마침 바로 옆에 있던 병졸 하나가 단단한 몽둥이로 그의 머리를 힘껏 내리쳤나 보다. 아프기도 아팠지만, 그보다는 기분이 나

빴다. 통증이 그의 주의를 분산시켜 병졸 둘을 구경하던 그를 방해했기 때문이다.

'무슨 일이지? 지금 내가 쓰러지고 있는 건가! 다리에 힘이 풀리는 것이!' 하고 안드레이 공작이 생각하는가 싶더니 그대로 벌러덩 나자빠졌다. 그는 프랑스 병사와 포병이 투쟁을 벌인 결과가 어떻게 됐는지, 빨간 머리 포병이 죽임을 당했는지 아닌지, 대포는 빼앗았는지 어떤지 확인하고자 눈을 떴다. 하지만 아무것도 보이지 않았다. 그의 머리 위로는 높은 하늘이 — 쾌청하게 맑지는 않지만 그래도 헤아릴 수 없을 만큼 드높은 하늘과 그 하늘을 기어가는 회색빛 구름밖에 보이는 것이라곤 아무것도 없었다.

'어찌 이리도 고요하고 평온하고 숭엄할 수 있단 말인가. 지금껏 달려온 세상과는 완전히 다른걸.' 하고 안드레이 공작은 생각했다. '달리고 아우성치고 싸웠던 지난날과는 영 딴판이다. 아까 그 프랑스 병사와 포병이 서로 죽일 듯한 얼굴로 봉을 끌어당기던 모습을 생각하면 여기는 별세계다. 한없이 드높은 하늘을 기어가는 구름 모양은 생전 처음 보는 듯 낯설다. 어째서 난 그동안 이처럼 높디높은 하늘을 바라보지 못했을까? 이제라도 알아봤으니 행복하기 그지없다. 그래! 무한한 하늘 말고는 모두 공허해. 죄다 거짓이야. 하늘 이외에는 아무것도 없어. 아무것도 아니다. 그러나 그 또한 있다고는 말할 수 없겠지. 정숙과 평안 말고는 정말이지 아무것도 없다. 그걸로 족하다!'

그대로 드러난 이데아, 다시 말해 이념·개념이 아닌 살이 붙은 이데아를 표현하고 있다. 전쟁관과 세계관은 물론 한

걸음 더 나아가 우주관이라 할 만한 톨스토이의 작가 의식, 그 세계관이 반영되어 있다. 여기서 우리는 나폴레옹과 싸운 러시아인의 전쟁이란 현실의 현상과 톨스토이라는 어떤 한 작자의 인격을 대상으로 하는 두 가지 모델을 발견한다.

불과 문장 몇 줄 읽은 것으로 톨스토이의 모델 형성 체계가 우리의 의식 속에 들어와 자리를 잡는다. 그의 의식 구조가 전해져 우리를 밀어붙인다. 톨스토이가 만들어 낸 '나(我)'의 구조가 이편에 있는 '나[私]'의 구조를 대신한다. 우리는 안드레이 공작의 육체를 통해 톨스토이와 함께 창공을 올려다보며, 하늘 외에는 아무것도 없어. 아무것도 아냐. 그러나 그 또한 있다곤 말할 수 없겠지. 정숙과 평안 말고는 정말이지 아무것도 없다. 그걸로 족하다!고 보는 새로운 세계 인식의 장으로 한 단계 날아오른다. 상처를 입고 지면에 쓰러진 안드레이 공작의 생각이, 구체성 그 자체가 보편적 성격을 띠고 밀려든다. 실로 일목요연하게 잘 정리되어 있다.

작가는 이런 식으로 현실 세계의 모델을 만들고 자신의 인간 모델 만들기 구상에 도달한다. 이를 전해 받은 읽는 이는 모델을 자기 자신인 '나'와 겹치면서 구체적으로 느끼는 사이 보편성 또한 감지한다.

새로운 '기대의 지평'

'과연 그럴까?' 하고 의문을 품을 수도 있으리라. 그러나 한 가지 확실한 것은 19세기 대작가들은——예를 들어 톨스토이나 도스토옙스키는——위와 같은 모델 형성의 원리를 현실화했다. 그렇지만 20세기 소설의 역사는 거대 모델을 형성하는 능력이 점차 쇠약해지는 과정이 아닐까? 오늘날 문학 세계는 왜소하고 분단된 모델을 형성하는데, 작가는 도리어 그렇게 파편화된 작은 모델 만들기에 급급한 것은 아닌가.

이런 비판은 틀림없이 들어맞으리라. 이는 오히려 20세기 소설의 불행이다. 쇠퇴일로의 실태를 솔직히 인정하기 위해서라도, 문학의 근본 원리로서의 모델 형성의 능력을 정면에서 응시하는 자세가 무엇보다 시급하다. 우리 시대의 문학이 빠져든 세계 모델 만들기의 빈곤화를 속속들이 알고 나서, 다음 차례로 모델 능력의 회복을 꾀하는 읽는 이의 '기대의 지평'이 새로이 만들어져야 한다. 이를 위해 글 쓰는 이는 부단히 노력해야만 한다. 나폴레옹이 전쟁을 벌인 시대가 있었다면, 지금은 핵무기로 세계 괴멸의 전쟁 위기에 짓눌려 있다. 그렇다면 오늘날 가장 절실한 세계 모델이 무엇인지 말하지 않아도 알 수 있지 않은가? 그것을 어떻게 문학 표현의 말로 달성할 수 있을까?

이부세 마스지井伏鱒二의 『검은 비黑い雨』는 히로시마 원폭으로 인한 피해 실상을 원자탄이 떨어지고 몇 년이 지난 어느 해, 피재被災 일기를 정서한다는 구성을 취하여 피폭된 조카딸의 원폭증原爆症에 따른 발병을 그려 낸다. 여기에는 히로시마 원폭 피해의 현실 모델과 함께 이부세 마스지의 인간관·세계관 모델이 곳곳에 새겨져 있다. 다음에 인용하는 마무리 부분에서는 우주관 모델 또한 소설 한 편에 자리하고 있음을 직접 확인할 수 있다. 20세기 문학이 한 걸음 더 앞으로 나아가기를 희망하는 이에게 이부세 마스지가 창출한 모델은 확실한 실마리가 되어 줄 것이다.

이것으로 「피폭 일기」를 깨끗이 옮겨 쓰는 일은 끝났다. 나중에 다시 한번 읽어 보고 두꺼운 종이 표지만 붙이면 된다.

다음날 오후, 시게마쓰重松는 부화지孵化池의 상태를 살피러 갔다. 알에서 깬 지 얼마 안 된 어린 물고기는 무럭무럭 크고, 규모가 큰 양어지養魚池 얕은 한 켠에는 순채가 자라고 있다. 아마도 쇼키치庄吉 씨가 시로야마城山에 있는 연못에서 따서 옮겨 심었겠지. 초록으로 빛나는 타원형 잎몸이 수면 위로 점점이 떠 있는 한가운데 가는 꽃자루가 머리를 든 곳에 연보랏빛 작은 꽃이 피어 있다.

'만약 지금 건너편 산에서 무지개가 선다면 기적이 일어날 거야. 하얀 무지개가 아니라 다섯 빛깔 무지개가 나와 준다면 분명 야스코矢須子의 병도 나을 테지.'

아무리 빌어도 이뤄지지 않을 걸 알면서도 시게마쓰는 건너편 산을 바라보며 이렇게 점을 쳤다. (신쵸문고)

타르콥스키의 영화 〈노스텔지아〉 마지막에서 마침내 불을 옮기는 일을 해낸 남자는 발작을 일으키며 맥없이 쓰러진다. 언뜻 무의미해 보인다. 그러나 이런 행동은 구석구석까지 리얼리티로 무장한 화상의 힘을 입어 관객까지 내적 충동을 공유하게 된다. 이후 환상 속에서 귀향을 일궈 낸 그 남자 주위로 8월의 눈이 내려 쌓인다. 타르콥스키의 세계 모델에 이부세 마스지의 세계 모델을 오버랩시키는 나는, 한 사람의 리더reader로서 절실한 '기대의 지평'을 그들 수준에 올려놓는다. 나아가 한 사람의 작가로서 실현하고 싶은 것 또한 그들 저편 너머에서 찾는다.

9. 읽기와 쓰기의 전환 장치 (1)

그리운 모국어

몇 년 전, 미국 중서부 소재 대학에서 열린 심포지엄에 참석했다. 이에 앞서 서해안에 있는 어느 대학에 속한 아시아 연구센터에 머물며 얼마간 일본에서 떨어져 있었다. 심포지엄에 동석한 문학 이론 연구자들이 발표하기로 예정된 논문은 이미 배포된 상태였다. 회의를 준비하면서 연일 늦은 시간까지 발표문을 읽었다. 토론도 자료와 마찬가지로 영어로 하기로 되어 있었다. 그런데 회의 기간도 거의 끝나 갈 즈음, 마음이 너무나도 울적하여 자칫하면 동료들에게 폐를 끼칠지도 모르겠다는 생각이 들었다.

미국에 체재하는 동안 잠들기 전에 종교사학자 미르체아 엘리아데의 대화집 『미로에 의한 신의 재판』을 즐겨 읽었다. 다음과 같은 구절이 나를 위로해 주었다.

> 고국이란 모든 망명자에게 그가 앞으로도 쭉 말할 모국어이다. 다행인 것은 내 아내도 루마니아 사람으로 서로 루마니아 말로 얘기할 때, 말하자면 그녀야말로 나에게 모국의 역할을 맡고 있다고 하겠다. 그러니까 나한테 고국이란 아내나 친구들, 그중에서도 그녀와 얘기를 주고받는 말이다. 그리고 나는 말로 꿈을 꾸고 일기를 쓴다. (The University of Chicago)

나는 처음부터 자유로운 단기 체재자로 망명의 괴로운 처지는 아니었다. 우스갯소리로 과장한 것처럼 들리겠지만, 미르체아 못지않게 나 역시 모국어로 된 책을 읽고 싶었다. 그래서 전공은 일본 문학이 아니지만, 동양 관련 연구자인 지인의 연구실로 찾아가서는 그곳에 비치된 일본서 몇 권 가운데 『고금와카집古今和歌集』을 빌려 왔다. 어째서 『고금와카집』이어야만 했나?

내 머릿속에서 중국 문학자 다케우치 요시미竹內好와 이 고전을 읽으라고 재촉하는 소리가 들려서였다. 어렴풋한 기억이지만, 당시 궁지에 몰린 나를 구할 수 있는 돌파구는 다케우치 요시미의 문장밖에 없다는 생각이 들었다. 『고금와

카집』에 달린 가나仮名로 쓴 서문이 유효한 실마리였다. '울적한 마음心のむすぼれ'이 들어간 한 구절의 인용에 다케우치의 독자적인 논리가 있었다는 것이 기억났다….

나는 재빨리 가나로 써진 서문을 읽기 시작했다. 하지만, 해당 말은 찾을 수가 없었다. 어쩌면——다케우치는 중국 문학자이니 한문을 일본어로 고쳐 쓴 문장 속에 '울적한 마음' 구절이 끼어들어 있을지도 모른다——하는 마음에 한자로 된 서문도 찾아 읽었다. 예전에 그 서문에서 이런 구절을 본 적이 있다.

말로써 사람은 생각을 말할 수도 있고 화를 낼 수도 있다.

이 구절은 말에서 느껴지는 강인함과 격렬함으로 신선하게 와닿았는데, 이는 그동안 『고금와카집』 하면 막연하게 떠오르던 감상과는 다른 것이었다. 그런데 어디에도 내가 찾는 '울적한 마음' 구절은 없었다. 그래도 나는 포기하지 않고 본문을 읽어 내려가다 다음의 노래를 찾았다.

봄 올 때마다 / 아름다운 꽃송이 / 피어오르나 /
볼 수 있고 없고는 / 하늘 명에 달렸네

이 노래에 새삼 마음을 빼앗기고 다른 몇 수에도 감명을 받아, 이튿날 아침 내가 완전히 회복되었다는 사실을 깨닫게 되었으니….

도쿄에 있는 서재로 돌아와서 다케우치 요시미와 『고금와카집』을 둘러싼──결과적으로 나를 행복하게 만들어 준── 착각을 바로잡으러 서고로 향했다. 거기에 있는 다케우치 요시미의 저작을 살펴보면서 『신편 일본 이데올로기』(치쿠마쇼보)를 찾았다. 그 안에 복사한 종잇조각 한 장이 꽂혀 있었다. 그러자 기억 하나가 되살아났다. 종이에는 1953년 간행된 이와나미 강좌 『문학』의 「간행사」로서 다음과 같이 적혀 있었다.

> 문학은 마음의 표현이다. 마음이 울적한데 문학이 한가로이 꽃을 피울 수는 없다. 그러나 울적한 마음을 달래기 위해서라도 문학이 있어야 한다.
>
> 오늘날 일본이 처한 상태를 생각하면 우리의 마음은 어두워진다. 어떨 때는 아무리 노력해도 닫혀 있는 마음의 벽을 깨부술 수 없을지 모른다는 생각마저 든다. 밖에서 밀어붙이는 데다 안에서 옥죄이는 어쩔 방도가 없는 힘── 여기서 자유로워지는 길은 우리 힘으로는 도저히 당해 낼 재간이 없는 과업인가.
>
> 우리는 국민의 마음을 해방하고 이를 표현함으로써 힘을 결집하면, 이러한 어려운 과업도 달성할 수 있다고 믿는다. 문학이 국민

일부만의 것이었던 시대는 이미 지나갔다. 지금이야말로 문학은 국민 전체의 것이 되어야 한다. 국민은 스스로 문학을 가져야만 한다. 이를 위해 노력하는 일이 바로 우리가 살아가는 의미이다.

다케우치 요시미가 이 문장을 작성했을 1952년 대일평화조약·일미안전보장조약이 발효했다. 이를 계기로 노동절 사건이 터지고 파괴활동방지법이 제정되기에 이른다. 여기서는 일단 1952년이 외압·내압 모두 높았던 해라는 점만 일러두겠다. 이런 상황에서 다케우치는 그가 편집자였던 『문학』에 이런 글을 발표했다.

어린아이는 감정이 고조되면 노래를 부른다. 그런 노래는 즉흥적인 자작일 경우가 많다. 원시인 역시 그랬으리라. 그것이 교육으로 지능이 높아지거나 생활에 여유가 생겨 문화가 축적되면, 노래에 짜임새가 생기고 노래를 전문으로 하는 사람도 나온다. 문학이 독립하여 창작과 수용이 나뉘는 단계로 진입하게 된다. 그러나 이러한 분화는 일회성이 아니라 끊임없이 분화와 집합 그리고 재분화 단계를 거치면서 진행된다. 그것을 의식하든 못하든 상관없이. 오늘날 전문 창작자와 향유층인 대중은 분명히 구분되어 있는 것 같지만, 자세히 관찰하면 창작의 과정에 향유를 포함하고 있다. 때로는 창작자의 편에 서고, 때로는 향유자의 편에 서는 형태로, 그 과정이 연속되지 않으면 창작은 할 수 없다. 이는 어린이나 원시인도 마찬가지다. 단지 그 과정이 더 복잡해졌을 뿐이다. 향유자 쪽도 스스로 창작 욕구를 일깨우거나 창작 과정을 이해한다면, 그만큼 더 문학을 완전하게 누릴 수 있다는 사실은 일상 경험을 통해 누구나 알고 있으리라.

살아 있는 모든 것은 노래를 부른다.

『고금집古今集』 서문에 나오는 유명한 말로, 문학이 발생한 근거를 에둘러 표현한 것이다. 스스로 노래를 읊을 수 있어야만 타인의 노래를 이해할 수 있다.

현재 일본 문학이 일본인의 심정을 제대로 길어 올리지 못하는 것, 문학이 본래 기능을 상실하는 바람에 문학의 위기가 찾아온 것, 이로 인해 일본인의 정신생활이 부자유스러워진 것, 이는 위에서 밝힌 것처럼 창작과 향유의 상관관계가 제대로 형성되지 못한 데 원인이 있다. 생활과 문학의 관계가 단절된 것이다. 문학이 뿌리내릴 바탕이 없어졌다. 뿌리 없는 문학의 꽃은 말라죽을 운명에 처해 시들어 가는 중이다. 게다가 새싹은 아직 돋아나지 않았다. 이런 상태가 아닐까 싶다.

나는 이렇게 울적한 마음과 그로부터 해방되려는 생각을 『고금와카집』 가나 서문과 연결하여, 다케우치 요시미의 이론을 찾아냈다. 이후 다시 한번 내 감정 속에서 앞서 언급한 노래와 다케우치 요시미라는 빼어난 문학자와 맺었던 추억이 겹쳐졌다. '아, 그 사람과 만난 적이 있었다.' 이는 내가 그 사람과 동시대에 살아서 가능했던 일로, 생명이 있었기에 경험한 일이었다는 식으로 말이다….

읽기와 쓰기의 전환

다케우치 요시미는 전문 문학자와 민중의 감정생활과의 관계를 재건하자는 방향으로 나아간다. 이러한 견해를 이어 문학이 기본적 레벨에서 맡은 기능을 발판으로 삼아, 지금부터는 글 쓰는 인간과 글 읽는 인간 사이에 활기 넘치는 통로를 구체적으로 어떻게 열어 갈 것인지 진지하게 고민해 보고자 한다.

이 책 『새로운 문학을 위하여』는 다양한 레벨에서 문학의 원리·방법론을 생각해 보는 데서 시작했다. '낯설게 하기'나 상상력을 살펴볼 때도 그러한 원리·방법론에 따랐다. 이처럼 문학작품을 이론으로 읽어 내는 방식을 '문학 이론을 읽는' 행위로 보고 기호 A로 표시하겠다. 나아가 이론을 작품을 쓰는 측에서 바라보기 위해 기호 A′로 나타내고 '글쓰기 위한 문학 이론'이라 부른다. 우선 다음과 같이 각각의 기호로 나타내면서 하나의 그림을 제시하겠다. '실제 작품을 읽다'를 B로, '실제 작품을 쓰다'를 B′로 나타낸다. '전환 장치'에 관한 내용은 나중에 설명하기로 하고, 여기서는 대충 읽는 행위에서 쓰는 행위로 마음의 움직임을 뒷받침하는 것 ── 글 읽기에서 글쓰기로 이행하는 것도 이와 같다 ──정도로 받아들였으면 한다.

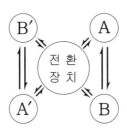

글 쓰는 일을 마음속으로 준비한다. 이를 위해 독서를 할 때, 읽는 일을 가능한 한 다면적으로 접근할 필요가 있다. 이는 '단어에서 문장, 어떤 한 덩어리의 문장, 그리고 작품, 나아가 한 작가의 일평생 일로서, 해당 작품이 어떤 위치에 놓이는가, 동시대의 작품군 속에서는….'과 같은 식의 읽기라 할 수 있다. 좀 더 크게 보아 문학사 속에서 ──해당 나라 또는 세계의── 혹은 동시대의 문화 현상 속에서 조망하는 동기를 부여하는 식의 읽기도 가능할 것이다. 나는 하나의 문학 작품을 많든 적든 간에 이런 문맥과 전망 속에서 읽어 낸다. 의식하고 안 하고는 별개의 문제다.

가령 『겐지 이야기』를 읽으면서 텍스트를 다른 모든 것과 절연한 무균 상자와 같은 환경에서 읽어 낼 수 있을까? 작품 또한 어느 한 시대의 사회 속에 있으며, 그것을 읽는 우리 역시 어느 한 시대의 사회 속에서 살고 있는데 말이다. 이것이 불가능하다는 사실을 받아들였기에 반성하는 의미에서 가능한 범위 내에서 텍스트 그 자체로 읽는 연구 태도가 비로소 주장된 것이 아니겠는가?

따라서 내가 하고 싶은 말은, 스스로 '쓰는' 일을 목표로 하는 사람이라면, 그렇게 부지불식간에 행하고 있는 다면적 읽기를 다시 의식적으로 행해야 한다는 것이다.

문학 이론은 이러한 다면적 읽기의 수단으로서 유효하다. 더욱이 문학 이론은 여러 시기에 걸쳐 만들어진 이론이 다양한 레벨에서 공시적共時的(synchronic)으로 유효하다. 이런 면은 어떤 한 시대의 이론이 다음 세대 이론에 의해 전복되는 과학 분야와 다르다고 할 수 있다. 아리스토텔레스 이론은 언제까지나 문학에서 힘을 발휘할 것이다. 이 책 첫머리에서 나는 러시아 포멀리즘의 '낯설게 하기' 이론을 끌어들여 말했는데, 이미 과거 사람들인 러시아 형식주의자들이 개발한 사고법에 아직도 유효한 것이 많이 남아 있다.

예를 들면, 하나의 작품이 어떤 절차로 쓰이게 된 것인지 그것을——픽션에서도 가능한 변명이나——작품 전체를 읽는 이와 공통의 이해 사항으로 하는 '동기부여motivation'. 일본 문학 특유의 사소설에서 '동기부여'는 가장 단순하여 작품의 글쓴이가 작가로서 자신의 생활을 쓴다는 것이 공통으로 이해된 사항이다. 그런데『돈키호테』는 쿤데라도 지적한 바와 같이 장르 최초이면서 사실은 이슬람의 이야기를 스페인어로 번역하여 간행한 것이라 주장하는 특별한 '동기부여'가 작자 세르반테스에 의해 고안되었다.

'수법의 노출' 또한 러시아 포멀리스트의 이론이지만, 실제로 읽는 이에게 보내진 해당 작품이 작가에 의해 어떤 식으로 쓰였는지를—진행 중인 작품을 가로로 쪼개듯—나타낸 것이다. 이것은 작가가 해당 작품의 글쓴이라는 사실과 함께 그가 시대를 어떤 식으로 살아왔는지를 보여 주기 위해—읽는 이와 동시대성을 서로 확인하기 위해—유효한 수법이다. 앞서 로트만은 어떤 대상의 모델이 동시에 그것을 만든 작가의 의식, 그 세계관이 반영된다고 밝혔는데, 이는 소설 레벨에서 단적으로 확인할 수 있는 수법이기도 하다.

이를 통해 1920년대 형식주의자와 그로부터 50년이 지난 로트만의 작업이 공시적으로 영향을 주고받는다는 사실을 확인할 수 있다. 더군다나 '수법의 노출'은, 영국 소설의 역사가 이제 막 시작된 단계인 18세기 중반『트리스트럼 샌디』와 같은 작품에도 그 흔적이 뚜렷하다.

로렌스 스턴의 『트리스트럼 샌디』

익히 알려진 부분인데, 제6권 제40장에 이르러 독자는 예
상치도 못한 페이지에 맞닥뜨린다. 작자가 불쑥 나타나 자기
속마음을 털어놓으며 이를 도식화해 보여 주기 때문이다.

그러니까 지금부터는 마침내 이야기의 본론으로 들어갈 예정인
데, 차가운 종자류도 약간 넣은 채식 식단의 도움을 받아 앞으로
우리 토비 삼촌의 이야기에 나 자신의 이야기를 덧붙여서 상당히
직선에 가까운 형태로 진행되리라 믿습니다. 지금까지의 이야기
를 되돌아보면,

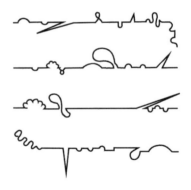

이것이 이 책 제1권, 제2권, 제3권, 제4권에서 각각 내가 움직여
온 선입니다.
제5권은 아주 잘 진행되어, 그곳에서 내가 더듬었던 선은 실로

다음과 같은 것이었습니다.

(이와나미문고)

찰스 디킨스의 『황폐한 집』

문학 이론을 수단으로 삼아 소설을 다면적으로 읽어 가는 방식을 지금까지 살펴보았다. 반대로 소설의 구체적인 부분에서 전체를 향해 각각의 레벨에서 소설을 정의하는 다양한 형태를 읽는 동시에 읽는 방법을 의식화하는 방법도 있을 법하다. 『트리스트럼 샌디』를 쓴 로렌스 스턴부터 100년 후에 그와 마찬가지로 영국에서 소설이라는 형식을 완성했다고 해도 좋을 찰스 디킨스. 그의 소설 『황폐한 집』에 대해 미국 문학 이론가 힐리스 밀러는 펭귄 클래식판 해설에서 다양한 소설의 정의에 의한 다면적인 읽기를 촉구했다.

> 『황폐한 집』은 여러 기록을 해석한 기록이다. 많은 위대한 문학 작품과 마찬가지로 그것은 스스로 자신의 텍스트로서 상태 자체에 의문을 제기한다. 이 소설은 그 자신에게 뒷걸음질하거나 그 자신을 뒤집는다. 이 소설 속에 나오는 여러 인물은 독자 혹은 작자의 상황에 대응한다.

힐리스 밀러는 『황폐한 집』을 귀족에서 유랑아에 이르기까지 다양한 사람들이 서로 관계를 맺어 가면서 나타나는 빅토리아왕조 사회의 축소판으로 본다. 다른 측면에서 보자면, 이 소설은 빅토리아왕조 사회의 증대하는 엔트로피 소설이라 할 수 있다. 다양한 형태로 위기 상황에서 혼돈을 표현하는 소설. 나아가 처음에 인용한 대로 이 소설은 유서·편지라는 개인적 레벨에서 재판 자료의 공적인 레벨에 이르는 다양한 글쓰기 방식의 기록document 소설이다. 런던 경시청의 형사과 창설에 걸맞게 탐정소설의 원조라 할 만한 소설로, 거기에는 수수께끼 풀이에서 경찰의 추적에 이르기까지 탐정소설이 갖춰야 할 여러 요소가 들어 있다.

소설의 거의 절반은 화자도 겸한 주요 인물 에스터 서머슨이――글쓰기 방식의 측면에서 보면, 3인칭 소설과 1인칭 소설이 서로 대조되는, 이야기 방식과 서술 방식의 소설이기도 하다――선의의 헌신으로 천연두에 걸려 아름다운 용모를 잃게 되어 인간관계에서 발생하는 과정을 그린다. 그것은 병의 현상학으로서 소설 읽기를 가능케 한다. 이 역시 『황폐한 집』으로부터 100년이 지나 수전 손택Susan Sontag이 문제를 제기한 바 있다.

아프리카 민중 구제에 정열을 태우며 자기 가정은 돌보지 않는 여성을 몸개그slapstick식으로 그린 희극소설·골계소설인가 싶으면, 빅토리아왕조의 가난한 소년들을 겨냥한 가혹한 제도를 폭로하는 고발소설로 볼 수도 있다. 이는 블레이크 또한 그의 시에서 규탄한 바 있다. 과거 사랑의 죄를 비밀로 숨기는 상류사회 귀부인을 그리는 장면에서는 성서의 죄와 심판의 모티브가 자주 나타난다는 점에서 기독교의 죄의식을 둘러싼 소설로 읽히기도 한다.

이를 두고 힐리스 밀러는 말했다.

> 다른 많은 19세기 작가와 마찬가지로 디킨스 또한 기독교에 대해 도덕적으로 마음에 들지 않거나 혹은 잘못되었다고 느끼는 것을 거부하려는 욕구와 ── 특히 원죄의 설교에 대한 사항이지만 ── 기독교의 도덕성의 어떤 형태로 돌아가고 싶은 욕구 사이에 사로잡혀 있었다. 이 둘 사이에 긴장을 유지해야만 그는 니힐리즘에서 자신을 지킬 수 있었다. 동시대 사람 대부분이 그랬던 것처럼.

디킨즈의 소설을 다양하고 다면적으로 읽고서 자신이 쓰는 소설의 단서를 찾으려면, 특히 글 쓰는 방식의 특성을 의식적으로 살펴보면서 읽는 작업이 가장 필요하다.

앞서 언급했다시피 『황폐한 집』의 글쓰기 방식은, 두 가지 레벨로 나뉜다. 우선 3인칭 현재형. 런던의 안개·안개비와 그것을 메타포로 짙은 안개에 뒤덮인 대법관재판소. 그리고 비밀을 간직한 상류층 부인이 사는, 비와 진흙탕에 잠긴 랭

커셔주에 있는 저택을 장중하게 묘사한다. 이어서 에스다의 알기 쉽고 분명한 1인칭 서술이, 소녀의 맑은 내부를 투영하면서 런던 시가와 사람들을 그려 나간다. 1인칭으로 보여 주는 순수한 인간관을 지닌 소녀에 대해 처세에 능한 교사처럼 경찰의 대화가 더해져 또 하나의 울림이….

이런 식으로 다면적이면서도 다양하게 실제 작품을 읽는 일은, 문학 이론을 읽음으로써 자기의 의식이 개입된다. 동시에 이론을 읽고 그것을 구체적으로 잘 파악하기 위해서는, 평소 작품을 읽은 부분에 대해 피드백을 받을 필요가 있다. 요컨대 A ⇌ B의 관계가 중요한 요인으로 성립한다. 이로써 유추해 보면, 실제로 작품을 쓰는 측에 서서 쓰기 위한 이론과 작품을 쓰는 일 자체에 A′ ⇌ B′의 관계가 성립할 터이다.

우리는 글을 쓰기 위한 이론, 즉 방법론에 기대면서 작품을 쓴다. 그러나 실제로 작품을 쓰는 경험을 통해 문학의 방법론은 진정으로 수긍된다. 쓰기 위한 몇 가지 방법론을 늘어놓고 그중 어느 것이 더 중요한지 문예 이론 연구자나 비평가 사이에 판별을 못 하는 일이 벌어지는데, 이는 그들이 실제로 작품을 써 보지 않았기 때문이기도 하다. 인상 비평을 중시하는 자들이 방법론을 경시·무시하는 태도 또한 실은 마찬가지 이유에서 비롯되었다고 생각한다.

10. 읽기와 쓰기의 전환 장치 (2)

읽는 행위

실제로 작품을 읽는 경험이 쌓이면, 작품을 쓰는 쪽으로 정신이나 감정의 태세가 바뀐다. 그곳으로 가는 길목에는 하나의 전환 장치를 통과해야 하는 일이 있을 것이다.

문학 이론을 읽는 경험의 축적은, 곧 이론을 자기 것으로 만드는 일이다. 하지만 여기서도 그 전환 장치를 통과해야만 할 것이다. 타인에 의해 만들어진 이론을——그것이 아무리 구체적인 방법론이라 할지라도——그대로 글쓰기를 위한 자신의 이론으로 삼지는 못한다. 남이 쓴 문학 이론은 읽기 위한 이론으로 존재한다. 그것을 내 안에 있는 전환 장치로 통과시켜야 한다. 그래야만 쓰기 위한 이론이 될 수 있으며, 쓰는 인간으로서 자신을 단련시킬 수 있지 않을까? 작가라는 내 경험으로 봤을 때, 대답은 '그렇다.'는 것이다.

이러한 전환 장치는 일정한 구조를 형성하고 있는 듯하다. (옆면 그림 참고) 미리 밝혀 두자면, 여기에서 말하는 작가의 주체는 어디까지나 가정한 것이다. 어쨌든 존재하는 것으로 표시했다. 뭔가를 읽고 쓸 때 그 기능을 수행하는 의미에서 작가의 주체라고 할 수 있다.

그도 그럴 것이, 나라는 사람 자체가 하나의 불변하는 인격으로서 작가의 주체가 있고, 작품활동에서 독립한 지점에 놓여 있다고 생각하지 않기 때문이다. 프랑스의 문예 이론가 롤랑 바르트를 시작으로, 생각하는 주체 자체를 의문시하여 그것을 해체하려는 노력이, 최근 들어서도 계속되고 있다. 이런 흐름이 문학에 미친 영향은, 문학에는 오직 작품·텍스트만 존재한다는 것이다. 주체란 그것 역시 일종의 언어유희로, 어떤 작품·텍스트를 쓰는 혹은 읽는 역할을 하는 주체에 불과하다. 쓰고 읽는 행위의 현장에서 피드백됨으로써 주체는 새로이 만들어진다.

이점을 먼저 전제한 뒤에야 읽고 쓸 때 역할을 다하는 주체가 있다고 생각하는 것이다. 바로 그 주체가, 읽는 중심축을 이루는 모델 C와 쓰는 중심축을 이루는 모델 C′ 사이에——

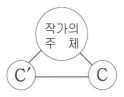

여기서는 일단 설명을 생략하고 넘어가겠다 —— 위의 그림과 같은 관계를 이룬다. 그것이 전환 장치를 만든다.

그런데 C라는 기호로 나타낸, '읽는 중심축을 이루는 모델'이란 것은, 새로운 책을 읽을 때 그것을 맞이하는 형태로 이쪽에 이미 있는 것이다. 그동안 쌓아 온 독서가 이곳에 하나의 기반을 만든다. 이를 바탕으로 새롭게 읽으려는 책을 향한 '기대의 지평'이 정해진다. 기대의 지평은 실제로 읽고 있는 책에 대한 비평의 기준도 된다.

그렇다면 '이것을 읽는 인간의 주체라고 할 수 있지 않을까?' 하는 의문이 들 것이다. 그러나 나는 그것을 주체로부터 거리를 둔 곳에 있는 것으로서, 쓰는 중심축을 이루는 모델과 함께 제삼자에 의해 읽고 쓰는 인간을 구조화하고 싶다. 주체는 책을 읽으면서 자기 옆에 읽는 중심축을 이루는 모델을 두어 책을 읽는 행위 자체를 구조화한다. 그것이 쓰는 중심축을 이루는 모델에도 영향을 미친다.

이런 식으로 읽는 중심축을 이루는 모델을 정의하면, 오히려 그것을 파악하기 어려울지도 모른다. 그러나 우리는 경험을 통해 읽는 중심축을 이루는 모델이라 할 수 있는 것을 이미 자각하고 있으리라. 설령 의식되지 않을지라도…. 유아기에 말을 익히고 글자를 배우고 처음으로 책을 읽는다. 그때 한 권의—혹은 한 면이나 한 문단의—독서에 첫걸음을 내디디고 계속해서 책을 읽어 나감으로써 우리 안에 읽는 중심축을 이루는 모델이 성립한다.

비단 책을 통해서만 아니라 모친이나 형제자매와 대화를 나누는 사이 읽는 모델이 생겨나고, 이후 사회생활이 넓어짐에 따라 모든 언어 환경에서 읽어 내는 작업을 거듭함으로써 보강된다. 쓰는 중심축을 이루는 모델과 관련지어 말하자면, 이것이 우리에게 문체를 만들어 낸다는 사실은 앞서 인용한 『메아리 학교』에 나온 문장이 단적으로 알려 준다.

누군가 새로 읽는 책에 '기대의 지평'을 품으면, 읽으면서 거의 자연 발생적으로 비평의 말이 떠오른다. 이렇게 비평이 성립한다는 것은 눈앞에 책과 비교되는 대상이 있다는 뜻이니, 읽는 중심축을 이루는 모델로 간주할 수 있다. '기대의 지평'을 읽는 중심축을 이루는 모델에 맞추어 다른 말로 표현하면, 당시 시점에서 현재 자신이 지닌 읽는 중심축을 이루는 모델+α인 셈이다. 새로이 읽기 시작한 작품이 자신이 생각하는 레벨에서 웃도는지 밑도는지 따져 보는 형태로, 우리는 읽는 사람으로서 능동적인 반응, 즉 비평을 가한다.

읽는 중심축을 이루는 모델이 형성되는 방식 또는 자각되는 방식은 개인에 따라 다를 것이다. 게다가 그 모델은 새로 읽은 책에서 받아들인 것에다 덧칠을 하여 복잡해지고 다층적으로 되어 간다.

내 경험에 따르면, 아직 젊었을 때 나는 그때까지 의식하지 못한 상태에서 쌓아 올린 읽는 중심축을 이루는 모델을 어떻게든 의식적으로 바꾸고 싶다고 생각한 적이 있었다. 당시 내가 고른 어떤 작가·사상가의 모든 작품을 집중적으로 읽는 일은 상당히 효과적이었다. 이를 종합적으로 생각한다면, 여기서 모델이란 말을 사용하는 의미 또한 명확해질 것이다.

쓰는 행위

지금까지 기술한 대로 읽는 중심축을 이루는 모델은 체험적인 실감으로 그것을 이해할 수 있다. 그러나 쓰는 중심축을 이루는 모델은 어떠한가? 선뜻 '그렇다'라는 대답이 나오지 않는다. 그래서 좀처럼 파악되지 않는, 쓰는 모델의 이해를 돕고자 사전에 읽는 모델과 대비·유추를 통해 파악할 수 있도록 그림으로 제시해 둔 것이다.

어째서 나에게 쓰는 중심축을 이루는 모델이라는 생각이

필요하게 되었을까? 그것은 쓰는 나와 써서 완성된 작품을 직결하는 것이 아닌 그 사이에 매개 항을 둠으로써 일본의 근대·현대문학을 위아래로 관통하는 '사소설'이라는 기본 감정에서 벗어나고자 하는 마음에서였다.

좀 더 보편적인 의미에서 소설을 쓸 때, 글을 쓰는 자신과 쓰려는 작품 사이에 ── 앞선 논의에 이어 말하면, 일본이라는 사회에서 살아가는 주체로서 자신과 완성된 작품 사이에 ── 하나의 비평적인 중간 단계를 두는 절차가 필요하다고 느꼈다. 이는 또한 픽션과 논픽션 작가의 주체에 있어 글 쓰는 차이를 분명히 드러낸다.

소설 작성법에 따라 구체적으로 말하면, 최근 일본에 새로이 등장한 작가들에게 보이는 명료하게 의식된 소설의 장치·아이디어라는 것이 모두 쓰는 중심축을 이루는 모델과 관련된다. 그러나 읽는 중심축을 이루는 모델에 따라 소설의 장치·아이디어를 읽어 낸다면, 소설을 쓰기 위한 장치·아이디어를 스스로 만들어 내는 훈련이 된다.

우리의 의식이 이런 식으로 작동한다는 사실을 생각할 때, 앞서 제시한 전환 장치를 그린 그림은 좀 더 구체적인 의미로 다가온다. 전환 장치를 매개로 우리가 읽는 행위에서 쓰는 행위로 또는 쓰는 행위에서 읽는 행위로 서로의 자리를 자유로이 오갈 때, 우리의 주체는 생기 넘치게 활성화된다. 앞서 소개한 그림은 문학에서 읽는 이와 쓰는 이가 어떤 식으로 활성화되는지를 한눈에 보여 주는 조감도라고 할 수 있다.

이 책 첫머리에서 언급한 대로, 이미 익숙해진 오늘날의 문학은 시시하다고 말하는 이가 많다. 일본의 현대문학이 젊은 독자들의 관심을 끌지 못하는 것이 사실이라면, 문학을 대하는 태도를 바꾸라고 강요할 수는 없는 노릇이다. 애초에 그럴 필요도 없다. 오히려 젊은 독자들이 디킨즈의 그것과 같은 재밌는 소설에 열중해 읽어 준다면 그야말로 바라던 바이다. 다만, 독자로서 읽고 쓰는 전환 장치의 존재를 의식해 주었으면 하는 바람이 있다. 그렇게 할 때, 디킨즈를 읽는 일은 젊은 독자들을 오늘날 사회와 인간에 대해 사고하고 상상력을 발휘하는 길로 인도하는 역할을 다하게 될 것이다.

이런 읽기가 정말이지 읽는 이로 하여금 자신이 살아가는 오늘날 사회와 인간에 대한 자기만의 생각을 이야기하는 데까지 이끌 수도 있다는 생각이 들지 않는가? 그것이 반드시 새로운 작가의 탄생과 연결되지 않는다고 해도, 읽는 행위를 쓰는 일을 개시하는 단계로까지 끌어올렸을 때, 그 젊은이는 어느 한 사회 속에서 살아가는 어떤 한 인간으로서 자신을 능동적으로 파악할 수 있다.

내 생각에 가장 근본적인 문학의 효용은 다름 아닌 이러한 인간의 전체적인 활성화이다.

구상하는 행위

읽기에서 쓰기로 자리를 바꾸는 전환 장치를 빠져나와 실제로 글쓰기를 시작할 때, 당장 경험하게 되는 것은 구상이라는 마음의 작용이다. 글을 쓰는 사람 마음속에서 구상은 다양한 레벨에서 진행된다. 하나의 말, 하나의 문장을 쓰려는 레벨에서 구상은 시작되며, 그것은 어느 하나의 문장 덩어리에서 작품 전체로 각각의 레벨에서 나타난다. 이를 넘어한 사람의 작가로서 살아가는 전체라는 레벨에서 또다시 구상이 전개된다.

구상이라는 말이 일본의 문학 세계로 들어온 것은 아마도 'conception'의 번역어를 통해서였을 것이다. 이는 임신이란 뜻도 있다. 대개 사람은 아이를 원해서 임신한다. 여성의 육체라는 유기체는 배태하기 위한 구조체로 만들어진 것이다. 그런데 임신으로 육체는 커다란 위험에 처한다. 임신한 여성의 육체가 뱃속의 태아를 키우고 출산에 이르도록 유도하지만, 해당 여성이 임신 과정 전체를 자기 의지대로 조정할 수 있는 것은 아니다.

소설을 구상하는 것도 마찬가지다. 글을 쓰는 이가 구상한다. 그러나 다양한 레벨에서 구상되는 각각의 구상은 글 쓰는 이를 전적으로 따르지 않는다. 조절하는 대로 자라날 수 있는 성질의 것이 아니다. 구상된 결과물이 글 쓰는 이를 위험한 지경으로 몰고 가는 일도 종종 있다. 다양한 레벨에서 구상이라는 행위를 검토함으로써 쓴다는 것의 과정을 깊이 이해할 수 있고, 그것은 읽는다는 것의 과정을 재인식하는 피드백 작용이 된다.

로베르트 무질의 『특성 없는 남자』

구상을 가능한 한 다면적으로 생각하기 위해 로베르트 무질의 『특성 없는 남자』를 따라가 보자. 여기서는 작가가 유고로 남긴 미완성 원고와 초안 레벨의 원고를 특별히 텍스트로 삼고 싶다. 20세기 초반에 무질은 『특성 없는 남자』라는 거대한 소설의 총체를 구상하여 제1부와 제2부를 포함한 제1권을 1930년에 출판했다. 제3부 『사랑의 천년 왕국 속으로』 중반까지가 1933년에 출판되었지만, 후속편은 1942년 작가가 죽음에 이르기까지 집필과 퇴고를 이어 나갔다. 이는 최종 원고, 미완성 원고, 초안의 각각 레벨에서 구상이 어떤 식으로 실현됐는지 혹은 결국 실현되지 못했는지를 알려 주는 실제 사례라 하겠다.

제3부의 주제는 주인공 울리히와 그의 누이 아가트가 어떻게 근친상간을 이루는 상황에서 사랑을 달성하고 사랑의

천년 왕국을 실현했는가 하는 부분이다. 그것을 주제로 삼기로 정한 순간부터 곤란에 빠지리란 것은 예상하고도 남는다. 무질은 자잘한 세부 사항에 이르기까지 자신이 구상한 세계를 구현하기 위해 다각도로 방법을 고안했다. 이러한 고민의 흔적은 미완성 원고와 초안 레벨에서 적나라하게 드러난다. 최종 원고가 되는 글을 다듬어 고치는 단계에서 그 천년 왕국의 구상은, 울리히가 아가트를 향해 먼저 이야기를 꺼내면서 시작된다.

제1차 세계대전이 터지기 전, 오스트리아의 수도 빈에서 '평행운동'이라는 기묘한 국민운동을 벌이던 울리히가 고향으로 돌아온다. 오랜 기간 떨어져 지내던 쌍둥이 오빠와 동생은 재회하는데, 이때 울리히는 지금까지와는 다른 새로운 의미의 사랑을 처음으로 의식하게 된다. 동생이 질문을 던지자 오빠가 이렇게 설명한다.

"무슨 의미인지 알겠어?" 울리히는 말했다. "우린 이제 천년 왕국에 들어가는 거야."

"그게 뭔데?"

"시냇물처럼 처음부터 목표가 있어서 그곳을 향해 흘러가는 게 아니라, 바다와 같이 어떤 상태를 이룬 사랑에 대해 지금껏 많은 얘기를 나눴잖아! 솔직히 말해 봐. 학교에서 낙원의 천사들이 주의 품에 머물면서 주를 찬양하는 거 말고는 아무것도 하지 않는

164

다는 애기를 들었을 때, 바로 그런 무위무상無爲無想의 행복한 상태가 떠올랐어?"

"나의 불완전함을 두고 이러쿵저러쿵하는 건 정말이지 지겨워."

"그래도 우리가 서로 이해한 대로 모든 일을 해 나갈 수 있다면?" 하고 울리히는 타이르듯 말했다. "잘 생각해 봐. 이 바다는 작은 출렁임도 없는 영원한 세상으로 이어지는 결정체처럼 순수한 일만 가득 넘치는 한적한 곳이야. 옛사람들은 그런 삶을 이 땅에서 살고자 했어. 우리가 지금 만들려는 게 바로 그 천년 왕국이란 말이야. 하지만 그런 나라는 우리가 아는 세상 속에는 없어. 앞으로 우리가 그런 삶을 살아가는 셈이라고. 우리는 우리와 우리의 모든 욕심을 버려야 해. 재산도 인식도 사랑하는 사람도 친구도 원칙도 심지어 자기 자신조차 내 안에 채워 둘 수 없지. 그렇게 우리의 오감이 열리고 인간과 짐승 모두에게 응어리가 풀리면서 우리가 우리일 수 없게 되는, 세계 전체로 녹아들어 가야만이 살아갈 수 있다는 사실을 깨닫게 되는 거야!"

이처럼 기분 내키는 대로 떠들어 댄 대수롭지 않은 발언은 일종의 농담이었다. (신쵸샤)

그러나 이처럼 기분 내키는 대로 떠들어 댄 대수롭지 않은 발언이 담고 있는 절실한 바람은 울리히와 아가트에게 들러붙고 만다. 작가는 큰 레벨과 세세한 레벨의 구상을 겹쳐 가며 짜 넣었는데, 유고에는 다양한 레벨에서 이를 실현하고자 고뇌한 흔적이 고스란히 남아 있다.

『꿈』이라는 제목이 붙은 초안에서.

얼마 뒤 꿈이 또 시작된 모양이다. 그녀는 다시 자신의 육체에서 벗어났다. 그때도 곧바로 오빠를 만났다. 또다시 그녀의 신체는 실오라기 하나 걸치지 않은 채 침대 위에 누워 있었다. 두 사람은 그런 모습을 바라보았다. 혼이 빠져나간 몸의 거웃은 대리석 묘비 위의 작은 황금빛 불꽃처럼 타올랐다. 두 사람 사이에는 당신과 나라고 부를 만한 구분이 없었으니, 이런 삼위일체는 이상한 것도 아니었다. 울리히는 일찍이 없었던 다정한 눈빛으로 지긋이 그녀를 바라봤다. 두 사람은 함께 주위를 둘러봤다. 그들이 있는 장소는 그들의 집이지만, 아가트에게는 모든 가구류가 눈에는 익었어도 어느 방에 놓여 있던 물건인지 무슨 일이 있었는지 말할 수는 없었으리라. 또다시 기이한 쾌감을 느꼈다. 오른쪽도 왼쪽도 미래도 과거도 없이 두 사람의 시선을 한곳에 모으자, 물과 포도주를 한데 섞은 것처럼 따르는 비율에 따라 황금빛이 짙어졌나 싶으면 은빛을 띠는 일종의 합성이 일어났다. 아가트는 바로 알아차렸다. "전부터 우리가 늘 얘기해 왔던 완전한 사랑이 바로 이거구나." 하고.

이어서 인용하는 초기에 작성한 초안과 습작 일부에서는, 사랑의 천년 왕국을 실현하는 어려운 주제를 실현하기 위해 작가가 얼마나 고심했는지 노출되어 나타난다.

166

그는 컵을 들고 왔다. "두 사람이 마실 수 있는 분량인가?" 아가트는 오빠 손에서 그 컵을 빼앗았다. —— "우린 자살하면 안 돼. 뭐든 해 봐야지!" 하고 외치면서…. 그는 누이를 끌어안았다.

그래도… 말없이, 행위 하나, 일이 끝났다! 그는 맥이 풀린 듯. 그는 일을 저질러 버렸다는 사실을 깨닫고는 깜짝 놀랐다!

가장 좋은 방안으로는… 울리히의 불완전한 것을 향한 혐오. 자살해도 여전히, 결국 조금 나을 뿐 아무것도 개선할 수 없다. 그런 까닭에 격한 후회(?)가 두 사람에게 밀려든다. 돌연, 둘 중 한 명이 그렇게 생각해서, 웃는다.

(중략)

그들은 여권을 챙기지 않은 채로 출발했다. 마음 한구석에서는 누군가에게 들켜 벌을 받을 것만 같은 두려움이 끊임없이 일었다. 두 사람이 여관에 도착하자 젊은 부부로 착각하여 독일에서는 이미 유행이 지난 더블베드가 놓인 깨끗한 방이 나왔다. 그들은 굳이 사양하지 않았다. (몸에 쌓인 피로가 얼추 풀리자 격하게 원시적인 행복을 추구했다…. 역경을 딛고 일어난 정도의 격한 긴장감에 비하면 이건 아무것도 아니다. 두 사람의 공모는 더욱 심해져서 세세한 부분까지 행복을 재연했다. 그들의 마음속에서 저항감이 눈 녹듯 사라졌을 때, 울리히는 말했다. "우리가 저항감을 버리는 것도 현명한 처사다. 너무 긴장한 나머지 우리가 세운 계획이 틀어지지 않도록 반드시 장애물을 넘어야만 해."

그들은 그곳에서 사흘 동안 머물고는 길을 떠났다.

서로 질리지도 않고 정신이 팔려서는 성적인 변화에 가득 찬 몇 단계의 과정을 철저히 밟는 식으로 해야만 한다.)

그러나 사랑의 천년 왕국이라는 주제가 성립한 것처럼 보이는 곳은, 초안 레벨뿐이고 구상을 실현하기 위한 시도는 난삽함의 연속이었다. 이어서 "'결국 우리의 사랑은, 여기서 끝인가?!' 하고 아가트가 외치듯 말했다."라는 비통한 에피소드가 덧붙여졌다.

> 그다음의 일, 아가트는 울리히를 기다리고 있었다….
>
> 아가트 : 마치 아무 일도 없었던 것처럼 살아요.
>
> 울리히 : 아니, 난 자살할 거야. 전쟁터로 나가겠어.
>
> 아가트 : 만약 당신한테 무슨 일이라도 생기면, 독약이라도 마실 거예요.
>
> 갑자기 죽음의 그림자가 눈앞에 드리운다. 아무것도 이루지 못한 채 한 사람의 머리 위를 죽음의 그림자가 뒤덮는다.
>
> 그런데도 삶은 아무렇지도 않게 휘청이면서 앞으로 나아가고 만방에 생의 기쁨을 펼친다. 동원되는 기분에 지배받은 사람들은 당분간만이라도 향락을 단념하기로 한다.

'최종부最終部'를 위한 습작에서라는 다음 장면을 보면, 작가가 사랑의 천년 왕국이라는, 오빠와 여동생 간의 은밀한 구상을 커다란 사회와 관련된 구상으로 연결하려고 온 힘을 다한 사정이 뚜렷이 드러난다.

총괄적인 문제는… 전쟁.

그와 같은 사람이 전쟁으로 이어진다. 평행운동이 전쟁으로 이어진다!

전쟁… 큰 사건이 어떻게 발생하는지 보여 주는 예로서.

모든 길이 전쟁으로 밀려든다. 각자 자기에게 이익이 되는 쪽에서 여러 형태로 전쟁을 환영한다.

다양한 레벨에서 글을 쓰기 위한 구상이 엿보인다. 이를 자신의 글쓰기를 생각하면서, 막판에 있을 전환 장치에 맞추며 읽었을 때, 우리는 쓰는 행위에 있어 다양한 레벨에서 이뤄지는 구상을 해독할 힘을 기를 수 있다. 미완성 원고나 초안이 아닌 완성된 텍스트 또한 마찬가지로 전환 장치를 매개로 하면, 깊숙이 자리한 구상의 안쪽까지 파악하는 힘이 생긴다. 이런 읽기야말로 우리를 고무시켜 글쓰기로 이끌 것이다.

제3부

새로운 문학의 미래

11. 익살꾼 = 트릭스터

익살꾼의 몸짓

『특성 없는 남자』에서 특히 주목하고 싶은 곳이 있다. 고향으로 돌아온 울리히가 처음 여동생과 만나는 장면.

그가 걸친 옷은 부드러운 양털로 만든 헐렁한 파자마다. 흑색과 회색의 체크무늬에 손과 발, 허리 둘레를 끈으로 묶어 마치 광대 의상 같았다. 그는 입었을 때 느낌이 좋다며 이 옷을 좋아했다. 밤잠을 설친 긴 여행을 마치고 이제 막 돌아온 그는, 파자마의 촉감을 음미하면서 계단을 내려왔다. 그런데 누이가 기다리고 있는 방으로 한 발 내디디자, 그는 자기 복장에 너무나 놀라고 말았다. 얼핏 봐도 자신과 똑 닮은 광대와 마주쳤기 때문이다. 큰 키에 금발 머리인 누이도 부드러운 회색과 적갈색의 줄무늬 옷을 걸치고 있었다.

"우리가 쌍둥이인 줄 몰랐어요!" 하고 아가트가 말했다. 그녀의 얼굴이 환하게 빛났다.

그리고 그들은 ─── 울리히는 장례를 치르려고 고향에 온 것이다 ─── 아버지의 시신이 있는 곳으로 갔다.

두 사람의 어릿광대는 죽은 이 앞에 정면으로 서서 고인을 바라보는 모습을 연출했다.

이처럼 익살꾼의 성격이 강조된 오빠와 여동생은 앞서 기술한 것처럼 실현하기 어려운 사랑의 천년 왕국을 건설하기 시작한다. '일련의 기묘한 체험의 시작'이라는 제목이 붙은 장에 다음과 같은 장면이 나온다.

오빠와 동생은 어느 날 밤 모임에 참석하고자 옷을 갈아입었다. (중략) 때마침 아가트는 얇은 비단 양말을 신으려고 주의력을 집중하던 참이라 자신의 발 위로 몸을 굽히고 있었다. 울리히는 그녀의 뒤에 서 있었다. 그는 그녀의 머리를 보고 목을 보고 어깨를 보고 나체와 다를 바 없는 그녀의 등을 내려다봤다. 들어 올린 무릎 위로 몸이 비스듬히 놓여 있었다. 웅크리는 행위로 긴장해서인지 목에 주름 세 개가 잡혀서 투명한 피부를 관통하는 세 개의

174

화살처럼 낭창낭창 신이 나서 내달린다. 순간적인 고요함에서 오는 이미지의 매혹적인 입체감은, 그 틀에서 벗어나 울리히의 몸으로 옮아왔다. 이동이 너무나도 갑작스러운 데다 급속히 진행된 탓에 그의 육체는 몸 둘 바를 몰랐다. 바람에 펄럭이는 깃발만큼 무의식적인 것은 아니었다. 그렇다고 진중하게 숙고한 것도 아닌 채, 발끝으로 디디느라 몸을 구부린 여성에게 슬며시 다가가 갑자기 상냥하면서도 거칠게 세 개의 화살 가운데 하나에 이를 갖다 댔다. 팔은 동생을 끌어안고 있었다. 이어서 울리히의 이는, 처음에 그랬던 것처럼 조심스럽게, 와락 하고 덮쳤던 여성에게서 멀어졌다. 오른손으로 그녀의 무릎을 꽉 누르고 왼팔로는 그녀의 몸을 자신의 몸쪽으로 끌어당기면서 발뒤꿈치에 힘을 주어 그녀와 함께 뛰어올랐다. 아가트는 깜짝 놀라 소리를 질렀다.

제각기 어릿광대처럼 옷을 입은 오누이. 그들은 유별난 차림새로 죽은 자 앞에 섰다. 그리고는 바로 그 자리에서 뛰어오른다. 이는 익살꾼이 보여 주는 몸짓이다. 이런 연속된 묘사를 통해——동생은 스스럼없이 오빠를 '달의 유혹에 넘어간 피에로'라 불렀으며, 그녀 자신 어릿광대가 몸에 지니는 악기를 주변에 늘어놓았다——무질은 이 둘에게 익살꾼 이미지를 새겨 넣으려고 했음이 분명하다.

우리는 익숙지 않은 기이한 행위, 즉 익살을 부리는 자로 '낯설게 하기'가 가해진 두 사람을 인상에 새긴다. 이처럼 전략적으로 만들어진 두 사람이라면, 사랑의 천년 왕국을 향한 근친상간도 실현할 수 있겠다는 불가사의한 상상력의 점프를 달성하는——독자를 납득시키는——그만큼의 힘을 갖고 있다고 기대할 만하지 않은가?

무질은 이들 장면 하나하나를 의식적으로 구상했다. 익살의 요소를 도입하여 심벌리즘을 활용함으로써 이미지의 '낯설게 하기'에 도달하려는 것이다. 이는 익살의 신화적 힘을 확신하기에 가능한 일이다. 그 밑바탕에는 서구의 독자가 익살의 신화적 힘을 감지하는 능력을 지니고 있는 것에 대한 신뢰가 깔려 있다. 익살의 상징주의를 매개로 하여 말의 장치가 만들어진 것이다.

메타포로서의 익살, 익살의 신화

오빠·동생과 익살이 메타포 관계로 묶인다. 메타포로서 익살의 의미를 좀 더 확실히 하면, 익살이라는 심벌리즘이 성립한다. 이러한 심벌리즘을 이야기 레벨로 재인식하면 익살의 신화가 된다. 어떤 대상을 잘 표현하기 위한 장치로서 메타포가 사용된다. 그 메타포를 더욱 강화하여 특정 문맥에서 벗어나더라도 통용될 때, 그것을 심벌리즘이라고 부를 수 있다. 이야기 속에서 심벌리즘에 일정 역할을 부과하면 신화가 성립한다. 반대로 줄거리 측면에서 보면, 신화의 요소로서의 심벌리즘이 있고, 그 심벌리즘이 하나의 문맥에서 일회에 한정된 용법으로 사용된다면 메타포라 부르는 것이 더 자연스럽다.

울리히와 아가트 모두 어릿광대 같은 복장을 하고 있다. 처음 문맥에서 단 한 번만 익살의 이미지로 나타났더라면, 무질이 오직 이 장면만 그 둘에게 익살꾼의 메타포를 부여하여 '낯설게 하기'를 설정했다고 보는 것이 타당할지도 모른다. 그런데 익살꾼의 메타포는 되풀이된다. 그래서 우리는 익살꾼에 심볼리즘으로서 특정 의미·역할이 부과되었음을 알아차리게 된다. 이어서 울리히와 아가트의 이야기는 익살의 신화로 전개된다. 두 사람이 함께 뛰어오르는 장면이 펼쳐질 때, 이미 그것은 신화의 단계로 올라간다.

이때까지만 해도 모든 일은 늘 그래 왔듯이 쾌활하게 장난치는 기분으로 진행되었다. (중략) 그러나 놀라기도 잠시 아가트는 모든 마음의 짐에서 갑자기 해방되어, 그 대신 점점 느려지는 움직임이 강제하는 대로 되어, 공중에 떠 있다기보다는 오히려 허공에서 쉬는 기분이 들었다. 도저히 거부할 수 없는 우연한 힘으로 자신이 이런 상태에서도 이상하리만치 마음의 평화를 느끼고 있다는 사실을, 오히려 지상에서 겪은 모든 불안에서 멀리 떨어져 있기조차 하다는 사실을 그녀는 느꼈다. 아무리 발버둥쳐도 도저히 불가능할 것만 같은 몸의 균형을 깨는 움직임과 함께 그녀는 강제로 볶인 마지막 남은 실오라기마저 뿌리치고는, 오빠를 향해 낙하하는 중에도 쉴 새 없이 계속 상승하여 한 조각의 행복한 구름이 되어 오빠의 품속으로 파고들었다. (중략) 오빠와 동생의 키 차이로 마치 둘이 하나의 뿌리에서 돋아난 모양새를 이뤘다. 두 사람은 마치 처음 세상을 보기라도 한 양 호기심 어린 눈길로 서로를 쳐다봤다. 너무나도 몰입한 나머지 무슨 일이 벌어졌는지 말하려야 말할 수 없었겠지만, 그래도 이 둘은 이런 생각을 했다. 우리가 그토록 오랫동안 우리에게 주어진 인연으로 주저해 왔던 상황, 평소 늘 이 일에 관한 얘기를 나눴으면서도 밖에서만 바라봤다는 사실, 그날 있었던 합일의 절정에서 우리는 바로 이 순간, 생각지도 못한 한순간에 그만 발을 들여놓고 말았다는 사실을.

익살꾼·익살의 신화적 의미를 일본문화의 영역으로 끌어들여 심화시키는 작업에 힘을 쏟은 이는 문화인류학자 야마구치 마사오山口昌男이다. 익살은 세계 질서를 뒤집는다. 상하 질서를 뒤바꾸는 역할인가 싶다가도 거꾸로 하늘과 땅처럼 멀리 떨어져 있는 존재를 연결시키는 역할을 달성한다. 우주론적인 상상력이 발동하는 세상에서 중개자·매개자의 역할을 하고 있다.

야마구치에 따르면 익살, 특히 아를레키노arlecchino 광대로 전통적인 이탈리아 연극에서 그 지위가 인정된 익살의 신화적 선조는, 그리스 신화에 나오는 헤르메스 신이다. 하늘을 나는 헤르메스 신. 종종 발뒤꿈치에 작은 날개를 붙이며 나타나는 헤르메스의 혈통을 이어받은 아를레키노와 같은 익살꾼은 하늘을 날 듯 가벼이 선회한다. 나 또한 〈코메디아 델라르테〉라는 일본 공연에서 아를레키노형의 익살꾼이 보여주는 경쾌한 모습을 접했다.

헤르메스의 핏줄을 타고난 익살꾼이라는 특질을 종합적으로 생각해 볼 때, 울리히와 아가트가 앞서 인용한 중요한 신에서 공중으로 뛰어올라 '쉴 새 없이 계속 상승한다'는 묘사가 의미하는 바는 좀 더 선명해진다. 익살꾼의 복장과 몸짓을 비롯해 무질은, 익살의 메타포·익살의 심벌리즘·익살의 신화라는 일련의 맥락으로 읽는 이를 끌어들인다. 소설이 신화적인 익살의 힘을 빌리는 것이다. 신화의 힘에 기대어 독자는 일상적인 사고·감수성 레벨에서는 도달할 수 없는 상상력의 새로운 국면에 접어든다.

두 사람의 인간이 하나의 존재로 합일하는 것, 남자가 여자로 여자가 남자로 뒤바뀌는 것, 그리고 근친상간에 의한 사랑의 천년 왕국으로 입성하는 것. 이런 기획은 다소 과장되게 들릴지도 모르겠지만, 세계의 질서를 낱낱이 뒤집는 것이다. 남자와 여자라는 질서를 뒤집어서 1+1=1이라는 불가사의한 세계로 바꿔 놓는다. 하나로 엮기 어려운 두 개의 존재를 어떻게 하나로 묶을 수 있겠는가? 이를 위해 익살의 힘이 호출된 것이다.

의식의 표층 레벨이 아닌 좀 더 깊은 레벨에서—개인의 의식을 넘어선 집단의식 레벨에서—신화는 살아 있다. 그 원천에서 힘을 길러 낸 메타포가 그리고 심벌리즘이 문학에서 높은 효과를 거둔다. 우리는 일상·실용의 말로 이뤄진 세상에서 살아가면서 동시에 문학 표현의 말로 우리가 좀 더 폭넓고 깊이 있는 상상력의 세상에서 살 수 있다는 사실을 다시 한번 확인하는 셈이다.

익살의 신화적 원형

문학 표현의 말은 우리를 상상력의 세계로 끌어낸다. 이때 메타포·심벌리즘 그리고 신화라는 커다란 콘텍스트는 구체적으로 힘을 발휘한다.

메타포·심벌리즘 그리고 신화라는 맥락은 예컨대 익살과 같은 사례만 봐도—특히 구조주의 문화인류학이 명쾌하게 밝힌 사실이지만—동서양을 불문하고 인간 세상에서 보편적인 것이다.

이 또한 야마구치 마사오가 적극적으로 소개한 바 있는데, 트릭스터trickster라는 모델을 채용하면, 익살의 과제는 아메리카 인디언 신화에서 아프리카 여러 지방의 신화에 이르기까지 폭넓게 펼쳐볼 수 있다. 이 세상 모든 곳에서는 익살의 신화적 원형이 발견된다. 실제로 살아 있는 일상적 모델로서 혈통을 잇는 실제 사례 또한 찾아낼 수 있다. 문학이 신화적 원형을 도입하는 까닭이 바로 여기에 있다. 원초적 힘을 보유하면서도 일상적으로 리얼리티가 생생하게 살아 있는 등장인물로 탈바꿈할 수 있기 때문이다.

야마구치 마사오가 말한 트릭스터가 지닌 문화론적 의미를 요약하면 다음과 같다.

> 익살꾼 = 트릭스터와 관련한 지성은 하나의 현실만 집착하는 것이 얼마나 불모의 황무지와 같은 일인지 알려 준다. 하나의 현실에 시종 끌려다니는 것을 '수미일관성'의 귀착지라고 한다면, 이를 거부하는 일은 다양한 '현실'을 동시에 살아가고 그 사이를 자유로이 오가며, 세상의 숨겨진 양상을 끊임없이 구현함으로써 좀더 다이나믹한 우주론적 차원을 개발하는 정신적 기술이라 할 수 있다. (폴 라딘, 『트릭스터』 해설, 쇼분샤)

야마구치는 미국의 문화인류학자 폴 라딘이 다룬 위네바고 인디언의 트릭스터 신화에서 수집한 자료에 따라 서술했는데, 라딘 자신은 예비 결론으로 트릭스터 신화를 소개하고 있다.

북아메리카 인디언 사이에서 볼 수 있듯 가장 초기의 가장 오래된 형태로 간주할 수 있는 것 가운데 트릭스터는 창조자인 동시에 파괴자이며, 증여자인 동시에 반대자이고 타인을 속이고 자신이 속는 인물이다. 그는 의식적으로는 아무것도 욕심내지 않는다. 그는 매사에 늘 억누를 수 없는 충동에 사로잡혀서 그런 것처럼 어쩔 수 없다는 듯이 행동한다. 그는 선도 모르고 악도 모르지만, 어느 쪽이든 책임은 존재한다. 도덕적 혹은 사회적 가치는 그의 개념 속에 없고 정념과 식욕에 좌지우지되지만, 모든 가치는 그의 행동을 통해서 생겨난다.

트릭스터는 본디 어느 마을의 추장이었다. 그는 싸움터에 나갈 준비 차 베푼 연회에서 자주 여자와 잠자리 금기를 깨서는 그동안의 전쟁 준비를 헛되이 망쳐 놓는다. 그래도 겨우 싸움에 나갈라치면, 보트나 짐보따리는 그렇다 하더라도, 싸움터에서 빼놓을 수 없는 화살까지 모두 버려 버린다. 게다가 저 혼자 싸움에 나가겠다고 큰소리치며 뒤따라온 자들을 돌려 보낸다. 홀로 길을 나선다. 속임수를 써서 들소를 죽인다. 오른손과 왼손이 피투성이가 되도록 싸운다. 남을 속여 가며 오리를 손에 넣었으면서도 다 잡아 놓은 포획물은 여우 새끼한테 빼앗기고 만다.

전복을 꿈꾸며 비상하는 트릭스터

트릭스터는 계속 이런 식으로 떠돌면서 어리석으면서도 현명하고, 강한 자를 물리치는가 하면 약한 자한테 깨지고, 남자이면서 여자로 가장하여 결혼도 한다. 무엇보다 모험이 성공하거나 실패를 거듭할 때마다 세상에 고정된 부분을 뒤흔들며 그 의미를 갱신하고 사람들에게 새로운 지혜를 선사한다. 트릭스터가 지나간 자리는 모든 측면에서 지금까지와는 양상이 달라지고 새로운 세상이 펼쳐진다.

참으로 이상한 건 트릭스터가 오랫동안 마을에 머물면서 아이를 많이 만들었다는 점이다. 어느 날 그는 이렇게 말했다. "그럼, 이제 더는 여기 머물 필요가 없어. 꽤 오래 있었거든. 이제 슬슬 지구를 떠돌아다니며 예전처럼 이런저런 사람들을 찾아봐야겠다. 애들도 다 컸잖아. 난 여기서 이렇게 살라고 만들어진 인간이 아니야."

그리고는 지구를 돌아다녔다. 미시시피강 끝에서 출발하여 하류 쪽으로 내려갔다. 미시시피강은 영혼의 마을로 주요 도로이다. 이 강에 인디언이 살고 있다는 사실을 안 그가, 하류로 여정을 잡은 이유가 여기에 있었다. 그는 인디언한테 방해가 된다 싶은 게 있으면 바로 바꿨다. 어느 날 갑자기 지구 창조자가 자신을 지구로 보낸 목적이 떠올랐기 때문이다. 그래서 강가의 모든 장애물을 전부 제거해 버렸다.

큰 바다로 들어선 트릭스디는 하늘로 올라가시…. 이러한 특질을 지닌 트릭스터를 신화적 원형으로 취하는 익살꾼은 문학에서 어떤 역할을 맡는가? 실제 작품 속에서 이를 읽어 내고자 할 때, 신화적 원형은 작품을 확실하게 이해하도록 도와주는 실마리로서 수용하는 깊이를 심화시킨다. 또한 새 로운 소설을 쓰려는 이는, 한 사람의 개인에 불과한 자신이 만든 인물상이 드넓은 세상을 향해 설득력 있는 가교가 되어 줄 것으로 기대한다.

『전쟁과 평화』 속 트릭스터

『전쟁과 평화』에 나오는 피에르 베주호프는 트릭스터의 신화적 원형으로 읽기에 적합한 인물이다. 그는 분명한 익살 꾼으로 소설에 등장한다. 한데 어울린 친구들과 술에 취해서 경찰서장을 곰과 함께 묶어 강을 헤엄치게 하는 익살꾼 행세 를 하면서. 그는 명예도 없고 재산도 없는 일개 사생아다. 그 런데 그런 피에르에게 어느 날 갑자기 러시아 최대의 유산이 툭 하고 떨어졌다. 주위로부터 주목을 끌고 원치 않는 결혼 식도 치러야 했지만, 바로 아내를 빼앗기고 만다. 아내가 어 떤 사내와 정을 통한 사정이 연회에서 웃음거리를 사자 그것 이 불씨가 되어 얼떨결에 결투를 벌인다. 홧김에 치른 결투

였어도 승리를 거둔다.

이어서 세계적인 조직 프리메이슨Freemason의 일원이 됨으로써 바른길로 돌아온 피에르는 영지 시찰과 제도 개혁에 열중했으나, 여러 번의 시도는 모두 우스꽝스럽게 끝나고 만다. 더군다나 실패에 좌절하는 일 없이 바로 전쟁터로 나가더니 급기야는 익살스러운 행동거지까지 선보인다. 그러고도 모자라 점령당한 모스크바로 돌아오자마자 나폴레옹 = 안티크리스트 살해라는 장대한 기도를 야심 차게 준비한다. 그중에서도 대형 화재와 약탈 현장에서 우연히 맞닥뜨린 작은 일에서 영웅주의를 발휘하여 보기 좋게 체포되고 만다. 결국 얼마 후 사형 위기에 처해 고난의 길에 오르는데….

그런데 이처럼 골계로 가득 찬 괴짜 피에르 베주호프는, 익살스러운 성질은 그대로 간직한 채 점차 질서의 틀을 넘어선 거대함으로 다가온다. 포로가 된 피에르의 자기 인식과 사회·세상에서 우주를 향해 뻗어 나가는 사고의 지평은, 어딘지 모르게 광범위한 지구 편력을 마치고 대양을 건너서 우주로 돌아온 트릭스터의 그림자를 드리우고 있다.

"하, 하, 핫" 하고 피에르는 웃었다. 그리고는 혼잣말로 이렇게 말했다. '저 부대는 날 보내 주지 않았어. 다 같이 날 붙잡아서는 가두고 말았어. 그리곤 날 포로로 삼았고. 도대체 난 누구란 말인

가? 나를? 나를…. 불멸인 나의 혼령을? 하, 하, 핫!… 히, 히,
핫!….' 그는 눈물을 머금은 채 웃었다. (중략)

피에르는 밤하늘과 옅어졌다 나타나기를 되풀이하며 반짝이는
별의 심연을 바라본다. '이 모든 건 다 내 거야. 세상 모든 게 내
안에 있어. 이건 내 거야!' 하고 피에르는 생각했다. '녀석들이 이
걸 붙잡아 판잣집 속에 밀어 넣었단 말이야!' 그는 남몰래 미소
지으며 잠자리에 들기 위해 동료들 곁으로 갔다.

이러한 곤궁에 처한 이후 —— 본인의 내면에서 바라보는
한, 위대한 대서사시와 같은 경험이었다 —— 부흥하는 전후
페테르부르크 사회에서 피에르는 유력 인사들을 한곳에 모
으는 역할을 담당한다.

만약 페테르부르크에 내가 없다면 그들은 뿔뿔이 흩어지고 말 거
야. 내 감히 단언하지. 저 사람들은 저마다 자기 하고 싶은 말만
하니까. 그건 그렇다 치고 아무튼 난 그들을 잘 그러모았어. 내
생각은 지극히 간단명료하지. 난 특별히 누군가를 반대하거나 그
러지 않아. 사람이라면 누구나 잘못 생각할 수도 있는 법이니까.
난 그저 이렇게 말할 뿐이야. 선을 사랑하는 자라면 손을 맞잡아
야 하는 게 아니냐고. 실행하는 선을 유일한 기치로 내걸자고.

그리고 이런 다정한 말을 들은 헌신적인 아내 나타샤의 유
일한 당혹감은 이렇다.

나타샤 역의 류드밀라 사벨리예바

이처럼 위대하고 세상에서 꼭 필요한 사람이 내 남편이라니. 정말일까? 어떻게 이런 일이 일어날 수 있지?

『전쟁과 평화』를 다 읽고 나면, 우리는 이처럼 온기로 충만한 대화를 나누는 베주호프 부부의 꼬임에 넘어가 그들과 동시대를 이룬 세상 전체와 얼굴을 마주하고 있는 우리 자신을 보게 될 것이다. 그 배경에는 그 역시 전체적으로 폭넓게 조망한 두 개의 커다란 전쟁이 있다. 전자는 앞서 서술한 대로 앞으로 베주호프 부부가 인내해야만 할 삼십 년간의 유형 생활과 이후에도 고비를 넘어야 할 미래가 있다. 이어질 사정 또한 전체적인 조망으로 예상할 수 있다….

하나의 소설을 경험함으로써 그것을 읽는 우리의 마음은 열린다. 그렇게 우리의 상상력은 멈추지 않고 가동한다. 한 사람의 마음에서 출발하여 구조화를 거듭하며 무언가를 묘사하는 문학은, 이처럼 거대하면서도 사람들과 공유할 수 있는 전망을 앞에 두고 읽는 이와 마주한다. 적어도 톨스토이를 비롯한 위대한 작가들은 성과를 거두었다. 새로운 문학을 쓰려는 자들 역시 결국 그것을 목표로 해야 할 것이다.

이렇게 놓고 보면, 새삼스레 익살이라는 메타포·심벌리즘·신화가——그리스의 헤르메스 신을 기원으로 하는 것이든 미시시피강의 트릭스터를 기원으로 하는 것이든——실로 의지할 만한 길라잡이가 되어 우리 앞에 나타날 것이라는 생각이 든다.

12. 신화적 여성 (1)

신화적 존재가 발휘하는 힘

소설이나 시에서 힘을 발휘하는 신화적 존재는 광대＝트릭스터만이 아니다. 그보다는 오히려 어떻게 이처럼 다양한 신화적 요소를 찾아내서 그것을 읽어 낼지 고민하는 것이 새로운 문학을 풍성하게 만드는 길잡이에 가깝다고 할 수 있다. 게다가 그러한 발견과 이해는, 일상적인 것에서 신화적인 것으로 그리고 신화 같은 존재에서 일상적 존재로 오고 가는 끊임없는 왕복운동을 문학 표현의 말 속에서 찾아내야만 한다. 전쟁 시절 교과서에 나올 법한 고정된 신화에는 창조적인 에너지가 없다.

내 경험에 비춰 봤을 때, 글을 쓰는 때나 읽는 때 모두 그 안에 신화적 존재가 힘을 발휘하는지 아닌지 의식하지 못하는 경우가 많다. 그런데도 강하게 그리고 깊게 신화의 힘에 끌려다닌다.

나는 작가로서 출발점에 섰을 때부터——예를 들어『사육 飼育』과『짓밟히는 싹들』에서처럼——어린이의 메타포·심벌리즘·신화에 긍정적인 힘을 부여해 왔다. 내가 쓴 소설을 지금 다시 읽어 보니 그것이 더 잘 느껴진다. 이 또한 숲속 골짜기 작은 마을에서 보낸 나의 유소년 시절의 추억 속에서 실제 어린이들을 끄집어낸 결과로, 그것을 재현하는 식으로 시작해서 결국 신화적 어린이를 표현하기에 이르렀다. 그리고 아버지가 된 나에게 머리에 장애를 지닌 아이가 태어나는——예를 들어『홍수는 나의 영혼에 이르러』나『새로운 사람이여, 눈을 떠라』와 같은——이런 경우는 의식적으로 신화의 후광을 부여하여 어린이를 세계를 인식하는 적극적인 힘으로 삼았다.

읽는 인간인 나 역시 예컨대 라블레의『가르강튀아와 팡타그뤼엘』을 읽으면서, 거인 두 사람의 유소년 시절을 묘사하는 장면에서 생생한 상상력에 마음이 사로잡혔다. 도스토옙스키의『카라마조프가의 형제들』도 어린이 한 무리의 활동을 보고는 상상력이 매우 큰 힘으로 작용한다는 생각이 들었다. 이런 장대한 장편소설에서 가장 인상 깊은 메시지를 고르라면, 나는 알료샤 카라마조프가 어린이를 향해 연설하는 장면을 들겠다. 깊은 병에 걸린 어린이를 중심으로 하나의 공동체를 만들었는데, 그들 스스로 나중에 그곳에 묻히기를 소망한, 커다란 돌이 놓인 곳에 가서 먼저 죽은 친구를 기리는 장면에서 알료샤는 아이들한테 이렇게 말한다.

"언젠가 내 말을 이해하게 될 겁니다. 무슨 말이냐 하면, 인생의 멋진 추억, 특히 어릴 적 부모님 집에서 지냈을 때의 기억보다 존엄하고 강력하고 건전하고 유익한 것은 없습니다. 그러나 소년 시절 중요하게 보존한 아름답고 신성한 기억, 그것이야말로 가장 멋진 교육이 아닐까요. 그런 추억이 많은 사람은 한평생 구원받을 수 있습니다. 멋진 기억이 오직 하나밖에 마음속에 남아 있지 않더라도, 그 하나의 추억이 언젠가 우리를 도와줄 겁니다. 어쩌면 우리는 악인이 될지도 모르고, 악행을 저지르기 전에 멈출 수 없을지도 모릅니다. 또한 인간이 눈물 흘리는 걸 비웃으며, 앞서 코샤가 외친 것처럼 '나는 전 인류를 위해 고뇌하고 싶다.'고 말하는 사람들을 향해 심술궂게 조소하는 사람이 될 수도 있어요. 그러나 우리가 그 어떤 악인이 될지라도, 실제로 그렇게 되면 곤란하겠죠. 우리가 어떻게 일류샤를 땅속에 묻었는지, 마지막 남은 며칠 동안 저 아이를 얼마나 사랑했는지, 그리고 지금 이 순간 우리가 이 돌 옆에서 얼마나 사이좋게 얘기를 나누고 있는지 떠올릴 수만 있다면, 우리 안에 가장 잔혹하고 남을 깔보는 못된 인간이 숨어 있을지라도, 삼산 우리가 그런 인산이 됐다고 가성해 본 거랍니다. 지금 이 순간 자신이 얼마나 선량하고 멋진 사람인지 마음속 깊은 곳에서 비웃을 용기가 있는 사람은 없을 겁니다! 그러긴커녕 어쩌면 이 하나의 추억이 그를 크나큰 악에서 지켜 줘 생각을 바로잡고선, '맞아, 난 한때 선량한 사람이었어. 대담하고 정직했어.'라고 말할지도 모릅니다." (츄오코론샤)

신화에서 비롯된 유아 원형

눈앞에 서 있는 아이들의 신화적인 힘이 알료샤에게 근본적인 신조의 고백을 불러일으킨다. 이런 어린이가 지닌 힘의 신화적 근원. 이 문제는 심리학자 카를 융과 신화학자 카를 케레니가 제시한 동아신童兒神·동녀신童女神에 관한 분석이 유효할 것이다.

두 학자는 각각의 전문 분야에서 유아 원형을 밝히려고 노력했다. 그들이 출발점으로 삼은 것은, 신화의 시대에 큰 위기에서 인간을 구제하는 자들이 잇달아 이 세상에 나타났을 때, 그 존재가 인간에게 새로운 지혜를 맡겨서 구제하는 수단으로 삼으면서 어째서 그 수단이 '어린이 형태'를 취하는 예가 많은가 하는 점이었다. (『신화학 입문』 쇼분샤)

융은 케레니가 실제 사례를 들어 제시한 이론을 이어받았는데, 그가 내린 결론을 요약하면 이렇다. 사람들이 공통으로 지닌 집합적 영혼은 개별적인 것으로 의식화되기 전에 무의식의 전체성으로 존재한다. 그 원형은 유아의 형태로 나타난다. 이러한 결론을 도출하는 분석 과정에서 유아신幼兒神의 요소 네 가지를 제시한다.

맨 처음 유아의 '유기遺棄'. 버려지고 거부된 유아. 유아신은 보호자로부터 돌봄을 받지 못하는 형태로 나타난다. 아기는 모친과 떨어진 채로 탄생한다. 때로는 어머니의 생명을 위기로 몰아넣기까지 하면서. 따라서 유아는 자신이 유기되고 거부당했다고 느낀다.

다음으로 '공백空白의 공포'. 자신이 누군가로부터 삼켜져서 태어나기 이전 상태로 되돌아갈지도 모른다는 두려움에서 나온 공포심. 자신은 무의식에서 태어났다. 자신이 아는 한 그것에 확실한 이유가 있는 것은 아니다. 유희遊戲처럼 어쩌다 태어난 것이라면, 한낱 장난에 불과하니 파괴될 수도 있지 않을까? 그런데 이처럼 불안한 유아는 마찬가지 이유로——즉 무의식의 모태로부터 태어났다는 이유로——무적無敵의 강인함을 지닌다. 의식의 일면성에 대한 무의식의 전체성이 의인화하여 나타난 것이 어린아이다. 이것이 유아신에 무적의 이미지가 깃든 이유이다.

이어서 유아의 '양성兩性 구유성具有性'. 유아는 눈으로 보면 바로 알 수 있듯이 아직 남자로도 여자로도 분화되지 않왔다. 양성을 모두 시닌 상태이다. 그 결과 신화에서 유아는 두 개의 대립물을 통일하는 힘을 지닌 존재로 기능한다. 유아신은 다양한 갈등 상황을 극복하여 인간을 구한다.

마지막으로 유아는 '처음과 끝'을 나타낸다. 유아는 새로운 아이로 태어나는 새로운 존재다. 그러나 그것은 최종의 것이기도 하다. 왜냐하면 인간이 죽은 다음의 생명을, 살아 있는 동안 선취한 무의식의 성질을 지니고 있기 때문이다. 무의식의 전체성에서 태어난 유아는 이처럼 '처음'과 '끝' 모두를 드러내는 존재이다.

심리학자와 신화학자에 의한 유아 원형의 정식화는, 우리가 문학을 읽고 쓰는 일을 이어 가면서 거기에 나타난 유아·어린이들의 특징적인 힘을 발견한 경험에 비춰 보면 바로 이해할 수 있다. 게다가 이처럼 정식화된 이론을 빠져나오면, 새로이 마주하게 될 문학 속 유아·어린이들에게 확실하게 논리적으로 접근할 수 있다.

읽고 쓰는 일 모두 가능한 한 구체적인 지점에서 출발한다. 이는 문학이라는 말의 장치에 있어 근본적인 구성 방법이다. 그렇기에 더욱 해당 경험을 논리적으로 재구성하고 맑아지도록 재검토할 필요가 있다. 이 지점에서 신화적 존재가 지닌 힘은 매서우리만치 정확해진다.

신화에서 비롯된 여성적 원형

여성상·여성적인 존재. 이것은 유아·어린이의 힘 못지않게 문학 세계가 활기차도록 크고 깊게 그 역할을 다한다. 여성적 존재가 어려 있는 신화적 원형은, 유럽 신화에서도 아시아 신화에서도 실로 다양하게 접할 수 있다. 지금부터는 작가가 문학작품 속에서 여성상을 어떻게 표현하는지 살펴볼 것인데, 신화적인 원형을 강화하는 부분에 주목하겠다.

먼저 도스토옙스키의 『죄와 벌』부터 살펴보자. 나는 이 책 『새로운 문학을 위하여』에서 톨스토이만큼이나 도스토옙스키를 예로 들었다. 이는 하나의 소설 그리고 한 사람의 작가를 어떤 식으로 다면적이면서도 다양하게 읽어 낼 수 있는지 실제 사례를 보여 주고 싶어서이다. 다면적인 동시에 다양하게 읽기 위해서는, 그에 앞서 길잡이가 되어 줄 방법과 문제의식을 명확히 해 둘 필요가 있다. 아울러 이런 읽기는 다음에 만날 작품을 이해하는 데 있어, 유효한 방법과 문제의식을 확실히 하는 자기 훈련이 된다.

『죄와 벌』의 주요 등장인물은 라스콜니코프이다. 그가 살인죄를 저지른 사실을 알고 있는 인물 가운데 지방에서 온 지주 스바드리가일로프가 있다. 일찍이 그가 살던 저택에서 가정교사를 하던 이가 라스콜니코프의 여동생 두냐였다. 스바드리가일로프는 두냐를 유혹하려다 실패하자 그녀에세 중상을 입히는 바람에 더는 거처에 머물 수 없게 되었다. 페테르부르크로 떠난 두냐를 뒤쫓아 스바드리가일로프도 이 대도시를 찾아왔는데, 우연히 라스콜니코프가 범행 사실을 고백하는 얘기를 훔쳐 듣고는 그것을 빌미로 두냐를 협박한다. 라스콜니코프와 셋이서 외국으로 도망치는 수밖에 없다고 겁을 주며 꼬드기는 신에서 두냐의 대답은 이렇다.

두냐는 권총을 들었다. 흡사 죽은 사람처럼 창백해진 얼굴로 혈기라곤 찾아볼 수 없는 아랫입술을 부르르 떨면서, 이글이글 불타오르는 커다란 검은 눈으로 상대방을 노려보며 마음을 가라앉히고는 저편이 조금이라도 움직이기를 기다리고 있었다. 그는 지금껏 이토록 아름다운 그녀를 본 적이 없다. 그녀가 권총을 손에 든 순간, 그녀의 눈에서 번뜩인 불꽃이 자신의 몸으로 옮겨붙어 타오르는 듯 꽉 하고 가슴이 저며 왔다. 그가 한발 내디디자 바로 권총이 불을 뿜었다. 탄환이 그의 머리카락을 스쳐 뒷벽에 가 박혔다. 그는 멈춰 선 채 미동도 없이 히죽 웃었다. (중략)
"어찌 된 일입니까? 빗맞았잖아요! 다시 한번 쏴 봐요. 기다릴 테니." 하고 스바드리가일로프는 이번에도 역시 옅은 미소를 띠며 말했다. 그러나 묘하게도 그 웃음은 어두웠다.
"이러면 방아쇠를 당기기도 전에 나한테 붙잡히고 말걸요!"
그 소리에 두냐는 움찔하며 서둘러 방아쇠에 손가락을 올리고 권총을 겨눴다.

"제발 날 좀 말려 줘요!" 하고 그녀는 절망적으로 외쳤다. "다시 쏠 게 분명하니… 난 정말이지… 죽이고 말 거예요!…" (중략)

그는 두냐로부터 겨우 두 걸음 앞에 서서 결의에 찬 기괴한 표정을 지으며, 부글부글 끓어오르는 욕정에 짓눌린 눈으로 지긋이 그녀를 응시한 채 다음 순간을 기다리고 있었다. 그제야 두냐는 그가 자신을 놓아줄 바에야 차라리 죽기로 작정한 걸 알아차렸다. '하지만…, 하지만 이번엔 정말로 죽일 것만 같은데, 고작 두 걸음이야!…'

그러다 그만 권총을 떨어뜨리고 말았다.

'버렸다!' 하며 스바드리가일로프는 깜짝 놀라 휴 하고 깊은 한숨을 내쉬었다. 뭔가 그의 마음속에서 쑥 빠져나간 것만 같다. 마냥 죽음의 공포에 짓눌려서만은 아니리라. 지금 그런 걸 느낄 상황이 아니었다. 꼭 집어 말할 수 없는 아주 비참하고 음침한 감정에서 스르르 풀려나는 해방감이었다. (신쵸샤 전집)

이 장면에서 이미 메타포나 심벌리즘의 영역을 넘어서 신화의 세계로 올라간 것은, 여성적 존재에서 흘러나오는 강력함이다. 스바드리가일로프는 살인자와 그의 가족을 밀고하겠다며 협박할 정도로 음흉한 사내다. 그런데 이처럼 비틀린 강한 개성의 소유자 스바드리가일로프조차 뚜렷한 캐릭터도 없는 두냐라는 여성 앞에서는 상대적으로 단순하면서도 경박해져 버린다.

또 다른 신에서는 이미 자수하기로 마음먹은 라스콜니코

프가 두나와 마지막으로 애기를 나누다가 도리어 그녀로부터 상식적으로 올바른 길로 들어서기를 추궁당한다. 그러자 울컥 화가 난 그는, 범행을 인정하기로 한 결심은 어디로 가고 자신이 저지른 살인은 평소 소신에 따른 행위이며 올바른 행동이었다는 주장을 되풀이한다. 동생의 눈빛에 오빠를 걱정하는 기색이 역력히 보이자 그제야 살인을 정당화하는 말을 그치는데….

도스토옙스키만이 만들어 낼 수 있는 개성 강한 남성상이, 흔한 타입의 두냐라는 여성상 앞에서는 아주 작고 약해서 나이브하게 느껴진다. 이는 도스토옙스키의 문학 세계 전체를 아울러 나타나는 정형이라 할 만한 근본적인 형태이다. 세계문학의 역사를 통틀어 가장 매력적인 동시에 기괴한 남성상을 만들어 낸 작가가, 이 역시 그가 창조한 여성상에서 상상력이 불러온 크고 강력한 힘을 경험케 한다. 이는 신화에서 비롯된 여성적 원형의 힘에 기대지 않고서는 결코 만들어 낼 수 없는 것이다.

윌리엄 포크너의 『촌락』

20세기 문학에서 19세기 도스토옙스키에 비견할 만한 거대하고 기괴한 암흑세계를 만들어 낸 작가로 윌리엄 포크너를 들 수 있다. 그러한 포크너의 작품세계에서도 가장 강력하고 크나큰 힘을 발휘하는 존재는 신화적인 여성이다.

『촌락』은 포크너의 후기 작품에 해당한다. 여기서 시작하는 '스놉스 가의 삼부작'은 남부의 어느 한 마을 요크나파토파라는 좁은 세상을 뒤흔들어 놓고 새로운 용모의 스놉스 일족의 기괴한 남성이 이 가상의 세상에 중심이 되도록 설정했다. 그러나 이 삼부작에서 다른 그 어떤 것과도 비교할 수 없을 만큼 강렬한 인물은 여성으로서 우리의 상상력에 영향을 미친다. 포크너는 모자 관계에 놓인 두 사람의 여성을 의식적으로 포개서 하나의 신화적 원형을 이미지화하는 데 온 힘을 쏟아부었음이 분명하다.

그 하나는 『촌락』에서 소녀로 등장하는 유라라는 여성. 포크너는 아직 열세 살도 안 된 유라를 신화적 후광을 동반한 모습으로 그렸다. 햇살 아래 벌꿀, 잘 영근 포도와 같은 그리스 신화적 메타포가 겹쳐져, 유라 몸의 형상에는 전체적으로 옛날 디오니소스 시대의 아우라가 상징학symbology과 관련하여 암시하는 바가 있다고 적었다.

대학에서 풋볼 선수로 학비를 지원받은 청년이 이 마을에서 아르바이트 교사로 일한다. 어느 날, 그 청년은 부드럽고 가냘픈 너무나도 여성스러운 유라를 끌어안으려다 예상 밖으로 강력한 저항에 부딪힌다. 여성적 유약함과 다의적으로 공존하는 성질은 다름 아닌 여성적 강인함. 이 양자를 유감 없이 보여 주는 유라의 격렬한 저항에 쓰러진 청년은 방금 일어난 일에 어떤 감정의 강렬함·오르가슴·카타르시스를 느낀다….

이러한 에피소드에서 주목하고 싶은 것은, 하나의 신화적 여성 원형과 그녀에게 정열을 쏟아부었지만 아무런 보상도 받지 못하고도 그것을 의미 있는 경험으로 느끼는, 철저하게 수동적으로 남성상이 제시된 것이다.

윌리엄 포크너의 『마을』

삼부작 가운데 두 번째 작품에 해당하는 『마을』에서 성인이 된 유라는 주피터의 아내인 여신과 대비된다. 비록 부정형으로 그려지긴 했으나 포크너의 의도는 분명히 엿보인다.

그녀는 이른바 그리스 신화의 주노Juno형으로 몸집이 큰 영웅적 여자는 아니었다. 그녀는 한 사람의 인간 여자라는 상자에 얌전히 들어갈 만한 존재가 아니다. 너무나 뽀얗고 너무나 여성스러운 어쩌면 지나치리만치 찬란하다고나 할까. 그래서 그녀를 한번 본 순간, 비록 찰나였을망정 자신이 이런 여자와 때와 장소를 함께한 남자라는 사실에 감격스러워 어쩔 줄을 모른다. 이때부터 영원히 그 어떤 남자도 그녀를 받아들일 만큼 그녀에 필적하는 가치 있는 자가 되지 못한다는 사실을 깨닫게 된 탓에, 절망에 빠져 그보다 열등한 자로는 결코 만족할 수 없어서 영원히 슬픔을 느끼는 것이다. (후잔보)

『마을』에는 소녀 유라에게 채워지지 않는 욕망을 품으며 아주 사소한 접촉으로도 감정과 육체 모두 만족을 경험했다고 느끼는 청년이 나온다. 또한 성인이 되어 이미 결혼한 유라에게 동일한 역할을 소화하는 인물로 변호사 개빈 스티븐스이 등장한다. 이들 모두 감수성과 자질 면에서 꼭 닮은 조카 찰스가 따라 나오며, 소설은 개빈과 찰스의 시점·서술로 진행된다. 유라의 신화적 여성상은 위 인용문에서처럼 개빈과 찰스의 눈에 비친 이미지이다.

유라는 스놉스와 결혼한 몸으로 마을 이장 맨프레드와도 관계를 유지한다. 어느 깊은 밤 유라가 이장의 독직을 고발하려는 마을 검사 개빈을 찾아온다. 그에게 몸을 허락하는 조건으로 거래하려는 유라와 이를 거부하면서도 속으로는 이미 고발을 취소하려고 마음먹은 개빈.

그녀는 그곳에 선 채로 시퍼렇고 고요한, 심대하리만큼 너그러운 마음으로 나를 보고 있다. "당신은 늘 바라기만 하는군요." 하고 그녀가 말했다. "너무 기대하지 말 것. 그저 당신이 거기 있어서 원할 뿐, 그러지 않고서는 견딜 수 없어요. 그래서 그런 겁니다.

이유는 단 하나. 기대하는 걸로 시간을 헛되이 보내지 않는 것 말이에요." 그녀는 문과 책상 모서리에 끼어 옴짝달싹 못 하는 나를 향해 다시금 걸어왔다.

"날 만지지 말아요!" 하고 나는 말했다. "그래도 내게 기대를 저버릴 분별만 있다면, 아니 그보다는 전혀 기대하지 않고 바라지 않고 몽상하지 않는다면, 만약 내가 나는 존재하고 욕망하고 굳은 의지가 있고 그리고 또 난 할 수 있다는 사실을 생각할 줄 안다면 ── 그것만 안다면 내가 맨프레드를 대신할 수 있을까요? 그렇게 되면 난 더는 내가 아니에요." 그녀는 내 말을 듣지 않고, 그저 날 바라보고 있을 뿐이다. 실로 견디기 어렵고 헤아릴 수 없는 정념에 잠긴 푸르고 드넓은 바다….

이후 유라는 자살하는데, 그녀는 개빈에게 딸 린다를 돌봐달라고 부탁한다. 개빈은 약속을 지킨다. 그것도 유라와 마찬가지로 일방적으로 헌신하는 태도로. 그렇게 소설은 린다를 어머니 유라의 이미지와 겹침으로써 더욱 뚜렷한 여성적 원형을 나타낸다.

개빈의 역할은 유라 + 린다의 여성상에 신화적 후광을 또렷이 새기는 일이다. 포크너는 린다를 묘사하는 데 있어서 의식적으로 반복 수법을 사용한다. 이 소설을 읽는 이는 린다를 통과한 유라의 재생을 봄으로써 신화적 원형을 확인한다. 실제로 글을 쓰는 위치에서 보면, 먼저 제삼자가 퍼뜨린

소문을 매개로 유라 + 린다의 여성상에 신화적 성격을 부여하는 셈이다.

> 그녀가 누군지 알고 그녀가 유라 버너의 딸이라는 사실을 떠올리고는, 유라 버너를 한 번이라도 본 적이 있는, 제퍼슨이나 요크나파토파 군의 모든 사람이, 마치 작은 괴물이라도 본 것처럼 경악을 금치 못하는 눈초리로 유라 버너의 아이를 바라보지 않을 수 없었다는 얘기를 떠올리기 이전부터, 검사가 그녀를 알고 있었다는 사실은 굳이 말할 필요도 없다. 사람들이 놀란 눈으로 그 아이를 봤다는 사실도, 한 번이라도 유라를 본 적이 있는 사람은, 특히 남자는 그저 평범한 크기의 몸 하나에 그토록 많은 여성적 요소를 지닌 여자를 오직 한 사람의 가냘프고 연약한 남자의 힘으로는 필시 수태시킬 수 없다고 본다면, 정말로 멋진 ── 아니지, 장대하다고 말하는 편이 옳을지도 몰라 ── 허리에 씨를 뿌리기 위해서는 젊고 왕성한 한 세대 남자 전원이 필요할지도 모르겠다고 생각할 수밖에 없었기 때문이야.

여기서 포크너는 유라의 딸 린다의 출현을 이야기하면서 이미 죽은 유라의 신화적 여성상을 다시 제시함으로써 반복 효과를 강화한다.

현대문학의 이름으로 신화적 여성상을 새로이 만들어 내기 위해서는 다양하고 깊이 있는 연구가 필요하다. 거듭 강조하건대, 말 그 자체는 우리를 매일같이 신화를 이야기하던 시대로 단번에 되돌리는 신비스러운 힘을 지니고 있다. 그러나 이런 기이한 효과를 오늘날의 문학을 영위하는 데 있어 적시에 꺼내서 쓰려면, 그 역시 다양한 방법이 고안되어야 할 터이다. 윌리엄 포크너의 『마을』에서 사용한 유라＋린다의 되풀이와 덧칠 또한 신화로 이끄는 여러 방법 가운데 하나이다.

이어서 도스토옙스키에서 포크너로 넘어가는 방법론에 특별히 주목하면서 좀 더 다면적으로 살펴보자.

13. 신화적 여성 (2)

수신자 남성

마을 검사로 일하는 변호사 개빈 스티븐스의 사무소로 유
라가 방문하는 신에서, 자청해서 육체를 제공하겠다는 유라
를 거부하는 개빈의 캐릭터는 이중으로 독자적이다. 인물만
봐도 매우 흥미롭지만, 포크너가 유라라고 하는 여성적 원형
을 강조하기 위해 고안한 문학적 장치라는 면에서도 주목할
만하다.

개빈이 유라의 도발에 놀라 되받아친 말은——'전혀 기대
하지 않고 바라지 않고 몽상하지 않는다면'이라는——그가
여성에게 어떤 자질을 갖춘 인간으로 다가오는지 그 이면을

보여 준다. 오히려 개빈은 유리가 꿰뚫어 본 대로 여성에게 지나치게 기대하고 너무 바라고 몽상으로 가득 찬 인간이지만, 그러면서도 결코 행동으로는 보여 주지 않는다.

이런 타입의 남성을 상대하는 여성이 양면적ambivalent이라 표현할 정도로 격한 감정의 소유자라면—포크너는 그런 다의적인 성격을 갖춘 여성적 원형을 만들어 냈지만—그녀는 이런 남성을 수신자로 하여 일반 사회의 일상생활에서는 생각할 수도 없는 자유로운 자기표현을 가감 없이 표출하는 존재다. 실제로 유라는 개빈이 이런 수신자 유형이라는 사실을 간파하자 이를 역이용하여, 개빈으로부터 딸 린다 또한 그녀와 마찬가지로 신화적 여성으로 우러르겠다는 약조를 받아 낸다.

유라는 자살하기 직전, 개빈을 만나 어미된 자격으로 혼담을 넣는다. 어쩌면 개빈이 성적 불능자일지도 모른다고 여기면서도, 유라는 처음부터 그가 존재하고 욕망하고 굳은 의지가 있고 그리고 또 난 할 수 있어 하면서 행동하는 인간이 될 리가 없다고 확신했다. 그러면서도 일부러 린다와 결혼하기를 종용하여 개빈이 자기 딸에게 철저하게 봉사하는 자—글을 쓰는 시점에서 말하면, 린다의 모든 정열을 쏟아부을 수 있는 조건 없는 수신자—로 삼았다.

"정 그렇다면, 이렇게 합시다. 당신이 죽고 나서 린다한테 내 손이 꼭 필요하다 싶고, 내가 그녀와 결혼하는 일만이 그녀를 돕는 길이라면, 그리고 그녀가 나랑 결혼하고 싶어 한다면, 당신 말대로 할게요. 하지만 난 어디까지나 당신의 제안을 받아들이는 것뿐입니다. 어쩔 수 없이 이 한 몸 바치는 건 아니란 말입니다."

"그럼, 맹세해 주세요." 하고 그녀가 말했다.

"약속하지요. 일전에도 약속했잖아요. 다시 한번 다짐하죠."

"안 돼요." 하고 그녀가 말했다.

"맹세해 주세요."

"맹세합니다." 하고 나는 말했다.

"만약 린다가 당신을 받아들이지 않는다고 해도 지금 이 약속은 꼭 지켜 줘야 해요. 앞으로 쭉 말이에요. 만약 린다가 —— 당신이 내 딸과 결혼하지 못하더라도 오늘 한 이 약속은 반드시 지켜 주세요."

개빈의 서약은 린다가 그와 결혼하지 않을 때에 더욱 엄격하게 지켜져야만 하는 성질의 것이다. 개빈은 유라에게 그랬듯이 린다에게도 평생 변하지 않고 일방적으로 봉사한다. 린다가 가장 철저하게 정열적으로 자기표현을 할 수 있는 지원자·수신자가 되는 것이다. 개빈은 유리·린다와 같은 신화적 원형이 마음대로 상상력을 충전할 수 있도록 뒤에서 도와주는 인간이다.

수신자와 발신자의 구도

그처럼 상상력에 있어 마이너스 용량이 높은 수신자가 있으므로 해서 플러스 전기는 그녀들이 원하는 만큼 높아진다. 이런 수신자를 마주함으로써 여성의 상상력은 최대한도로 그 값을 부풀릴 가능성이 커진다. 글 쓰는 레벨에서 보자면, 포크너는 음의 수신자를 양의 발신자와 병치함으로써 가장 풍부한 여성의 자기표현을 구현할 수 있었다.

개빈은 유라·린다 두 사람으로부터 유혹을 받으면서도 정작 동경하는 상대와 육체적인 사랑은 성취하지 못한다. 그가 의식하는 대로 보자면, 그렇게 되면 난 더는 내가 아니게 되기 때문이다. 포크너라는 글쓴이 측에서 봐도, 이토록 유라·린다라는 여성적 원형이 뿜어내는 상상력을 잘 이끌어 주는 수신자를 잃게 되는 셈이다.

개빈에 주목하는 한, 그가 유라 및 린다와 육체적 접촉을 그 스스로 금하는 태도는, 그의 상상력 속에서 살아 움직이는 유라·린다에 맺힌 이미지의 밀도를 짙게 하여, 위기에서 오는 상상력의 긴장감을 한층 높이는 역할을 맡는다. 아무리 애써도 파묻을 수 없는 도랑을 가운데 끼고 실현 불가능한 뛰어넘기를 몇 번이고 되풀이하는 것. 이런 시도는 상상력이 작동하는 기본적인 장치 가운데 하나이다.

그렇다면 좀 더 집중적으로 개빈이라는 남성의 수신차 역할에 초점을 맞춰 보자. 태어나기를 정열 덩어리로 태어난 여성이 충동에 몸을 맡기며 커다란 진폭을 그리면서 격렬한 기세로 행동한다. 그런 여성적 원형을 충분히 표현할 수 있도록 글 쓰는 이의 상상력을 뒤에서 받쳐 주는 역할을 맡은 이가 개빈이다. 이처럼 방법적으로 필요하여 수신차 역할이 부과된 개빈이지만, 앞서 언급한 바와 같이 그에게 독자적인 인간적 개성이 있다는 점 또한 놓치지 말아야 한다.

한없이 선량하고 순진하며 티 없이 맑은 이러한 남성상은, 포크너 문학을 특징짓는 또 하나의 기본적 요소다. 거대하고 깊은 신비감, 즉 읽는 이로 하여금 암흑의 상상력이 가득 들어찬 여성과 이를 돋보이게 하려고 그 옆에 딸린 밝고 단순한 남성은, 포크너의 수많은 작품세계에서 흔히 볼 수 있는 대비적 구도이다.

포크너의 작품세계가 처음부터 설정해 놓은 뛰어넘을 수 없는 도랑. 이러한 실현 불가능성을 매개로 삼아야만 남달리 정열적인 여성의 깊이와 거대함을 그려낼 수 있다. 이는 도랑 이편에 매개자로서의——즉 수신차로서의——남성이 존재하기에 가능한 일이다. 이러한 수신차가 작중에서 중간자로서 그 역할을 다했기에, 우리는 포크너가 그린 여성이 아무리 정열적이고 그 용량이 크다 하더라도, 리얼리티가 생생하게 살아 있음을 실감하며 그녀를 받아들일 수 있다.

이노센스 남성

또한 소설을 쓰는 데 있어 방법적 장치로 간주할 수 있는 남성 수신자는, 그것이 표현된 인간으로서 독자적인 매력을 발산한다. 그들은 모두—포크너 스스로 자주 인용하는 말로 표현하자면—'순수innocence'라는 기반이 성격 밑바닥에 잘 다져진 인간이다. 이점에 주목했을 때, 이런 표현 장치와 표현된 것 사이의 관계는, 한 사람의 포크너에 한정되지 않고, 다른 작가로 널리 퍼져 나갈 수 있다.

예를 들어 도스토옙스키에게도 동일한 성질의 뛰어난 선례가 있다. 『백치』는 '순수' 자체라 할 수 있는 미시킨 공작을 수신자로 하여 나타샤 필리포브나라는 여성적 원형이 그려져 있다. 넓이 면에서나 깊이 면에서 상상력의 확대와 그것이 확보한 리얼리티는, 미시킨 공작이라는 수신자를 매개로 했을 때 비로소 가능해진다. 그뿐 아니라 소설을 쓰는 이 단계에서 봐도, 방법적으로 제 역할을 다하는 미시킨 공작은 실로 독자적인 인물상의 전형을 보여 준다고 하겠다.

여기에 덧붙여서 미시킨 공작이 양이라면 음에 해당하는,

그 역시 순수함의 극치를 보여 주는 로고진이라는 인물과 그의 역할을 함께 떠올릴 수 있다. 표현 장치인 동시에 표현된 실체로서 이노센스의 소유자다운 남성 수신자는, 도스토옙스키의 거의 모든 작품에서 발견할 수 있는 타입이다.

앞에서 『죄와 벌』을 인용할 때 나온 장면을 떠올려 보자. 주위에서 흔히 볼 수 있는 타입의 두냐라는 아가씨는 추궁당하자 격한 감정을 드러낸다. 이에 대해 기괴한 내면의 소유자 스바드리가일로프는 순수한 인간이 지닌 솔직함으로 대응한다. 이 신에서 그가 방법적 역할을 다하는 사이—즉 두냐의 자기표현의 수신자로 기능하는 사이—에 한순간 드러내고 마는 '순수'는 그대로 『백치』의 패턴으로, 그리고 『카라마조프가의 형제들』의 패턴으로 이어진다.

이렇게 놓고 보면, 문학의 일반적인 특질로 이런 말도 할 수 있다. 신화와 관련된 여성적 원형을 표현하는 데 있어 그것을 상상하는 힘을 최대 용량으로 끌어올리는 동시에 정열로 가득 차도록 만드는 장치로서 매개하는 수신자가 만들어진다. 그의 인간적 실체에는 순수한 성격이 부과된다. 이는 소설 표현의 장치이자 근본적인 모델 중 하나이다.

신화적 여성상, 여성적 원형으로 이어지는 독자적인 여성을 표현하는 데, 발자크는 어떤 방법적 장치를 사용했는가?

그리고 그에 깊이 얽힌 독자적인 인물상을 창조했는가? 이점을 알아보기 위해 『마을의 사제』를 따라가 보자.

발자크의 『마을의 사제』

19세기 초반 리모주Limoges(프랑스의 중서부 도시. 그림 참고)에서 고철상으로 재산을 모은 남자. 그런 사내와 극히 험한 노동에도 견딜 수 있는 두터운 목을 한 여자 사이에——발자크는 여주인공의 출생에 하층계급의 육체적 강인함을 암시해 두었다——금발 머리에 너무나 아름다워서 작은 성모님이란 별명이 붙을 정도로 예쁜 여자아이가 태어난다. 그러나 그녀가 열한 살이 되던 해에 돌연 천연두에 걸린다는 것이 이 이야기에 걸려 있는 설정이다.

베로니크는 목숨은 간신히 건졌지만, 그녀의 미모는 그만 잃고 말았다. 살빛과 붉은빛이 조화로이 한데 어우러졌던 얼굴에, 무수히 많은 작은 구멍이 생겨 피부는 두꺼워지고 뽀얗던 살결도 깊숙이 패었다. 이마 또한 병의 재앙을 피하지 못해 갈색으로 변하여 망치로 흠씬 두들겨 맞은 듯한 형국이다. 금발 머리카락에 벽돌 빛깔만큼 부조화를 이루는 건 세상에 또 없어서, 예정된 조화를 깨뜨려 버린 거나 다름없었다. 살결이 움푹 팬 모양도 제각 각이라 그 상처로 인해 옆얼굴의 청순함과 얼굴의 윤곽이랑 코랑 ──그녀의 조각상 같은 오뚝한 코는 거의 흔적을 찾아볼 수 없어 ──순백의 도자기를 감싼 틀처럼 연약한 턱의 섬세함이 무색할 정도다. 그러나 병마를 피해 간 눈과 이빨만은 흠집 없이 그대로 남아 있었다. 그리고 보니 베로니크 몸에서 흘러나오는 우아함과 아름다움 그리고 여성스러운 곡선미, 몸 전체로 흘러넘치는 우미 함도 잃지 않았다. (도쿄소겐샤)

남달리 사랑스러웠던 소녀가 천연두로 미모를 잃었다. 일 찍이 그저 미모 하나만으로도 세상 사람들의 관심을 한 몸에 받던 소녀가 이와 같은 핸디캡을 극복하고 다시금 많은 사람 으로부터 사랑을 받는다──그것도 새로운 국면의 전환으로 몸과 마음 모두 아름다움으로 숭배의 대상이 되는──. 그 길 에 이르는 곤궁으로 가득한 앞날을 어떤 식으로 구현해야 이 소설을 읽는 우리가 공감할 수 있을까?

발자크는 그 출발점으로 커다란 장해를 마련해 둔다. 흡사 틈이 벌어진 도랑처럼 장해가 크면 클수록 그것을 극복하기 위해 발휘하는 정열의 용량 또한 커지는 법이다. 발자크 평 생의 주제이기도 한 격정적으로 커다란 정열을 제시하기 위 해 이러한 장치를 『마을의 사제』라는 소설의 밑바탕에 깔아 두었다.

도저히 딛고 일어서기 어려운 역경을 어떻게든 넘어 보려고 이차·삼차로 장치를 세워 둔다. 그것은 소설이 전개되는 과정에서 잇달아 정비된다. 맨 처음으로 준비한 하나. 비록 미모는 잃었지만, 성격 면에서 종교적인 앙양감에 빠져들기 쉬운 베로니크는 영성체식 같은 자리에 동참하면 천연두로 입은 상처가 사라지는 듯하다고 발자크는 썼다.

신화적 여성상

베로니크는 일시적으로나마 모습을 바꿀 수가 있었다. '작은 성모님'이 천상의 환영처럼 나타났다가 사라졌다. 그럴 때, 강력히 수축하는 그녀의 눈동자는 마치 꽃피우듯 크게 벌어지고, 푸른 홍채는 가늘게 좁아져서는 희미하게 한 줄기 원을 그렸다. 눈은 독수리 눈처럼 날카로워졌고, 이 눈의 격렬한 변화로 얼굴의 불가사의한 변화는 한층 완전해졌다. 눈동자는 누구나 어두우면 넓어지는 게 보통인데, 밝으면 눈동자가 확대되고 그로 인해 천사 같은 하늘색 눈이 갈색으로 변하는 것은 애초에 억압된 정열의 폭풍 때문이었을까? 아니면 영혼의 깊은 곳에서 솟구치는 힘 때문이었을까?

어느 정도 성숙해지는 단계에 이르자, 나름의 소녀다운 아리따움을 풍긴 베로니크는 그녀보다 나이가 더 많은 은행가 그랄랭에게서 청혼을 받는다. 베로니크의 아버지가 평생토록 한 푼 두 푼 모아서 일군 재산이 진가를 발휘하는 순간이다. 그녀가 지방 소도시에서 지루한 결혼 생활을 보내는 동안, 남편과 정신적으로 거리가 먼 것과는 반비례하듯 사회적 활동에서 물러나 시골 생활로 접어든 늙은 실업가 그로스테트와 우정을 새로이 쌓아 간다.

앞서 살펴본 포크너와 마찬가지로 베로니크의 정열을 엿볼수 있는 수신자 역할은 노인이 맡는다. 이러한 구도는 그녀가쓴 편지에서 그대로 드러난다.

아아, 그로스테트 씨! 당신은 훌륭한 힘, 필시 위험한 힘을 그 속에 감추고 있어요. 전 느낄 수 있습니다. 그 무엇도 당신의 그 놀라운 힘을 꺾을 수 없고, 그 어떤 엄격한 종교적 계율도 그 힘을 거꾸러뜨릴 수 없지요. (중략) 제가 만약 이렇게 말해도 될지 모르겠지만, 권태로움을 느끼는 건 도리어 육체적인 부분이 아닐는지요. 종교는 내 영혼을 가득 채워 주고, 독서와 그로부터 얻은 풍부한 양식은, 나의 정신을 끊임없이 길러주니까요. 어째서 저는 제 생활에서 오는 나른한 평화를 깨뜨리는 고민을 사서 하는걸까요? 혹시라도 무언가 어떤 감정이, 제가 몰두할 수 있는 그어떤 일이, 나를 구해 주지나 않을까 하고 저는 심연 속으로 빠져

드는 듯한 기분이 들곤 합니다. 이런 생각에 깊이 빠져들면, 모든 관념이 둔해지고 성격은 약해지며, 기력이 빠져서는 뛰어난 자질도 유약해지고, 모든 정신적 힘은 뿔뿔이 흩어져서, 더는 본래 자연이 제게 바라던 인간이긴 힘들어져요.

내면에 이러한 우울감을 간직한 채 베로니크는 리모주 상류계급에서 아름다운 그랄랭 부인이라는 평판을 얻고——그 계급에서 일정 정도의 아름다움을 회복하는 것도 보조 장치 가운데 하나——저택으로 지인들을 불러 자선을 베풀며 살아간다. 그러는 사이 생활에 변화가 일어난다. 아무렇지도 않게 담담히——그러나 확실하게 뒤에서 무언가 일이 일어날 것만 같은 느낌을 받을 수 있는 방식으로——써 내려갔는데, 노년의 남편 사이에서 아이가 생긴 것이다.

당시 그 토지에서는 사람들이 주목할 만한 재판이 열리고 있었다. 직공 청년 타슈론이 과수원 주인을 살해하고 금품을 훔친 일로 사형 선고를 받은 일이 벌어진 것이다. 이러한 경과를 옆에서 지켜본 베로니크는 크게 충격을 받았다. 그녀는 리모주에서 구릉지대로 들어간 몽테냑이라는 곳에 대지를 소유하고 있었다. 현지에서 독자적으로 종교 활동을 해 온 사제 보네와, 베로니크의 조력으로 불러들인 젊은 건축가 제라르의 헌신으로——그들은 여성적인 커다란 정열의 수신차 역할을 다한다──그녀는 불모지였던 이 지방의 관개 사업에 성공한다.

오랜 기간 막대한 자원과 노력이 필요한 토목 공사를 상세하게 묘사하는 것 또한 발자크의 문학적 장치이다. 베로니크는──아직 읽는 이에게는 힌트를 주지 않았지만──타슈론의 범죄에 책임을 느낀다. 베로니크는 새로이 그녀 앞에 나타난 또 하나의 장애를 넘어서 종교적 회심을 달성하지 않으면 안 된다.

커다란 장해와 거대한 정열

이는 유년기에 지녔던 미모가 천연두로 파괴되면서 다시금 아름다움을 되살린다고 하는, 거의 불가능한 장해를 설정하는 동시에 극복을 향한 장치를 거는 것과 거의 같은 패턴이다. 발자크는 종종 아주 사소한 동이同異가 엿보이는 같은 패턴을 되풀이함으로써 차츰 리얼리티를 만들어 내는 수법을 쓴다.

그런 점에서 토목 공사에 관한 상세한 묘사는, 큰 사업이 달성되어 마을 사람들과 생활에서 혁신을 일으키는 내용에 공감을 얻고자 함에 있다고 봐야 할 것이다. 이러한 이해가 관개 사업을 이끄는 베로니크의 내면을 자연스레 받아들이게 한다. 이와는 별개의 영역이지만, 그 역시 넘어야 할 또 다른 큰 사업도 마찬가지로 공감할 수 있다. 같은 패턴의 되풀이를 보고 다음 상황을 유추해 낼 수 있도록 하는, 반복에 의한 유추를 활용한 수법이다.

이어서 이러한 내면의 극복을 외재화外在化하여 보여 주는 결정적인 장면이 나온다. 대사업을 이루기도 했고 육체를 혹사한 것도 한몫하여——곧바로 밝혀지길 사업을 이루는 동안 베로니크는 고행할 때 입는 옷을 걸치고 거친 음식도 감수했다——쇠약해질 때로 쇠약해진 그녀는 죽음을 눈앞에 둔다. 그래서 그녀는 직공 타슈론의 범죄에 책임을 져야 할 사람은 자신이며, 그와 간통하여 아이를 얻었다고 하는 공개 참회를 바라게 된다.

이때 그녀는 완전히 속죄했다고 여겨 충만한 행복감에 미소를 띠었다. 그녀의 얼굴에 열여덟 살 즈음의 천진난만한 그림자가 되살아났다. 소름 끼치는 주름살에 새겨진 모든 내면의 동요, 거무스름한 얼굴색, 납빛 흉터…, 최근에 고통의 표정만 드러냈을 때는 이 얼굴을 끔찍한 아름다움으로 보이게 했던 부위 하나하나가, 요컨대 얼굴 생김새를 망치던 모든 요소가 사라져 버렸다. 사람들 눈에는 베로니크 얼굴에서 지금껏 쓰고 있던 가면이 떨어져 나가는 듯 보였다. 최후에는 다시 한번 놀라운 현상이 벌어져 이 여자 얼굴에서 생명과 감정이 나타났다. 그녀의 모든 것이 맑아지고 밝아졌다. 그녀의 얼굴 주위로, 수호천사들이 들고 있는 검에서 나는, 불꽃이 비치는 것만 같았다. 그녀는 리모주에 사는 사람들로부터 '아름다운 그랄랭 부인'이라 불렸을 때로 돌아갔다. 신이 내린 사랑이 일찍이 불륜으로 얻은 사랑 이상으로 한층 강력히 나타난 것이다. 한쪽으로는 전에 있던 생명의 힘을 한껏 도드라지게 했고, 다른 쪽으로는 지금 죽음에 이르는 모든 쇠약을 거두어 갔다.

발자크는 다양한 장치와 수법을 써서 여성적인 커다란 정열의 움직임을 부각시킨다. 특히 극복하기 어려운 것을 극복하는 상상력을 환기하기 위해 원리적인 수법을 사용한다. 그것은 포크너가 뛰어넘기 어려운 도랑을 설정하여 건너편에 있는 여성을 향해 날아오르는 상상력을 발동시키는 방식과 짝을 이룬다.

이들 문학에서 그려진 거대한 정열의 담당자로서 여성은, 신화적 원형으로 받들어 모셔진다. 이를 위해 발자크뿐 아니라 도스토옙스키도 포크너도 저마다 고안한 장치와 수법으로 작업을 한다.

문학의 원리적 레벨에서 그 성격은, 신화적 원형을 향한 상승 혹은 신화적 원형으로부터의 하강과 뒤얽히는 방향으로 형성된다. 이는 오늘날 일본의 작가들이 글을 쓰는 행위에 있어 놓치고 있는 방향성으로, 간과해서는 안 되는 매우 중요한 부분이다. 그러므로 포크너와 같은 현대 작가에서 도스토옙스키·발자크와 같은 19세기 작가로 거슬러 올라가 그들의 작품을 읽는 일은 효과적일 터이다. 이는 곧 신화적 원형을 어떻게 만들어 내는지에 대해 구체적인 창치·수법을 가르쳐 준다.

14. 카니발과 그로테스크 리얼리즘

도스토옙스키의 『죄와 벌』

훌륭한 문학은 그 무엇보다 우리에게 앞으로 나아갈 힘을 준다. 앞서 살펴본 바와 같이 그것이 언제나 유쾌하고 해피 엔딩으로 끝나서는 아니다. 소설의 내용적 측면에서 너무나도 비참하고 어두운 이야기일지라도, 우리를 격려하는 힘이 있다면 끝까지 다 읽어 낼 수 있다. 이와는 반대로 격려하는 힘 없이는 이야기에 적힌 문장과 어떤 하나의 문장 덩어리 그리고 소설 전체를 완독하기는 힘들다. 소설을 다 읽지 못하고 끝내는 일은 아주 흔하다. 그러니 지금부터는 우리의 힘을 북돋아 주는 방법을 생각해 보자.

『죄와 벌』의 줄거리를 대강 요약하면 이렇다. 그것은 지적으로 우수한 젊은이가 곤궁한 나머지 강도살인을 저지르고 유형지에서 남은 생을 보내야 할지도 모르는 비참하고 어두운 이야기이다. 그러나 이 소설을 다 읽고 나서 시베리아에서 복역하는 라스콜니코프와 그를 따라온 소냐 사이에서 진실한 사랑이 이뤄지는 '새로운 이야기'에 이르면, 그 누구도 이 소설을 두고 오직 비참한 이야기로만 채워져 있다고 말할 수는 없을 것이다.

그런데 그러한 소설 전체 레벨이 아닌 아직 비참한 사건이 진행 중인 어떤 문장 덩어리 레벨에서도, 자신이 밝고 활기 넘치는 앙양된 느낌을 받는다는 사실을 알아차리는 독자가 있을지도 모른다. 라스콜니코프는 주점에서 주정뱅이 마르멜라도프를 만나 그를 집까지 바래다준다. 아이들이 입을 옷조차 없이 배를 곯고 있는데도 얼마 되지도 않는 돈을 집에서 훔쳐 갔다며 마르멜라도프를 비난하는 아내 카트리나 이바노브나. 그녀는 자기가 활약하는 모든 신에서 이런 특징을 보인다.

늘 술에 절어 있는 마르멜라도프와의 만남이 이어지던 어느 날, 라스콜니코프는 우연히 이 말단 관리가 말에 차여 중상을 입은 현장에 있었다는 이유로 그를 집까지 데려다줘야 하는 처지에 놓인다. 카트리나 이바노브나와 어린아이들이 지켜보는 가운데──구경꾼들까지 몰려든 상황──이 불운한 주정뱅이는 죽음을 맞이한다. 이 장면에서 라스콜니코프는 아버지 대신 가족을 위해 생계를 책임지려고 창부 일을 하는 소냐를 처음으로 만난다.

사람들로부터 업신여김을 당하고 짓밟히고 치장한 자신을 부끄러이 여기며 임종을 눈앞에 둔 아버지와 영원한 이별을 맞이하는 순간을 말없이 기다리는 딸.

마르멜라도프가 숨을 거두자 라스콜니코프는 홀로 그 집에서 빠져나온다. 그 사이 그의 내면을 전하는 문장이 중요한 것 같다.

그는 두근거리는 흥분에 휩싸인 채 느린 걸음으로 조용히 내려갔다. 그는 스스로 의식하지 못했으나, 느닷없이 찾아든 생명력 넘치는 강력한 촉감, 미지의 세계로 한없이 이어지는 커다란 촉감으로 온몸이 충만해졌다. 어쩌면 이 느낌은 사형을 선고받은 자가 어느 날 갑자기 전혀 예상치도 못한 순간에 특사로 사면됐을 때 드는 느낌일지도 모르겠다.

이 장면은 라스콜니코프가 살인을 저지르고 난 뒤, 그로 인해 괴로워하며 한창 공포에 짓눌려 있던 차에 벌어진 작은 사건을 다룬 것이다. 두려운 나머지 열병에 걸리고 악몽에 시달리던 라스콜니코프가 마르멜라도프의 임종으로 벌어진 이 일이 기폭제가 되어 생명을 향한 생기 넘치는 감각을 회복한다. 어째서일까?

제사와 축제, 비참과 골계

문화인류학에서 쓰는 용어 가운데 '밤샘 조증[通夜躁病]'이란 말이 있다고 한다. 세계 여러 지역에서 흔히 볼 수 있는 것 중에 가족이나 지인의 죽음에 직면한 사람이 어떤 흥분 상태가 되어 초상집에서 밤을 지새우는 일을 말한다. 그러나 도스토옙스키는 마르멜라도프의 죽음을 묘사하기보다는 보잘것없이 비좁은 방에서 진행되는 임종을 둘러싼 사람들 사이로 라스콜니코프를 불쑥 불러들여 생명감의 고양과 결합하는 형태를 보여 준다.

이것이 도스토옙스키가 의식적으로 채택한 글쓰기 방식이라는 점은 마르멜라도프를 제사 지내는 신에서 더욱 분명해진다. 가난한 카트리나 이바노브나는 라스콜니코프가 준 돈으로 어렵사리 제사를 지낸다. 그런데 활기차도록 북적거리는 연회가 벌어지는 과정에서 이상한 일이, 그야말로 여흥을 돋우는 막간극처럼 중간에 삽입된다.

가엾은 유족 소냐를 같은 주택에 사는 독신 남성이 방으로 불러들여 조의를 표한다. 다정다감한 말로 위로하면서 아가씨 주머니에 슬쩍 돈을 찔러 넣고는 연회에 모인 사람들 앞에서 그녀가 자신의 돈을 훔쳤다며 폭로한다. 그런데 한쪽에서 이런 사정을 쭉 지켜보고 있던 증인이 나타나 사실이 아니라고 말해 준 덕분에 그 사내의 비열한 술수가 밝혀진다. 해프닝은 소냐의 유쾌한 승리로 막을 내린다. 마르멜라도프의 제사에 축제를 축하하기 위한 희극 한 막이 끼워 넣어졌다는 인상을 지울 수가 없다.

여기서 현저히 드러난 것처럼 마르멜라도프의 죽음에서 제사에 이르는 비참한 사건의 연속 한가운데서도 양기로 가득한 축제 분위기는 계속해서 풍겨 나온다. 이러한 분위기가 연출된 데에는 이 소설을 집필하게 된 사정뿐 아니라 도스토옙스키의 글쓰기 방식 자체에 그 원인이 있다. 이러한 작자의 글쓰기 방식이 색채를 띠며 더욱 빛을 발하는 장면은 이렇다.

온갖 고초로 시들어 가던 카트리나 이바노브나는 결국 발광하고 만다. 실성한 그녀는 아이들을 길거리로 끌고 가서는 광장에서 춤추게 하며 구걸을 한다. 그런데 실로 비참하기 짝이 없는 이런 신이 만물이 살아 숨 쉬는 양기로 그득한 축제 분위기를 후끈 달군다.

다리에서 그다지 멀지 않은 수로 근처, 소냐가 사는 집에서 두 채도 떨어지지 않은 곳으로 많은 군중이 몰려들었다. 그들 중에는 유독 어린이가 많았다. 벌써 다리 근처에서는 카트리나 이바노브나의 찢어지는 듯한 비명이 들려왔다. 노상에 모여든 군중을 보고 기뻐서 쉰 소리를 내지르는 이상한 광경임이 분명하다. 다 낡아서 해진 옷을 입고 옅은 모직 숄을 걸치고 찌그러진 밀짚모자를 흉물스럽게 머릿밑으로 흘러내린 카트리나 이바노브나는, 누가 봐도 딱 미친 여자 그 자체였다. 그녀는 지친 나머지 숨을 몰아쉬고 있었다. 약해질 때로 약해진 폐병을 앓는 얼굴은 여느 때보다 괴로워 보였다. (문밖 태양 아래 폐병 환자는 집 안에 있을 때보다 훨씬 아프고 흉하게 보이는 법이다.) 기뻐서 날뛰는 그녀의 기분은 조금도 가라앉을 기미 없이 진정되기는커녕 조급증이 거세져만 간다. 그녀는 아이들 앞으로 달려가 으름장을 놓고는, 타이르듯 조곤조곤 구경꾼들 앞에서 어떻게 춤을 춰야 하고 무엇을 노래할지 가르치며 무엇 때문에 이런 일을 해야 하는지 구구절절이 늘어놨지만, 아이들이 못 알아듣자 울컥 화가 치밀어 찰싹찰싹 후려갈기는…, 그러는가 싶더니 갑자기 뚝 하고 멈추고는 냅다 구경꾼들 사이로 뛰어간다. 그들 가운데 제법 입성이 반반하다 싶으면 바로 달려가 '가문 좋고 귀족으로 불릴 만한 집안'에서 자란 아이들이 어째서 이런 비참한 처지에 내몰리게 되었는지 장황하게 설명한다. 군중 속에서 웃음소리나 놀리는 소리가 들릴라치면 곧장 달려들어 입정 사납게 말싸움을 건다. 개중에는 정말로 웃은 사람도 있고 고개를 갸웃거리며 의아스럽게 여기는 사람도 있었다. 그러나 잔뜩 겁먹은 아이들을 거느린 미친 여자를 눈앞에서 직접 보는 것은 누구에게나 재미있는 일이었다.

이처럼 온갖 주접스럽고 익살맞은 짓은 다 벌여 놓고 카트리나 이바노브나는 이렇게 외친다.

"이젠 나도 질렸어! … 곧 죽음을 맞이하겠지! … 잘 있어, 가여운 우리 소냐! … 고생만 시키는구나! … 난 정말이지 더는 못 버티겠어!"

마침내 그녀는 외마디 말만 남기고 죽어 버린다.

활력 넘치는 문체와 세세한 부분에 이르기까지 생생한 원기가 더해지는, 비참함과 골계가 동거하는 잇따른 장면을 읽어 온 독자라면, 이런 비참/골계의 정점을 이루는 카트리나 이바노브나의 죽음에서 진한 감동을 맛보게 되리라. 여태껏 우스꽝스럽게만 보였던 카트리나 이바노브나는 인간적 매력을 풍기는 인물로서, 어쩌면 인간적 위엄마저 갖추고 있다. 이것이야말로 우리가 일련의 장면에서 고무되는 이유일 것이다.

여기서 주목할 사항은, 도스토옙스키가 어떻게 비참/골계의 몸짓을 되풀이하는 카트리나 이바노브나에게 인간적인 매력과 인간적인 위엄이 발견되는 방향으로 읽는 이를 끌어당겼는가 하는 점이다. 나는 이것을 축제와도 같은 정경을 겹겹이 쌓아 가는 도스토옙스키의 글 쓰는 방식에서 찾아야 한다고 생각한다.

바흐친의 『도스토옙스키론』

도스토옙스키 작품의 축제적 표현에 관해 집중적으로 분석한 이는 미하일 바흐친이다. 이미 세상에 그 명성을 알린 바흐친은 『도스토옙스키론』에서 두 개의 커다란 기둥을 구축한다. 하나는 여기서는 그저 논점을 소개하는 정도로 넘어가겠지만, 도스토옙스키 소설이 철저하게 다성적多聲的으로 폴리포닉polyphonic하게 작성되었다는 점이다.

도스토옙스키 소설 속에는 '작자의 목소리, 서술자의 목소리, 주인공의 목소리'가 혼재한다. 이에 그치지 않고 실로 다양한 인물들의 목소리가 울림을 갖고 서로 관계하며 영향을 미쳐, 단일한 소리로는 결코 달성할 수 없는 다성적·다중음성적 표현을 완성했다. 바흐친에 따르면 이것이 바로 도스토옙스키 문학의 특질——말과 문장 덩어리 그리고 다양한 레벨에서 나타나는 글 쓰는 방식의 특질——이다. 앞서 언급했다시피 특히 사소설을 원류로 하는, 단일한 소리에 의한 표현을 중심축으로 삼는, 일본 문학의 토대 위에서 새로운 글을 쓰려는 이는 '다성성'을 자신 앞에 놓인 과제로 삼아야 할 것이다.

바흐친이 도스토옙스키 소설에서 논점으로 제시한 또 하나의 특질은 아까 살펴본 '축제성'이다. 여기서도 바흐친은 특히 유럽의 여러 민족에게서 전해 내려온 축제로서의 카니발carnival에 초점을 맞췄다. 이어서 카니발의 축제와 같은 성질을 문학에 적용한 것이 도스토옙스키 문학의 특질을 이루고 있다는 점을 구체적으로 증명했다.

카니발적 문학, 문학의 카니발화를 바흐친은 다음과 같이 정식화한다. 먼저 카니발은 관찰자와 관찰 대상 사이의 구별이 없는 구경거리다. 보는 자와 보이는 자 모두 축제가 한창 진행되는 분위기 속으로 녹아든다. 저쪽에 구경거리가 되는 인간이 있고 이쪽에 구경하는 자가 따로 있지 않다. 모두가 보는 자인 동시에 보이는 자라는 점이 카니발의 특별한 성질이다.

카니발은 상궤를 벗어난 인간의 삶을 또렷이 드러낸다. 그것은 일정한 틀에서 떨어져 나온 '보통 삶의 역행·뒤집음·뒤바뀜의 세상'이다. 카니발은 언제나 밀실이 아닌 광장에서 이뤄진다. 카니발의 현장에서는 자유롭고 숨김없이 서로 접촉하여 인간 상호관계가 새로이 정립된다. 카니발에서는 가짜 왕을 만들어 내는데, 이처럼 장난스럽게 썬 왕관은 나중에 처참하게 빼앗긴다.

또 카니발적 세계 감각은 전환과 교체를 그 중심에 둔다. 그중에서도 계절의 변화는 매우 주요한 요소이다. 사람이 죽는다는 것은 다시 태어나는 것이요, 재생의 무한 반복이다.

죽음의 정념과 재생의 정념이 한데 묶여 있다. 카니발 현상은 늘 웃음이 함께하지만, 그 미소에는 모순되는 다양한 의미가 담겨 있다. 다의성을 내포한 웃음이다. 요컨대 찬미하는 웃음인 동시에 매도하는 웃음, 기뻐서 환희하는 웃음인 동시에 상대를 우롱하는 웃음.

바흐친의 원리를 바탕으로 되짚어 보자. 『죄와 벌』에 등장하는 카트리나 이바노브나를 중심으로 한 신에는 카니발적 특질이 흘러넘친다는 사실을 깨닫게 된다. 자타의 경계가 엷어진 그녀의 보잘것없는 집은 개인 가정이지만 타인이 스스럼없이 발을 들여놓는 곳이다. 한 집안의 주인이 죽는다고 하는, 본래 밀실에서 행해져야 할 사건이 만인이 둘러서서 보는 가운데 진행된다. 그 누구보다 돈이 없는 미망인은 그런데도 모두를 초대하여 대연회를 연다. 소냐를 도둑이라 주장함으로써 일단은 고발자로서 크나큰 권위를 거머쥔 남자는 순식간에 높은 권좌에서 끌려 내려와 사람들의 비웃음을 산다.

그러는 와중에도 카트리나 이바노브나는 끊임없이 타인을 조롱하고 타인에게 조롱을 당한다. 마르멜라도프의 죽음으로 라스콜니코프가 생명감의 앙양에 충만해진 것은, 거기에 죽음/재생이 얽힌 파토스pathos가 그대로 노출되어 있기 때문이다. 미쳐서 죽기 일보 직전에 놓인 카트리나 이바노브나가 광장에서 아이들을 구경거리로 내모는 신은 그야말로 카니발의 한 장면이 아니던가!

우리는 이처럼 카니발적 특징을 가감 없이 보여 주는 장면이 겹겹이 쌓인 소설을 읽을 때 어떤 느낌이 드는가.

> "이젠 나도 질렸어! … 곧 죽음을 맞이하겠지! … 잘 있어, 가여운 우리 소냐! … 고생만 시키는구나! … 난 정말이지 더는 못 버티겠어!"

절규하듯 외치는 노파의 죽음에서 우리는 앞으로 나아갈 힘을 얻을 수 있다.

그로테스크 리얼리즘

바흐친은 이처럼 카니발의 본질을 이루는 특징을 종합하여 '그로테스크 리얼리즘'이라 했다. 그의 또 하나의 중요한 저작 『프랑수아 라블레의 작품과 중세 르네상스의 민중문화』를 참고삼아 그의 견해를 다시 한번 정리하면 다음과 같다.

> 그로테스크 리얼리즘(즉 민중의 '웃음 문화'의 이미지·시스템)의 물질적·육체적 원리는 전민중적·축제적·유토피아적 양태 속에서 그 모습을 드러낸다. 우주적·사회적·육체적 요소는 분할이 불가

능한 살아 있는 총체로서 단일한, 눌로 나누기 어려운 형태로 등장한다. 그리고 그 총체는 쾌활하고 붙임성이 좋은 것이다.

그로테스크 리얼리즘에서 물질적·육체적 힘은 지극히 **긍정적인** 원리가 된다. 이러한 육체적 요소의 출현은, 결코 사적·이기적인 egoistic 형태가 아니므로 생활의 다른 영역과 절대로 분리되지 않는다. 이 경우 **물질적·육체적 원리**는 **보편적·전민중적인** 것으로 파악되니, 당연히 이를 위해 **세계의 물질적·육체적 근원에서 분리되고 고립되어 자신 안으로 숨어들어 모든 움직임과 대립한다.**

(중략)

그로테스크 리얼리즘의 주요한 특질은 **격하·하락**이므로 높은 자리의 것, 정신적·이상적·추상적인 모든 것을 물질적·육체적 차원으로 이동시킨다. 이 대지와 몸의 차원은 따로 뗄 수 없는 하나의 통일체로 이뤄져 있다.

(중략)

격하·인락引落(끌어당겨 떨어뜨림)이란 지상적인 것으로 향하는데, 모든 것을 삼킴과 **동시에** 내뱉는 원리로서의 대지와 일체화시키는 것을 의미한다. 즉 격하·하락시키면서 매장하는 동시에 파종하고 죽이지만, 그것은 어디까지나 새롭게 더 좋게 더 큰 형태로 만들어 내기 위함이다. 하락은 마찬가지로 육체 하층부의 삶, 배[腹]의 삶, 생식기관의 삶과 관련되므로 교접·임신·출산 행위에 관여한다. 하락은 **새로운** 탄생을 위해 몸을 뉠 묘지를 파는 것이다. 그러니까 파괴적·부정적 의미뿐 아니라 적극적·재생적 의미도 있다. 하락·격하는 **양면 가치적**이므로 부정하는 동시에 긍정한다. 투락投落(던져 떨어뜨림)이란 단순히 아래쪽의 무無나

절대적인 파괴를 향해 떨어뜨리는 것이 아니라 생식력 있는 하층으로, 수태하고 새로이 낳고 풍부하게 육성하는 하층으로 던지는 것이 틀림없다.

(중략)

그로테스크 리얼리즘은 현상의 특징을 포착할 때 현상의 변화 상태, 아직 완료되지 않은 변용·metamorphose 상황, 죽음과 탄생, 성장과 생성의 단계를 선택한다. 이러한 **때**[時]·**생성**에 대한 관계는 그로테스크 리얼리즘에서 필수의 본질적(결정적) 특징이다. 이것과 이어지는 두 번째 필연적 특징은 **양면적 가치**ambivalence이다. 그 이미지 속에서 이런저런 형식으로 **변화의 양극──신구**新舊, **죽고 사는 것, 변용의 시작과 끝**──이 표현(혹은 지시)되는 것이다.

바흐친이 내린 그로테스크 리얼리즘에 관한 정의에서 한 가지 분명한 사실은, 그것이 문학 전체에 관한 정의가 아닐까 하는 점이다. 문학 표현의 말은 개념적·추상적인 말에 '낯설게 하기'를 가함으로써 새로이 만들어진다. 사물에 반응하는 말로 거듭나는 것이다. 그렇게 만들어진 말은 단일한 의미가 아닌 다양한 의미를 품는다.

어떤 문장 덩어리가 표현하는 이미지 차원에서 보면, 사정은 더욱 명료해진다. 문학적 이미지는 개념적·추상적 설명이 아닌 사물처럼 육체를 이룬 하나의 총체여서, 우리는 분할이 불가능한 그 덩어리 속에서 살아 숨 쉬는 다양한 의미를 읽어 낸다. 그것은 현실 세계의 어떤 한 사물, 어떤 한 인간이 자세히 관찰하는 한——즉 '낯설게 하기'의 눈으로 바라보는 한——기호와 같이 개념적·추상적 의미만을 나타내지 않는 것과 같은 원리다. 현실 세계에서 기호처럼 단일한 개념적·추상적 의미밖에 드러내지 못하는 사물 그리고 인간에게, 계기를 만들어 사물을 향한 반응을 되돌리고 살아 있는 피를 통하게 하여, 다의적인 의미를 지닌 본래의 사물, 본래의 인간으로 바꾸는 일. 그 일을 가능케 하는 것이 '낯설게 하기'라고 하는 문학의 근본적인 수법이다.

이부세 마스지의 『제비붓꽃』

문학 속 사물·인간은 종합적인, 즉 분할 불가능한 총체로서의 의미를 담당하고 있다. 이부세 마스지의 단편 『제비붓꽃』은 히로시마에 떨어진 원자폭탄과 후쿠야마福山에서 벌어진 대공습 체험으로 정신에 이상을 일으킨 어느 젊은 여성의 자살을 그리고 있다. 그것도 연못에 떠오른 아가씨의 시체 옆에서 미친 것처럼 아무 때나 핀 제비붓꽃을 통해서. 제철도 아닌데 핀 제비붓꽃에 아가씨의 자살한 몸을 포개는 신은, 실성한 듯 아무 때나 꽃을 피운 태양 주변의 이상한 변화를 매개로 하여 우주적인 감각의 동요를 불러일으킨다. 동시에 거듭되는 전쟁의 재앙에 의한 광기를 통해 사회적 비참함으로 읽는 이의 눈이 번쩍 뜨이게 한다.

또한 읽는 이에게는 아가씨의 자살한 몸과 제비붓꽃에 핀 꽃이 겹쳐진 이미지, 육체와 사물의 이미지가 제시된다. 따로 뗄 수 없는 총체로서. 아가씨는 죽었고 꽃은 미처 날뛰며 핀다. 이러한 이미지의 총체는 비참하고 씁쓰름하다. 그러나 이 장면에서 그로테스크 리얼리즘 읽기에 빠져들 수 있다면, 이미지는 또 다른 쪽으로 읽는 이를 인도할 것이다. 정상적인 계절의 순환에 마냥 행복해하는 아가씨라는 뒤집힌 이미지 역시 읽어 낼 수 있다.

젊은 여성의 불행은 고립된 자신 속에 굳게 닫힌 마음의 작동이 멈춰선 데 있었다. 이러한 가엾은 아가씨를 생명이 살아 숨 쉬는 쪽으로 불러 세우고, 세상의 물질적·육체적 원리와 건강에 다시 연결해 준다. 이로써 읽는 이는 아가씨를 보편적·전민중적인 빛 아래 두는 '새로운 이야기'를 상상할 수 있게 된다.

그로테스크 리얼리즘의 빛을 비췄을 때, 이부세 마스지의 단편은 흡사 작자가 직접 나서서 단편을 장편으로 고쳐 써 주기를 재촉하는 것처럼 '새로운 이야기'를 향해 읽는 이의 상상력을 열어젖힌다.

『제비붓꽃』은 그것이 실제로 그린 세상과 네거티브 필름처럼 상의 명암이 뒤바뀌듯 또 하나의 세상이라고 하는 두 개의 방향으로 나아갈 수 있다. 상상하는 힘은 이를 가능케 한다. 그로테스크 리얼리즘의 원리는 상상력이 전개되는 국면 하나하나에서 유효한 길잡이가 되어 줄 것이다.

우리는 광범위하게 죽음의 위협에 노출되어, 거대한 불모의 시대를 살고 있다. 이 현실을 직시하며 난관을 극복하게 하는 상상력은, 분명 죽음에서 재생으로 새로운 탄생을 지향하고 있다. 인류는 신화와 민속 축제에 이르는 친숙한 차원에서 고민하며 상상력의 방법을 모색했다. 파괴와 부정에서 재생과 긍정으로 근본적인 마음의 변화를 이끌어 낸 것은, 틀림없이 스스로를 위한 격려가 된다. 문학은 역시 근본적으로 인간에게 격려를 전해 주는 것이다.

15. 새로운 글쓴이에게 (1)

말의 활성화

근 오십 년 동안, 나는 문학과는 다른 분야의——그러나 영역이 인접한——전문가들과 교류해 왔다. 내가 그들에게 배운 것은 대부분 앞으로 풀어야 할 문학의 과제가 되었다. 문화인류학자 야마구치 마사오가 소개해 준 러시아 포멀리즘과 바흐친이 일군 성과, 그리고 익살에 관한 논의는 앞에서 살펴보았다. 철학자·건축가·음악가와 얘기를 나누는 과정에서도, 나는 내 생각과 느낌의 총체 속에서 죽은 듯 고요했던 부분에 어떤 자극을 받아 새로이 피가 흐르는 체험을 했다.

이러한 작용을 뜻하는 말, 즉 활성화는 지금은 지극히 일반적인 말─일상 사회에서 유효한 사고의 도구─이 되었다. 그러나 활성화는 십오 년 전, 우리가 나눈 애기 속에서 야마구치 마사오가 의식적으로 사용하기 시작한 말이다. 이 말은 활성탄과 같은 단어로는 접해 본 적이 있다. 그것을 야마구치는 우리의 대화 속에 끌어들여 새롭게 귀로 들리고 머무는 불가사의한 매력을 가진 말로─즉 '낯설게 하기'가 더해진 말로─바꿔 버렸다. 문학을 만들어 내는 일과 그것을 누리는 일은, 정신에서 감정과 육체의 구석구석에 이르기까지 총체적으로 참여하는 인간이 영위하는 삶 그 자체이다. 그때껏 잠들어 있던─거의 죽은 것이나 다름없는─자신의 일부가 활성화되어 총체에 기세를 돋우는 일은 문학에 임하는 인간으로서 밑바탕을 이루는 힘이 되었다.

우리가 모임을 가진 사람 중에는 그 역시 활성화의 담당자였던 시인 오오카 마코토가 있다. 그는 신문 조간에 실리는 박스 기사에서 실로 어마어마한 규모의 사람들에게 문학에 관한 이야기를 들려주고 있었는데,「이따금 부르는 노래」에서 다와라 마치의 새로운 노래를 인용했다.

새하얀 배추 / 빨간 띠를 두르고 / 가게 앞에서 /
샤방샤방 뽐내며 / 어깨 늘어서누나

(배추를 여자의 성적 매력과 결부시킨 이 노래에 대해) 오오카는 단카라고 하는 이러한 낡은 형식도 샤방샤방 기뻐 뽐낸다고 하는 탁월한 읽기를 선보였다.

이처럼 오오카의 소개로 일본의 전통 음운 형식, 단카의 활성화가 진행되고 있다는 사실을 알게 된 사람들은 단카를 다시 보게 되었다. 「이따금 부르는 노래」를 읽은 많은 사람이 출근하고 통학하는 길에 채소 가게 앞을 지나면서, 좌판 위에 쌓인 배추가 여느 때와는 달리 신선하고 신기하게 보인다는 사실을 느끼지 못했을 리 없다. 분명 '낯설게 하기'가 가미된 배추 바라보기를 즐겼을 터이다. 샤방샤방 뽐내며 어깨를 나란히 한 배추를 들여다보면서….

활성화된 말의 예

우리 모임에서 가장 젊은 건축가 하라 히로시原広司가 오랜 기간에 걸쳐 세계의 마을 조사에 나갔다 돌아와서 『취락의 가르침 100』을 썼다. 이 저서는 하라의 세계관과 건축 이론을 요약한 것이다. 사하라 사막이나 유카탄반도처럼 머나먼 곳을 탐방한 건축가가 용케도 조용히 고개를 숙이고 마을에서 들려오는 소리에 가만히 귀 기울여 모국어인 일본어로 그것을 적었구나 싶었다.

하라의 『취락의 가르침』은 앞으로 실제로 문학을 창작하려는 젊은 사람들에게도 구체적으로 활성화된 말의 사례가 될 것이다. 어떤 식으로 새롭게 읽을 것인지 힌트를 얻을 겸 『건축문화』(쇼코쿠샤)를 살펴보자.

> 1) [모든 부분] 모든 부분을 계획하자. 모든 부분을 디자인하자. 우연히 생겨났을 법한 스타일, 이렇다 할 만한 특징이 없는 풍경, 자연 발생적으로 보이는 겉모습도 전부 다 처음부터 계산된 디자인의 결과이다.

소설 또한 『취락의 가르침』에서 언급한 대로 모든 세부 사항을 디자인하고 세부적인 말·어법을 글을 쓰는 이가 디자인한 것이어야 한다. 각각의 레벨에서 글 쓰는 이가 '낯설게 하기'에 노력을 기울여야만 하다.

> 2) [같은 것] 같은 것은 만들지 말라. 같아질 것 같은 것은 모두 변형하라.

우리에게 주어진 기성의 이미지를 왜곡하는 일에 상상력이 기능한다. 이와 관련하여 바슐라르가 내린 정의는 이미 앞에서 살펴봤다. 자신이 지금 쓰는 글이 직접적으로 누군가의 모방이라고는 할 수 없지만, 어딘가 모르게 일찍이 읽었

240

던 적이 있는 글과 같은 것이 아닌가 싶을 때가 있다. 그럴 때는 '낯설게 하기'가 가해진 말·이미지·문장 덩어리 그리고 '낯설게 하기'가 더해진 작품이 아니라고 보는 것이 타당하다. 이런저런 레벨에서 자각하고 있음을 말해 주는 것이니까. 그래서 다시금 사물에 반응하는, 익숙지 않고 불가사의한 인상을 진하게 남길 수 있을 때까지 자신이 쓴 글을 관찰하고 생각해야 한다. 그래서 변형하고 형태를 왜곡하는 작업이 곧 소설을 쓰는 일이다. 시를 쓸 때는 더욱 그렇다.

  3) [장소] 장소에는 힘이 있다.

  소설은 최초 몇 절에서 이야기가 진행되는 장소를 명확히 제시하는 것이 중요하다. 장소라 해도 반드시 실재하는—또는 실제로 존재하는 것으로 가정된—어떤 지명이나 건물의 존재 혹은 그 일부를 구체적으로 명시해야 하는 것은 아니다. 그런 현실적인 냄새를 지워야만 성립하는 추상적 설정의 경우에도 오히려 장소의 감각은 진하게 살릴 필요가 있다. 카프카나 아베 고보安部公房의 작품이 그러하다.

  그런 점에서는 장소라고 하기보다는 장이라고 부르는 편이 이해하는 데 도움이 될지도 모르겠다. 역시 소설이 추상적으로 만들어진 얼개를 구체적이고 세부적인 상상력으로 채워

가는 것인 이상, 늘 창=창소라는 마음가짐을 간직하는 것은 중요하다.

예컨대 물리적 자기력[磁力]의 창. 소설에 나오는 하나의 단락, 하나의 장면은 여러 의미에서 자기력의 창이다. 해당 창을 지배하는 자기력과 관계를 맺음으로써 인물들은 비로소 그 작품에서 독자적인 의미가 된다. 이미지의 의미 또한 고유한 것으로 한정된다.

문장이 소설에서 그만의 독특함으로, 그러니까 한 번뿐인 문체로 작품을 특징짓는 것도 창의 자기력과 관련이 있다. 말의 레벨에서 말하자면, 말 하나하나가 인쇄된 페이지에서 일어나 걸어 나오는 듯한 존재감을 가지는 것 역시 창의 자기력과 관련 있을 때만 가능한 일이다. 내가 앞서 언급한 여러 번 강조하면서 러시아 포멀리스트가 '낯설게 하기'를 가한 말·문장·이미지로 말해 온 것을, 문장의 창에서 자기력을 띤 말·문장·이미지라는 식으로 다른 말로 바꿀 수도 있을 것이다. 케네스 버크가 말한 전략화되고 문체화된 말·문장·이미지는, 좀 더 직접적으로 창의 자기를 띤 말·문장·이미지로 바꿔 써도 무방할 것이다.

읽는 이의 측면에서 보자면, 소설이 진행되자마자 바로 거기에서 하나의 창소를 감지하고 그 창소 속에서 말·이미지 하나하나가 제자리를 찾아 들어갔다 ── 자기가 작용하도록 설정되었다──는 느낌이 중요하다. 글쓴이와의 상관관계를 표면에 드러내며 말하자면, 그 장소를 만든 글쓴이의 존재를 소설의 배후에서 찾아낼 수 있어야만 읽은 자로서 그 소설과 자신을 연결 지었다고 말할 수 있으리라.

소설과 나 사이의 관계 수립, 그것이 장소를 길잡이로 성립되어야 비로소──인물이나 스토리를 수단으로 삼는 것보다 근본적으로 그것이 중요하다고 나는 생각한다──읽는 이는 소설로 환기된 자신의 상상력이 자유로이 작동하는 기반을 얻는다. 따라서 먼저 글 쓰는 이도 장소의 확립이라는 과제를 풀기 위해 온갖 노력을 기울여야 할 터이다.

4) [거리두기] 일정 거리를 두고 떨어져서 서 있자.

하라 히로시는 『취락의 가르침』에서 "중남미의 흩어져 있는 마을의 가르침, 즉 상호자립하면서 강한 일체감과 연대를 실현하는 공동체 내의 원리"를 설명했다.

나는 『소설의 방법』에서 소설 속 이미지의 분절화分節化에 관해 말한 적이 있다. 소설의 이미지가 다양하게 전개되면서 전체가 틈새 하나 없이 문장으로 쭉 이어지는 글을 볼 때가 있다. 그런 방식을 보면 나는 분절화가 제대로 이뤄지지 않았다고 느낀다. 일정 길이의 문장·단락에서 하나의 이미지

덩어리를 만든다. 그렇게 분절화된 이미지를 한 덩이리에서 다른 덩어리로 연결한다. 이 작업을 통해 소설 전체가 만들어진다.

더욱이 분절화는 소설의 다양한 레벨에서 이뤄지는 작업이다. 소설에서 각각의 인물은 서로 분절화되지 않으면 안 된다. 인물들을 떨어뜨려 세우는 일을 소설의 기본 태도로 삼아야 한다. 분절화가 잘 달성되어야만 이미지 덩어리 혹은 인물들 각각이 상호자립하면서 강한 일체감과 연대를 실현하는 것도 가능해진다.

> 5) [모든 일에는 모든 것이 들어 있다] 모든 일에는 모든 것이 들어 있으니, 아무리 작은 것도 세계를 표현할 수 있다.

이런 의식은 작가보다 시인이 더욱 충분히 자각하고 있을 터이다. 동시대 문학자 가운데 다니카와 슌타로谷川俊太郎는 내가 젊었을 때부터 쭉 눈여겨본 시인으로, 비교적 짧은 시의 형태 속에서 표현하는 그의 세계관과 우주에 관한 구상이 나를 사로잡았다. 윌리엄 블레이크가 직관적인 사상으로서 강력히 주장한 논의에서도 많은 배움을 얻었다.

한 톨의 모래에서 세상을 보는 것, 야생에 피어난 한 송이 꽃에서 천국을 보는 것, 너의 손으로 무한한 세상을 움켜잡아라. 찰나에 영원을.

글 쓰는 이는 창작에 임하면서 『취락의 가르침』을 따라 아무리 작은 단편이라도 거기에 자신의 인간관·세계관·우주관을 표현할 수 있다고 스스로 확신할 필요가 있다.

8) [전통] 한 장소의 전통은 다른 장소의 전통이기도 하다.

『취락의 가르침』은 문학이 다른 분야에서 달성한 성과물로부터 무엇을 배워야 하는지 알려 준다. 또한 일본 문학이 유럽이나 아메리카 또는 라틴 아메리카에서 아시아에 속한 여러 나라에 이르기까지 각각의 문학에서 무엇을 배워야 하는지 기본적인 원리를 제공한다.

음악 분야에서 작곡가 다케미츠 도오루武滿撤가 일본 근대 음악의 역사적 전망을 어떻게 받아들이고 새롭게 그 자신만의 음악을 창조했는지, 나는 문학을 하는 인간으로서 그들과 시대를 같이하면서 옆에서 그들을 지켜봄으로써 일본 문학의 전통을 잇는 방법을 결정할 수 있었다.

돌이켜보니, 외국 문학을 저마다 그 나라 문화의 역사적인 문맥에서 총체적으로 파악했던 일이 내게 배움을 주었다. 개개의 작가·작품을 살펴보면, 일본의 문학 세계와는 확연히 다른 이질감이 느껴진다. 그런 작가·작품을 하나의 나라·하나의 문화 총체로 위치 지으면, 이쪽 역시 유효하고 명확한 방향이 보인다. 그것은 자국의 문화·문학의 방향성 속에서 분명히 자극이 된다. 요컨대 전통이라는, 살아 있는 인간이 만든 의미가 뚜렷이 내다보인다.

10) [모순] 모순에서 질서를 길러 내자.

기성 질서에서 가능한 한 크게 벌어진 모순된 장소에서 출발한다. 실제로 존재하는 질서 속에서 될 수 있는 대로 강한 부정으로부터 출발한다. 그래야만 상상력이 강력하게 점프할 수 있다. 점프의 높이·길이를 오롯이 자신의 힘으로 만들어 냈을 때, 작품은 새로운 질서로 받아들여진다. 질서──반反 질서──새로운 질서라고 하는 단계를 상상력이 어느 정도 크기의 진폭으로 만들어 낼 수 있는가? 여기에 새로운 글 쓰는 이의 장래가 달려 있다. 새로운 방향으로 읽기를 유도하는, 지知의 작업을 전개하는 데도 똑같은 말을 할 수 있다.

15) [혼성계混成系] 기하학적인 형태, 일의적으로 의미가 부여된 장소와 다의적인 장소, 밝음과 어두움, 장엄한 장소와 일상적

장소, 낡은 것과 새로운 것 등등 이율배반적인 것을 한데 섞어라.
　　그리고 전역에 고른 질서를 잡아라.

　나는 그로테스크 리얼리즘을 소개하면서 소설이 지닌 다의적인 이미지를 활용하는 기능에 관해 바흐친에게 기대어 이야기했다. 일반적으로 말은 일의적인 의미를 나타낸다. 그것이 '낯설게 하기'로 얼마나 다의적인 의미를 함축할 수 있는가? 그것은 일의성에서 다의성으로 상상력이 잇달아 이미지를 폭발할 수 있도록 말에 장치를 거는 일이다.

　이 원리를 장소에 비춰 보면, 소설에서 다의적인 장소를 만들어 내는 일은 실로 중요한 작업이다. 지금으로부터 삼사십 년 전, 어떤 지방에서 소년기를 보낸 사람들이라면——가령 나는 그들 중 한 사람——마을 주변에 있는 다의적인 장소를 그것이 내포하는 무섭고도 매혹적인 이야기와 함께 떠올릴 수 있을 것이다. 도쿄의 민중문화에서 이미 사라지기 시작한 전승을 살펴보면, 도시에도 다의적인 장소가 실재했었다는 사실을 알려 주는 내용이 상당히 많다.

　세계 규모로 좀 더 넓혀서 보면, 라틴 아메리카처럼 지금도 다의적인 장소가 그대로 보존된 곳에서 근년 들어 문학의 활성화가 한창 진행되고 있다. 일본 작가로 좁혀서 보자면, 나카가미 겐지中上健次가 기슈紀州에 있는 다의적인 장소를 그의 문학적 에너지의 원천으로 삼았다. 기슈의 민중 생활에 뿌리내린 그의 문학은 밝음과 어두움, 장엄한 장소와 일상적 장소, 낡은 것과 새로운 것과 같이 이율배반적인 것을 한데 섞는 기법을 실천했다.

장차 새로운 소설을 세상에 내놓고자 하는 사람에게는 이 또한 실천해야 할 과제로서 『취락의 가르침』은 중요한 힌트가 되어 줄 것이다. 그것은 바로 이들 다양한 이율배반적인 것을 압축하여 담은 다의성의 표현에 있어 이들 점진적인 변화를 혼재시키라는 가르침이다. 나아가 전역에 고른 질서를 잡으라고 하는 가르침도 마음에 새기자.

다의적인 것을 그것의 다르고 모순된 부분을 일부러 드러나게 표현한다. 이 또한 의식적 표현이라면 분명 하나의 기법임이 틀림없다. 그러나 소설이라고 하는 유기적인 전체에서 고른 질서를 유지하려면, 그것을 읽는 이와 자유로운 왕래를 준비할 필요가 있다. 다양하고 점진적인 변화 하나하나를 분절화하면서, 그들이 소설 전체 속에 자연스레 녹아들어 공존할 수 있도록 만드는 작업은, 소설의 층을 두텁게 하고 깊이를 더하기 위해 유효한 조작이다.

바흐친이 다층적인 것으로 분석한 도스토옙스키의 수법은, 소설적 발상이 잇달아 반복적으로 곁가지를 쳐서 인물들이

제각각 이야기하는 내용에 다성적인 복잡화가 발생하는 글쓰기 방식이다. 그러면서도 전체적으로는, 도스토옙스키가 소설의 서술자로 목소리를 내며 전면에 나서서 전체에 고른 질서를 가져오는 톤tone을 일정하게 유지한다.

보통의 경우가 그러하듯 의식적으로 자신이 쓰는 소설에 다층화를 꾀하지 않으면, 소설의 문장은 일의적인 하나의 세계를 나타내는 데 그치고 만다. 반대로 소설에 다의적인 표현을 만들어 내기 위해 노력하면——글쓰기에 들이는 노력은 다의적인 표현을 읽어 내기 위해 노력하는 것과 겹친다——표현이 더 넓어져서 그것을 자연스러운 상태로 풀어놓으면, 단순화·일양화一樣化로 향하는 한결같은 길을 답습하는 일상적인 사고 양식의 버릇과 맞서 투쟁하는 훈련이 될 것이다.

17) [불똥 번짐 현상] 멀리 떨어진 곳에서 비슷한 생각을 하고 비슷한 물건을 만들어 낸다. 이와 마찬가지로 먼 옛날 지금 우리가 생각한 것을 그들 중 누군가가 생각해 냈다.

문화 일반에서 『취락의 가르침』에서 언급한 것과 같은 현상을 실제로 목격하는 일은 아주 흔하다. 모두 겪어 봐서 알 것이다. 이런 경험을 소설을 쓰는 측면으로 옮겨 놓았을 때, 어떤 새로운 방향을 불어넣을 수 있을까?

가장 먼저 그것은 상상력의 활성화를 가져오는 계기가 될 것이다. 상상력이 자신에게 주어진 이미지를 변형하는, 형태를 왜곡하는 능력이라고 하는 바슐라르 정의. 이에 덧붙여서 멀리 떨어진 곳에 있는 — 지리적으로 혹은 시간적으로 — 두 개를 잇는 능력 또한 상상력의 기능이다. 서로 다르고 동떨어진 두 가지를 연결하는 힘으로서 상상력은 특히 소설에서 그 소임을 다한다. 소설을 쓸 때, 우리는 전혀 맞지 않는 두 개의 극을 먼저 만들어 내고, 이어서 상극인 이들을 연결 짓는 상상력을 발휘함으로써 일상적으로 제한된 세계를 넓히고 깊이를 더할 수 있다.

일상에서는 멀리 떨어진 이질적인 두 가지를 소설에서 맺어 줄 때, 그 이음매에 리얼리티를 불어넣는 것은, 해당 상상력의 질적인 우수함과 강인함에 있다. 읽는 이 측면에서 보자면, 만약 그가 이질적인 두 개의 연결을 리얼리티가 있는 것으로 받아들였다면, 실제로 『취락의 가르침』이 작동했다고 볼 수 있다. 멀리 떨어진 곳에서 비슷한 생각을 하고 비슷한 물건을 만들어 낸다. 이와 마찬가지로 먼 옛날 지금 우리가 생각한 것을 그들 중 누군가가 생각해 냈다.

20) [**장면을 기다리다**] 축제가 취락의 모습을 바꾸듯이 여러 가지 사건이 마을이나 건축을 바꾼다. 장면을 기다리듯 이들을 만들어야만 한다.

그로테스크 리얼리즘은 카니발에 구현되는, 생기 넘치는 양기로 생사의 근원에 뿌리내린, 인간적인 것에서 출발하여 성립했다. 이를 말로 표현하는 소설은, 이른바 말의 장치로 축제를 출현시키는 것이다.

이렇게 놓고 보면, 소설의 서술이 마을이나 건축보다 더 직접적으로 사건을 그리고 장면을 기다리는 것으로 그려야 하는 것은 너무나도 당연하다. 이때 주의할 사항은, 아무리 표면상으로 고정되게 보이도록 말에 장치를 건 정적인 무대라 할지라도, 한번 극적인 장면이 시작되면 축제로서의 성격이 효과적으로 눈에 띄도록 배려해야 한다는 점이다.

28) [시각의 흐름] 건축을 '여행'처럼 만들라.
29) [죽음] 죽은 자와 함께 살자.
30) [호흡] 자연스러운 호흡에 맞추어 취락이나 건축의 호흡을 계획하자.

소설에 '인간이란 무엇인가?'와 같은 질문처럼, 밑바탕에 사상의 표현이 자리할 때, 소설은 어떤 자세로 쓰기에 임해야 하는가? 우리에게 이런 새삼스러운 질문이 주어졌을 때, 『취락의 가르침』은 그것을 깊이 있게 파악하도록 도와주는 길잡이 역할을 한다.

글쓰기에 임하는 자세

먼저 시각의 흐름에 관한 가르침에서, 하라는 하나의 건축물을 천천히 여행하듯 이동하면서 우리는 건축이 놓인 어떤 국면, 그 국면을 그때마다 괄호로 묶듯이 인식한다고 설명했다. 설령 우리가 움직이지 않는다고 하더라도 시각의 경과는 여행할 때 그러하듯 건축 하나하나의 국면이 바뀌는 모습을 보여 준다.

소설 또한 그것을 읽는 이에게—불과 얼마 안 되는 짧은 시간이더라도 소설을 읽음으로써 소설 속에서 살아나는 인간에게—소설 전체 가운데 국면 하나하나를 괄호 안에 넣는 방식으로 확실하게 인식되어야 한다. 읽는 측면에서 보자면, 소설의 분절화이다. 하나의 소설을 읽으면서 말의 장치가 구축한 공간을 따라 천천히 발걸음을 옮기는 시간의 둘레길을 감지하여 얻은 감수성만큼 소설에서 더 이상의 좋은 경험은 없다.

사자死者와 함께 살자. 내가 태어나고 자란 숲속 마을에서는 오래된 집 마당 어두컴컴한 한구석에도, 추분 무렵 성묘 간 숲 끝자락에 올라가 내려다본 골짜기 전체 경치에도, 뚜렷이 죽은 자와 공생하는 감각이 살아 있었다. 그들은 할머니가 나에게 들려주던 이야기 속에서도 살아 숨 쉬고 있었다.

252

숲속 골짜기에서 그 땅으로 이어진 전승을 이야기한다는 것은 이야기하는 이와 듣는 이 모두 죽은 자들과 시간을 공유하는 것이다.

이런 특수한 문학 교육과 같은 경험에 뿌리내려 지금 소설을 쓰고 있는 내가 있다. 『M/T와 숲의 이상한 이야기M/Tと森のフシギの物語』에서 이야기하는 문체를 채용하면서 내가 겪었던 숲의 신화와 사건을 소설로 쓰기 시작했을 때, 나는 곧바로 나 자신 죽은 자들과 함께 살았던 감각에 깊이 빠져들었다는 사실을 자각했다….

이와 같은 개인적 레벨에서 벗어나 좀 더 일반적으로 넓혀서 봐도, 이야기한다는 근본적인 요소가 소설에 있는 이상, 그것은 본질 면에서 사자와의 공생을 실현하기 위한 말의 장치라는 생각을 지울 수가 없다.

영국의 문화인류학자에 따르면, 인간은 이 세상에서 죽음이라는 피하기 어려운 것과 의식적으로 화해하기 위해 신을 고안했다. 시간을 초월하여 죽은 자와 공생한다는 불가능한 일을 가능케 하려고 인간은 이야기하기를 시작했다. 오늘날 소설은 그 연장선상에 놓여 있다고 나는 생각한다.

호흡. 소설의 문체를 성립하는 데 있어서 인간의──글을 쓰는 인간 또는 읽는 인간의──자연스러운 호흡은, 그 무엇보다 중요한 역할을 맡고 있다. 젊은 작가로서 최대한 빨리 독자적인 문체를 완성하려 했던 나는, 가장 먼저 나 자신이 지니고 있던, 저절로 생겨났다고 여긴, 문체를 깨부수는 일에 전념했다. 그 결과 성립한 문체는 나 자신에게는 분명 새로운 것이었다. 그러나 그것은 혼자서 다시 읽어 보는 것만으로도 때때로 숨이 막힐 지경이었다….

이런 쓰라린 경험을 딛고 일어선 내가, 앞으로 이 일을 시작할 새로운 쓰는 이에게 하고 싶은 말이 있다.

먼저 문체에 대해 자연발생적인 것에—그것이 저절로 쓰인 것이든 그렇지 않든 묻지 말라. 앞서 논한 대로 그것은 어떤 공동체 속에서 언어 체험에 근거하니까—그대로 머물지 말라. 그렇지 않으면 새로운 문체를 만들어 내는 일은 불가능하다.

이어서 하고 싶은 말은, 어렵사리 새로이 획득한 문체는 다시 그것이 자연의 호흡 감각에 거슬리는지 아닌지 찬찬히 읽어 보며—소리 내어 읽어 보고—확인하자. 소설을 최초로 읽는 자신에게 그러한 작업은 쓰는 이로서의 자신을 위해서도 매우 중요하다.

16. 새로운 글쓴이에게 (2)

문학에 임하는 자세

『소설의 방법』을 출간하자 '소설을 어떻게 쓰는지'는 논했으나, '무엇을 쓸지'는 논하지 않았다는 이데올로기적인 비판을 받았다. 내가 이중으로 우울한 생각에 젖어 든 것은, 반박은커녕 도리어 그런 의도로 해당 방법론을 썼기 때문이었다. 소설의 테마·소재를 무엇으로 삼을지는 글쓴이 한 사람한 사람이 자유롭게 고를 수 있어야 한다. 앞으로 창작을 시작할 젊은 사람들에게 '이것을 써라', '저것은 쓰면 안 된다'는 식으로 말할 수는 없다. 나로서는 그들이 관료적이고도 이데올로기적인 통제를 받는 날이 오지 않기를 진심으로 바랄 따름이다.

그러나 나도 새로운 글쓴이들에게 '어떻게 쓸지', '어떤 방법을 취해서 쓸지'를 얘기하는 데에 덧붙여, 보다 근본적으로 '어떤 자세로 문학에 임할 것인가'에 대해 말하고 싶다. 중립적인 방법론에서 한발 더 내디뎌 그간의 작가 경험을 바탕으로 하고 싶은 말이 있는 것이다. 그중 몇 가지를 앞에서도 그래 왔듯이 『취락의 가르침』에 따라 여기에 적어 보겠다. 내 의식 속에서 이 가르침은 읽는 이가 '어떤 자세로 문학에 임할까' 하는 글 쓰는 이의 마음가짐과 일정 부분 겹친다.

68) [**풍경**] 풍경에 사회가 드러난다. 풍경에 자연의 소망이나 슬픔이 드러난다.

여기서 『취락의 가르침』이 말하고자 하는 바는 바로 알아차릴 수 있다. 사람이라고는 단 한 사람도 없는 곳에 사는 인간이, 그의 외부에 존재하는 풍경을 얘기하는 것이 아니라는 것을. 그래도 정확도를 기하기 위해 하라 히로시의 해설을 인용해 보겠다.

취락에 모여 사는 사람들은 풍경을 정비한다. 풍경은 사회화된 자연의 경관이며, 거기에는 공동체가 구상한 질서가 숨김없이 그대로 구현되어 있다. 이때 자연의 잠재력을 활용하기 위해 사람들은 자연의 소리에 귀를 기울이는 태도를 보인다.

저자는 '취락의 가르침'을 이야기하면서 콜롬비아 발디비아의 취락 사진을 선보였다. 또한 그와 내가 『취락의 가르침 100』을 놓고 건축가들과 함께 검토할 때는 유고슬라비아(현 크로아티아) 코르출라섬의 취락 사진도 내놓았다. (옆면 참조)

여기서 말하는 사회화된 자연의 경관이란, 그리고 공동체가 구상한 질서란 해당 사람들의 모임=사회의 문화 형태를 말하는 것이 아닐까? 풍경이 드러내는 공동체 사회의 문화 형태를 일본의 서민이 머물렀던 자연의 소리에 귀를 기울이는 여행을 계속하며, 그 경험을 바탕으로 민속학적 사고로 쌓아 올린 견해를 풀어낸 이가 바로 야나기타 구니오였다.

풍경이 과연 인간의 힘으로 그 아름다움을 만들어 낼 수 있는 것인지 아닌지. 만약 가능하다면, 우리에게는 어느 정도로 그것을 영원한 것으로 만드는 일이 허용되는가? (『아름다운 마을』 치쿠마쇼보)

야나기타가 이와 같은 질문을 던진 데에는 일본 각지에 퍼져 있는 농촌에서, 서로 멀리 떨어진 곳에 있으면서도 닮아 있는 문화 형태를 취한 것으로 보이는 마을을 오랫동안 보아

크로아티아의 코르출라섬

콜롬비아의 발디비아

왔기 때문이다. 그리고 그는 골짜기 사이로 자라난 버드나무로 에워싸인 '아름다운 마을'이라는 규범적 형식을 믿었다. 야나기타는 일본 곳곳을 샅샅이 찾아다니며 추억의 경험을 쌓아 갔다. 그 와중에 규범적 형태를 잃어 간다 싶으면, 예전처럼 적극적으로 일본의 문화 형태를 나타내는 풍경을 만들어야 하지 않겠냐며 사람들에게 호소했다.

> 우리는 한낱 나그네에 불과하다. 잠시라도 멈춰 서서 즐김으로써 만겁의 인연을 이을 수 있으면 그것으로 족하다. 여기서 문제는 잇달아 사라지고 또 찾아오는 미지의 다음 사람들과 어떤 식으로 마음을 나누고 그들의 생각과 하나 될 수 있는가 하는 점이다.

소설을 쓰는 일은──글 쓰는 사람 가운데 특히 젊은이가 새로운 글을 쓰기 시작한다는 것은──자신이 생각하는 문화 형태를 하나의 풍경처럼 건설한다고 하는, 근본 의지에 뿌리를 내린 것이 아닐까? 자기만의 문화 모델을 사람들에게 선보이고자 하는 의지라고 생각해도 좋을 것이다. 이러한 생각은 개인 내부에서 일어나지만, 동시에 공동체를 향한 특별한 지향성을 지닌 언어라고 하는, 매체를 사이에 두고 결국은 사회화된 모델, 공동체를 드러내는 모델을 내놓는 일과 겹쳐지는 기획이다. 실제로 풍경이 한 사람의 개인과 공동체를 향해 그렇게 기능하는 것처럼….

공동체를 향한 호소

야나기타 구니오는 하나의 공동체가 이룩한 문화 형태에서 한 걸음 더 나아가 거기에 깃든 다른 개인과 공동체를 향한 호소에서도, 풍경은 읽어 낼 수 있는 대상이라며 어느 민가에서 발견한 몸짓의 정겨움에 관해 말한다.

겨울철 황혼 녘에 고즈넉이 내리는 눈은, 불피운 집에서 따뜻이 몸을 감싼 사람들에게도 쓸쓸히 다가온다. 그러니 에치고越後의 넓은 논바닥 한가운데 자리 잡은 마을에서는, 일부러 처마 끝에 표시가 될 만한 장대를 세웠다고 하는 얘기가 나도는 것이다. (중략) 그것이 반드시 나그네를 위한 건 아닐지라도 오랜 세월 한자리를 지켜 온 버드나무이기에, 지금도 우리가 이 나무를 떼 놓고서는 마을의 모습을 상상할 수 없게 된 것이다.

이런 일본의 취락을 정면으로 응시하면서 표시가 될 만한 장대와 버드나무를 생각하며 『취락의 가르침』을 읽어 보면, 우리에게 중요한 것을 호소하고 있지 않는가?

90) [기둥] 기둥은 세계축axis mundi으로 언어와 사물이 화해하는 장치이다. 직립하는 것은 아름답다.

위의 문구는 '언어'라는 말이 들어간 자리에 '인간의 의식'을 넣어서 이해할 수 있다. 물론 『취락의 가르침』을 야나기타 구니오에서 미르체아 엘리아데가 이룬 성과까지 한데 묶어서 구체적으로 자세히 들여다볼 수도 있을 것이다.

지금 나는 앞으로 새롭게 소설을 쓰려는 젊은 필자를 향해 그들이 쌓아 갈 경험에 비춘다면, 금방 해독할 수 있는 암호 코드를 건네주는 식으로 이야기를 남기고자 한다.

자기 안의 기둥으로 세계축을 세우기 위해 노력하고, 자신의 말이 사물·인간·사회·세계와 마침내 화해할 수 있다는 믿음을 갖자. 그렇게 세워진 기둥과 믿음을 그대의 근본적인 태도의 출발점으로 삼자. 새로운 글을 쓰는 일에 종사하려는 그대가 이러한 마음가짐을 가슴에 깊이 새기고 출발한다면, 아무리 말과 사물 사이의 괴로운 다툼에 시달리더라도, 그대에게 미래는 자유롭게 펼쳐지리라. 그 자유는 인간적인 근거가 있기 때문이다….

히로시마와 핵 문제

1987년 여름, 나는 히로시마에서 열린 심포지엄에 참석했다. 이번 방문은 처음 히로시마를 경험한 때로부터 24주년이 되었다. 그해 장애를 갖고 아들이 태어났으니, 그의 나이로

바로 기억해 낼 수 있다. 1963년 여름, 원수폭原水爆 금지 세계대회가 분열된 경과를 르포르타주로 쓴 일이 계기가 되어, 나는 『히로시마 노트ヒロシマ·ノート』를 집필하기 시작했다.

이 대회에서 통역으로 성실하게 활동해 준 젊은 사람이— 즉 그 사람은 그때 이미 영어 실력이 탁월했다는 말이다— 지금은 미국에 있는 어느 대학교에서 학생들을 가르치는 학자가 되었고, 한편으로는 히로시마·나가사키長崎에서 진행되고 있는 피폭 실태를 미국인에게 전하는 프로젝트를 자력으로 이끌고 있다. 그 수학자 아키바 다다요시秋葉忠利가 이 『히로시마 노트』를 쭉 마음에 두고 있었던 것이 인연이 되어 그가 조직한 심포지엄에 초대를 받게 된 것이다. 그 자리에서 나는 발언할 기회를 얻었는데, 그때 생각지도 못한 일이 벌어졌다. 내 마음속에서 확실하게 자리 잡지 않았던 '마지막 소설'이라는 구상을 처음으로 밖으로 끌어내어 알린 것이다. 그때 나는 사람들 앞에서 이런 취지로 말을 했었다.

히로시마에 오기 직전, 어떤 젊은이가 나에게 시집을 보내 줬다. 그 서문에 '이것은 내 첫 시집에서 약속한 다음 책이다' 고 적혀 있었다. 나는 후련한 인상을 받았다. 그리고 반대로 나는 가끔 나의 '마지막 소설'을 생각하고 있다는 것을 깨달았다. 실제로 '바로 준비에 들어가야겠군.' 하는 마음에 사로

잡혔다. 나는 '마지막 소설'의 핵심이 되는 부분에서 히로시마에 관해, 그리고 오늘날 세계를 뒤덮고 있는 핵 상황에 관해 쓰고자 한다. 그것을 이제 확실히 다시 의식한다.

여태껏 나는 평론·에세이를 통해서는 히로시마와 핵을 둘러싼 문제를 다뤄 왔었다. 그러나 소설로는 그것을 정면에서 다루지 못했다. 내 안에서 히로시마와 핵에 관해 글을 쓸 준비가 되어 있지 않았기 때문이다.

소설을 쓴다는 것은, 자신 안에 있는 모든 인간적인 힘을 끌어모아 글쓰기의 대상을 지긋이 바라보고 포착하는 일──그런 레벨에서 '낯설게 하기'를 다루기 시작하는 일──을 그 출발점으로 삼는다. 이제 막 글쓰기를 시작한 작가가 아닌 소설 쓰는 경험을 쌓아 온 사람이라면 더욱 그렇다. 여태껏 살아온 일, 그리고 살아갈 일, 결국은 죽어 가는 일. 그 사회·세계와의 관계, 우주론cosmology과의 대조. 이 모든 것들과 소설의 구상이 잘 맞아떨어져야 글쓰기를 시작할 수 있다.

더욱이 그러기 위해서는 용기가 필요하다. 자신의 사상적 얕음과 단순함과도 정면으로 맞서야 한다. 무엇보다 거짓을 쓰지 않겠다는 각오가 필요하다. 히로시마와 핵 문제라고 하는, 전후 일본인 작가로서 살고 죽는 나의 최대 주제를 앞에 두고, 나는 오래도록 그것에 착수할 용기가 없었다. 그럴 능력도 없었다.

지금은 나이를 먹은 탓인지, 뭔가에 쫓기듯 '마지막 소설'을 생각하고 있는 자신을 발견하게 된다. 한 사람의 작가가 그 생애의 중요한 분기점에 서서, 당면한 히로시마와 핵 상황을 어떻게 파악하고 있는지 이야기하고 싶다.

이 심포지엄을 위해 온 외국 참가자나 젊은 일본인들은 내가 이처럼 개인적인 문제와 목소리voice로 얘기를 꺼내는 것을 이상히 여길지도 모르겠다. 그러나 나에게 히로시마와 핵 문제를 생각하는 일은 이런 생각들과 관련이 깊다. 어떤 한 개인으로서 내가 '앞으로 어떻게 살아가야 할지', '실제로 더 살 수는 있는 것인지', '설령 가능하다 하더라도 어떻게 문학 표현을 이어 나가면 좋을지'라고 하는 물음이 항상 이 문제에 깊이 자리 잡고 있다.

1963년 여름, 히로시마를 찾은 나는 아직 젊었었다. 말하자면 내 생애 처음으로 근본부터 다시 깊이 생각해야만 하는 방식으로, 삶의 미래에 대해 불안·의혹·괴로움의 한복판에 서게 되었다. 이런 고뇌에 빠져든 단적인 이유는, 이제 막 글쓰기를 시작한 우리 가족에 머리가 기형인 아이가 태어나서, 아직 대학병원 중환자실에서 보살핌을 받고 있는 이 아이를 내가 어떻게 받아들여야 할지 모르는 데서 비롯되었다. 비정상은 인간 탄생의 유기체 자체에 원인이 있다. 애초에 생명체의 이상 탄생은 히로시마와 당시 핵 문제와 관련하여 아무런 관계도 없었다.

그런데 그런 개인적인 생각에 홀로 빠져 있던 나는 일주일 동안의 히로시마 체재가 끝나갈 무렵, 머리를 수술해서 성공하더라도 심한 장애를 짊어질 아이와 함께 살아가기로 마음먹었다. 아직 젊은 아비 되는 자의 호기라지만, 이를 계기로 장애를 지닌 아이와 공생한다고 하는 생애 목표를 세울 결정적인 기회를 얻었다.

아이는 이제 스물네 살이 되었고, 장애인을 위해 구에서 운영하는 복지시설에서 일하고 있다. 그 아이와 함께 살아온 이십사 년 동안, 그로 인해 가족 전체에 영향을 미친 어려운 일들이 잇달아 일어났다. 그러나 그런 난관을 하나하나 딛고 넘어섬으로써 도리어 나는 예의 히로시마에서 한 결의를, 지금껏 내 삶에서 가장 중요한 문제에 대한 올바른 답을 냈다고 생각하게 되었다….

나는 히로시마에 있는 원폭병원을 여러 번 방문하여 핵이 가져온 심대한 비참함과 인간의 고통을 보았다. 동시에 핵에 대항하여 살아남고자 애쓰는 사람들의 노력에──이러한 몸부림은 피폭자들 자신의 노력이자 원폭병원 의사들의 노력이었다──인간적인 위엄을 느꼈다. 최악의 상황에서도 인간이 회복할 수 있다는 희망을 본 것 같다. 그 광경은 직접적으로 내게 영향을 미쳤다. 거기서 머리가 기형인 아이와 나를 잇는 생명의 사슬이 지닌 의미를 배웠으며, 앞으로 아이가 살아갈 수 있도록 옆에서 도와줄 강력한 힘을 얻어 도쿄에 있는 집으로 돌아왔다.

그로부터 이십사 년이 지났다. 나의 인간관·세계관은 기본적으로 크게 변하지 않았다. 이제 쉰이 넘은 작가로서 어린 아이 같은 순진한 말로 들리겠지만, 누군가 내게 '희망인가', '절망인가' 하고 묻는다면, 나는 우선 희망 편에 서서 인간의 위엄을 믿는 쪽에 서겠다. 그리고 그 결심이 서게 한 마음속에서 끓어오르는, 예전에 히로시마에서 현실로 마주했던 크나큰 비참함과 보상받을 수 없는 고통도 잊을 수 없다.

인류는 이런 짓을 저질렀다. 그런 일이 또다시 되풀이되지 말라는 법은 없다. 이런 어두운 생각은 내가 희망을 이야기할 때도 늘 따라다녔다. 그것이 지금껏 내가 히로시마와 핵 문제를 소설의 장에 끌어들이지 못한 이유 가운데 하나이다. 글쓰기에서 인간적인 희망을 또렷이 보여 주지 못한다면, 히로시마와 핵 문제를 다루는 보람이 없다. 그렇다고 해서 인간이 겪은 비참함과 보상할 길 없는 고통이 반복될 것이라는 생각에서 완전히 벗어난 지점에서 글을 쓴다면, 문학적 리얼리티가 달성될 리가 없다.

게다가 나는 작가로서 늘 초조한 심정이었다. 히로시마에는 원폭 자료관의 활동을 비롯하여 1945년 여름에 벌어진 일을 언제까지고 기억하려 애쓰며, 사람들이 기억하도록 만드는 데 노력하는 사람들이 있다. 히로시마에 뿌리내린 새로운 작품도 속속 나온다. 그러나 과연 문학이 원폭의 참상과 인간다운 투쟁의 '현장'을 담아내고 있는가? 사진작가 도몬 겐土門拳의 『히로시마』(쇼가쿠칸)가 기억하고 있는 원폭 '현장'은, 켈로이드에 상처 입은 젊은 아가씨와 장년 남자의 몸에 나타나고 있는 흉터종이다. 조금의 주저함도 없이 살아남은 피폭자들 대부분이 죽음에 이르렀고, 살아남은 사람들 또한 모두 상당히 나이가 들었다. 히로시마를 그저 과거의 어떤 한 이야기로 표현할 수밖에 없는 날이 다가오고 있다.

　이런 생각을 하면, 일본원수폭原水爆피해자단체협의회가 제정한 「피폭자원호법被爆者援護法」을 위한 운동은 히로시마 사건을 몸소 겪은 산증인들의 사상운동이라 불러야 마땅하다. '생명 안에 깃든 죽음', 즉 죽은 듯 사는 사람들과 히로시마 생존자의 정신을 읽어 낸 미국 심리학자가 있다. 그러나 협의회에서 활동하는 나이 든 피해자들은, 마치 수많은 죽은 자들의 부탁이라도 받은 듯이 그들의 고통스러운 삶을 내일의 생명을 위해 바치는 자들이다.

　　내 비록 힘없는 목소리일망정 이처럼 외치는 건 죽은 사람 여럿이 나한테 부탁을 했기 때문이다. 나는 그들의 이름으로 그들을 대신하여 말한다.

프랑스의 문학자 루이 아라공이 말한 그대로이다.

근래 이십사 년 동안에도 많은 피폭자가 죽었다. 세상을 뒤덮는 핵 상황은 심각해지기만 했다. 이십사 년 전, 인류는 '핵겨울'이라는 절망적인 미래의 표징에 위협받지 않았다. 그러나 지금은 전 세계에서 온전한 정신이 박힌 사람들은 어둠의 침묵 속에 빠져 있다. 어린아이들을 앞에 두고 앞으로 다가올 미래에 일어날 법한 전망으로 '핵겨울'을 그릴 수밖에 없음을 절망하면서….

이십사 년 전과 비교해 지금은 현격히 다른—헛되이 세월을 보낸 지구에 사는 모든 민중이 핵무기로 한꺼번에 소멸할지 아니면 괴롭고 참혹한 '핵겨울' 속에서 멸망하기를 기다릴지 현실적 가능성을 내다봐야 하는—전 지구적 규모의 공포에 짓눌려 있다. 그런데 초강대국의 권력자들은 서로 핵무기의 가공할 만한 파괴력에 대한 절박한 공포심에 사로잡혀 있어, 결정적인 희망을 향한 전환은 이뤄지지 않은 채 방치된 상태다. 게다가 일본을 비롯한 많은 선진국이 공포에 휩싸인 초강대국을 따라 한다. '핵겨울'을 기정사실화하면서 전략을 보완하는 절차를 밟고 있다.

'핵겨울'로 향할 것이 아니라 내일의 아이들에게 따뜻한 세상을 제공할 방도를 찾아야 한다. 그러기 위해서는 절멸의 공포 아래 놓인 민중의 살아남고자 하는 의지가 이끄는 운동에 희망을 걸 수밖에 없다. 민중의 운동이 그들과 마찬가지로, 그러나 나타나는 방식은 그 성격이 다른, 공포에 떠는 권력자에게 방향을 전환할 용기를 준다. 그 방향으로 나아가길 소망하는 수밖에 달리 방도가 없다. 어떻게 하면 세계의 민중이 '핵겨울'을 거부할 의지에 불을 지필 수 있을까? 어떻게 하면 초강대국 권력자의 태도를 바꿀 수 있을까? 이것이 상상력에게 부과된 금세기 최대의 과제일 것이다. 상상력이란 실제로 자신에게 주어진 이미지, 고정된 이미지를 근본부터 다시 만드는 능력이다.

조지 캐넌의 『핵무기 망상』

나는 이번 봄 모스크바에 머물렀다. '페레스트로이카(개혁)'가 한창 진행되고 있는 소비에트의 어느 지식인이 보여 준 핵 폐지를 향한 의지가 흡사 기도하는 심정과도 같이 느껴졌다. 미국과 유럽에서 들려오는 '핵겨울'을 우려하는 목소리에도 기도하는 마음이 깃들어 있다. 내게는 그것이 느껴진다. 특히 현실 정치에 가담한 여러 분야의 전문가들이 보여 준 각 분야의 전문적인 사고 능력과 공존하는 기도의 목소리에 깊은 인상을 받았다. 그들 가운데 조지 케넌은 이렇게 적었다.

우리가 이야기하는 문명은 우리 세대만의 소유가 아니다. 우리는 그것의 소유자가 아닌 그저 보관하는 사람에 불과하다. 문명은 우리보다 무한히 크고 중요한 그 무엇이다. 그것은 전체이며, 우리는 그저 그 일부에 지나지 않는다. 우리가 문명에 이른 것이 아니라 다른 사람들이 달성한 것이다. 우리는 문명을 창조하지 않았다. 우리는 그것을 물려받은 것뿐이다. 문명은 우리 손에 넘겨진 것이다. 게다가 그것은 암묵적인 의무와 함께 주어졌다. 이를 소중히 여기고 잘 보존하며 발전시켜서 바람직한 방향으로 개량해야 한다. 아니, 적어도 부서뜨리지 않은 상태로 우리 뒤에 올 사람들에게 건네야 하는 그런 암묵적인 의무 말이다.

이어서 케넌은 '우리 눈앞에 놓인 정치적 과제를 위해 자연의 구조를 파괴하는 핵을 계속해서 사용한다면 어떻게 되겠는가?'하고 반문한 다음 이렇게 말을 맺었다.

그것은 오만과 신성모독 그리고 모멸——괴물이 기승부릴 법한 규모의——신을 업신여기고 깔보는 것과 다름없다. (『The Nuclear Delusion』 Pantheon)

여기에 내재하는 기도는, 이제 곧 시작되려는 혹은 이미 진행되었을 수도 있는, 최종적인 핵전쟁을 묘사하는 상상력의 소임에서——예를 들어 타르콥스키 감독의 영화 〈희생〉이나 맬러머드의 소설 『신의 은총』에서——표현한 것과 같은 사상이다. 나로서는 케넌의 말에 담긴 기도의 의미가 더욱 무겁게 느껴진다. 오늘날 전 인류적 규모로 '핵겨울'에서 '생명의 봄'으로 회심回心하기를 절박한 심정으로 바라고 있다. 나처럼 특정 신앙이 없는 사람들은 이런저런 종교적 전통 속에서 기도하는 사람들에게 배워야 하는 것이 아닐까?

아시아에 속한 일본에도 기독교 신앙은 전통으로 남아 있다. 불교는 말한 것도 없다. 그러나 경제 대국 일본 사회에서 기도하는 목소리가 잘 들리던가? 오늘날 일본인이 ─ 젊은 사람들을 포함해서─'핵겨울'이 아닌 '생명의 봄'이 밝혀 줄 내일을 향해 기도하는 자세를 보여 줄 강력하고도 유효한 기반을 촉구하고 싶다. 젊은 사람들일수록 중핵이 되고, 신앙이 없는 사람들도 함께할 수 있는. 나는 그런 기반이야말로 히로시마·나가사키에 대한 일본인의 경험이라고 생각한다.

원폭 공격으로 어떻게 거대한 비극을 겪었는지, 그 속에서 인간다운 위엄을 잃지 않고 살아남으려고 얼마나 애썼는지, 또 한편에서 그들이 살아남도록 옆에서 도운 사람들은 어떤 노력을 했는지. 그 히로시마·나가사키의 기억이, 실제 산증인의 경험을 축으로 일본인의 기도가 되도록….

마지막 소설

나는 나의 '마지막 소설'의 주제를 히로시마 원폭병원에서 배웠다. '마지막 소설'에서 원폭이 초래한 비참함과 고통을 하나로 묶어서 표현하고자 한다. 그럼으로써 온 세상에 울려 퍼지는 기도의 함성에 비록 작은 소리일망정 나의 목소리를 더하고 싶다.

근 이십사 년 동안, 장애를 지닌 아이가 괴로운 일에 처할 때마다 이 생각으로 가족 모두가 살아가는 힘을 얻었고, 히로시마 피폭자들의 ── 이미 대부분 죽은 자가 되었다 ── 그리운 목소리에도 응답할 수 있기를 소망해 왔다. 이런 바람은 지금껏 영위해 온 나의 문학에서 비롯되었다기보다는 이렇게 살아온 내 삶의 결론이 될지도 모른다.

나는 여기 히로시마에서 겪었던 이야기를, '마지막 소설'을 생각하는 나이에 이른 작가로서, 앞으로 새로이 소설을 쓰고 적극적으로 읽어 낼 젊은이들에게 현황 보고를 하며 이 책을 맺고자 한다.

지금, 새롭게 읽고 쓰려는 자들에게
전하는 오에 겐자부로의 진심*

쇠퇴는 회복해야만 하고 원래 상태로 돌아가리라 믿는다. 하지만
착실하게 되돌아갈 길을 만들 당사자 역시 앞으로 소설이나 시를
적극적으로 쓰고 읽을 젊은이들이다. 젊은 사람에게 희망을 거는
나는, 내 생각을 문학의 원리와 방법론으로 풀어놓으면서 그들과
이야기를 나누고 싶다. (본문 p.22)

오에 겐자부로大江健三郎(1935~2023)의 『새로운 문학을 위
하여新しい文学のために』는 하나의 형식을 갖춘 문예 평론이기
전에 작가 개인의 고백서이자 새로운 독자에게 전하는 희망
의 편지이다. 이 책에서 그는 새롭게 읽고 쓰려는 자들과 이

---

* 이 글은 성신여자대학교 일본어문·문화학과 남휘정 교수님께서 써 주셨다.

야기를 나누고 싶다는 고백을 시작으로 그들에게 문학적 연대를 요청하고 있다. 독자가 없으면 존재할 수 없다는 작가로서의 현실적 숙명을, 그가 누구보다 민감하게 인지하고 있었을 터이다. 한 권의 소설을 발표할 때마다 오에는 평론과 강연을 통해 항상 독자와 만나고자 했다. 이 책은 오에 겐자부로 타계 1주기를 앞둔 현재 시점에서, 새롭게 태어날 독자들을 위해 매우 중요한 메시지를 담고 있다.

이전 발표된 오에의 평론 『소설의 방법小説の方法』에서도 '낯설게 하기'와 그로테스크 리얼리즘에 대해 상세히 다루고 있지만, 『새로운 문학을 위하여』가 가장 강조하고 있는 것은 문자로 전달되는 '목소리'의 힘이다. 그는 단지 홀로 이룩한 방법론과 성과를 앞세우지 않고, 인류 문명과 역사에 자각적인 지식인들로부터 수용한 사상을 전달하는 매개자 역할을 자처하고 있다. 오에는 『참을 수 없는 존재의 가벼움』의 저자 밀란 쿤데라Milan Kundera(1929~2023)가 현대사회에서 '소설의 목소리'를 듣기 어려운 현실을 지적한 것을 인용하며 '기도 소리'가 울려 퍼지는 같다고 말한다. 오에는 이 책의 마지막에서 이렇게 묻는다.

경제 대국 일본 사회에서 기도하는 목소리가 잘 들리던가?
(본문 p.271)

오에가 말하는 '기도'라는 행위는 종교의 영역을 초월하는 인간의 내적 언어이자 히로시마와 나가사키를 향한 몸부림이다. 그런데 여기 그의 탄식에서 '경제 대국 일본'이란 말이 생경하게 다가오는 까닭은 대체 무엇인가.

　1980년대 일본은 의심할 여지 없이 세계 2위의 경제 대국이었다. 그때 일본은 '재팬 애즈 넘버원Japan As Number One'으로 상징되면서, 고도 경제 성장의 정점과 소비사회의 표본을 보여 주었다. 최첨단의 도시 풍경과 함께 비슷한 가치관을 추구하는 공통의 욕망들이 분출한 시기였던 것이다. 1983년 도쿄디즈니랜드의 탄생은 단순한 공간적 의미를 넘어 당시 젊은이들에게 상상의 세계로의 욕망을 충족시켰다. 하지만 그것은 고도의 장치로 연출된 공간 속에서 최대한 역사적 현실과 마주하는 것을 거부하고 차단하려는 문화 현상으로서 일면도 엿보인다.

　도쿄디즈니랜드가 개장한 같은 해에 발표된 오에의 소설이 바로 『새로운 사람이여, 눈을 떠라新しい人よ眼ざめよ』이다. 그 제목은 윌리엄 블레이크William Blake(1757~1827)의 예언 시를 인용한 바, '기도'를 매개로 하는 신비주의적인 경향을 표출한다. 오에는 이 작품에서 현대사회의 뿌리 깊은 신앙과도 같은 물질주의적 세계관이 초래한 환상으로부터 해방된 '새로운 인간상'을 제시하고 있다.

오에는 동시대를 '궁경窮境'(매우 곤란하고 어려운 처지)이라는 말로 표현한다. 1985년 12월 릿쿄대학立教大 심포지엄에서 이루어진 오에의 「전후 문학에서 오늘의 궁경까지戦後文学から今日の窮境まで」 강연은 당시 일본 문단의 상황을 잘 보여 준다. 여기서 오에는 데뷔 이후 큰 인기를 누리는 무라카미 하루키村上春樹(1949~)의 재능을 높게 평가하면서 한편으로 무라카미 소설에 공통으로 나타나는 '수동적 인간상'에 대해 비판한다. 이것은 그 인간상에 환호하는 젊은 세대에 대한 우려이기도 했다. 순문학이 담당해 왔던 사회적 기능이 상실되고 서브컬처로 편중되어 가는 문화 전반에 나타나는 현상을 위기로 인식하고 있었음을 알 수 있다.

오에는 『새로운 문학을 위하여』에서 '문학이 지향하는 능동성'에 대해 다음과 같이 말한다.

> 능동적인 작업은 이런 것이다. 문장 한 구절에 멈춰 서서 의식의 힘을 한곳에 집중하며 말이 표현하고 있는 사물에 가닿는다. 이러한 능동적 행위는 너무나 인간다운 것이다. 작가는 읽는 이가 능동적인 마음가짐으로 문장을 대하기를 기대하며 소설을 완성한다. (본문 p.58)

독서를 통한 능동적 행위가 상상력을 증폭시키고, 이렇게 얻어진 문학적 이미지는 이 책에서 언급한 가스통 바슐라르

Gaston Bachelard(1884~1962)의 말처럼 쓰는 이와 읽는 이를 구별하지 않고 실제적인 힘을 발휘한다. 오에는 문학에 현실과 연결된 실제적인 힘이 있다는 것을 확신했다.

현재 모두가 알듯이 황금기 일본 신화는 붕괴했다. '잃어버린 30년'으로 상징되는 지금의 일본은 긴 침체기를 겪었고 여전히 진행 중이다. 우리에게 서서히 그림자를 드리우는 저성장·저출산·고령화 사회라는 악몽을 일본 사회는 일찍이 경험한 것이다. 이 시기에 오에는 물질 만능 시대의 '종말'을 예견이라도 하듯이 '낡은' 것들을 넘어 '새로운' 것을 발견하고자 노력했다.

일본의 가장 화려했던 시대에 발표된 『새로운 문학을 위하여』가 현재를 되짚어 보게 한다. 더 이상 사회 변화를 향해 어떤 능동적 태도를 취하지 않는 군상은 일본에서 만연한 현상이었고 지금도 다를 바 없다. 여기서 1980년대 일본의 '수동적 인간상'과 우리의 '제5공화국' 그것에 나타난 격차의 문제를 굳이 언급할 필요는 없으리라. 정치와 경제 모든 면에서 극명한 차이를 보였던 두 나라의 시대상은 변화했지만 동시에 각각 또 다른 궁지로 몰린 것도 사실이다.

오에는 과거 역사로서 경험한 사실을 현재에 다시 생각하고 정의를 내리는 것으로 미래를 예측하고자 했다. 이렇게 생각하면 일본의 1980년대는 현재의 한국과 가까운 듯하다.

그는 문학의 가능성에 대해서 다음과 같이 말한다.

> 문학을 기대하는 지평이 역사적 삶의 실천에서 기대되는 지평보다 훌륭한 것은, 그것이 실제 경험을 보존하는 것뿐 아니라 현재 시점에서 실현되지 않은 가능성을 앞서 예견하고, 사회적 행동에 있어 한정된 활동 범위를 새로운 원망·요구·목표를 향해 넓힘으로써 미래에 겪게 될 경험의 길을 열어 주기 때문이다.
> (본문 p.133)

여기서 오에가 문학을 역사의 우위에 두고자 한 것은 '미래의 경험'을 시사하고 있기 때문이다. 1980년대 그는 삶의 방법과 창작 방법을 통일하는 길을 모색하며, 문학에 대해서 방법적으로 다시 생각하고 방법론적으로 정리하려고 했다. 그 방법은 여러 목소리를 통해 구현된 것이었다. 독자와 공유하는 것에서 작가 스스로 의미를 발견하고자 했다는 점에 의의가 있다고 하겠다.

이 책은 '오에 컬렉션' 제1권의 위상에 적합한 오에 문학 탐험을 위해 안내서 역할을 충실히 해내고 있다. 그의 문학 세계를 한눈에 살펴볼 수 있는 지도와 같은 이미지를 펼치게 될 것이다. 20세기에서 21세기로의 반세기를 관통하는 오에 문학의 궤적에 있어 이 책이 발표된 시기는 이미 그의 독자적인 문학 세계가 확실히 구축된 시기였기에 가능한 일이다.

오에는 '낡은' 시대를 뒤로 하고 '새로운' 시대에 희망으로 '마지막 소설'을 구상하던 때라고 밝히고 있다. 1980년대 후반 독창적인 문학 세계를 통해 정점을 이룬 오에 겐자부로가 글쓰기에서 어떠한 방법을 추구하려고 했는지, 또한 무엇을 어떻게 읽고 쓸 수 있는지에 대해 진심을 담아 이야기한다. 이 책을 보면서 여러분은 시대를 초월하여 새로운 독자를 찾아가는 소설가와의 창조적 관계를 경험하게 될 것이다.

2024년 1월 3일
남휘정

오에 겐자부로 연보

1935 (0세) 1월 31일 에히메현 기타군 우치코초 오세愛媛県喜多郡内子町大瀬 마을에서 아버지 오에 요시타로大江好太郎와 어머니 고이시小石 사이에서 7남매 중 다섯째로 태어남.

1941 (6세) 4월 오세국민학교 입학. 12월 태평양 전쟁 발발.

1944 (9세) 1월 할머니 타계, 11월 아버지 타계.

1945 (10세) 히로시마広島·나가사키長崎에 원자폭탄의 투하로 일본 패전. 자연에서 영감을 얻어 시를 쓰기 시작함.

1947 (12세) 오세중학교 입학.

1950 (15세) 에히메현립 우치코고등학교 입학.

1951 (16세) 에히메현립 마쓰야마고등학교로 전학.

1954 (19세) 도쿄대 문과 입학.

1955 (20세) 불문과에 진학하여 와타나베 가즈오渡辺一夫 교수에게 배움.

1957 (22세) 단편 「기묘한 일奇妙な仕事」로 도쿄대 문학상[五月祭賞]을 수상. 『문학계文學界』에 단편 「죽은 자의 사치死者の奢り」로 문단 데뷔.

신인 시절(1961)

1958 (23세) 「사육飼育」으로 아쿠타가와상芥川賞 수상.

1959 (24세) 도쿄대 문학부 불문과 졸업.

1960 (25세) 이타미 주조伊丹十三의 동생 유카리ゆかり와 결혼. 소설 『청년의 오명青年の汚名』 발표.

1961 (26세) 단편 「세븐틴セヴンティーン」, 「정치 소년 죽다政治少年死す」 발표. 이 작품으로 우익단체에게 협박을 당함. 8월부터 4개월간 유럽을 여행하며 사르트르와 인터뷰.

1963 (28세) 소설 『외치는 소리叫び声』 발표. 장남 히카리光가 장애아로 태어남. 그 후 집필을 위해 히로시마 방문 취재.

1964 (29세) 소설 『개인적인 체험個人的な体験』으로 신쵸샤 문학상新潮社文学賞 수상.

1965 (30세) 르포르타주 『히로시마 노트ヒロシマ・ノート』 발표. 여름 하버드대 세미나 참가.

1967 (32세) 장녀 나쓰미코菜摘子 태어남. 소설 『만엔 원년의 풋볼万延元年のフットボール』로 다니자키 준이치로상谷崎潤一郎賞 수상.

1968 (33세) 호주·미국 여행.

1969 (34세)　차남 사쿠라오桜麻 태어남.

1970 (35세)　평론『읽는 행위: 활자 너머의 어둠読む行為：壊れものとしての人間―活字のむこうの暗闇』, 르포르타주『오키나와 노트沖縄ノート』발표. 아시아·아프리카 작가회의 출석을 위해 아시아 여행.

1973 (38세)　소설『홍수는 내 영혼에 이르고洪水はわが魂に及び』로 노마문예상野間文芸賞 수상.

1974 (39세)　평론『쓰는 행위: 문학 노트書く行為：文学ノ―付＝15篇』발표.

1975 (40세)　스승 와타나베 가즈오 타계. 김지하 시인의 석방을 호소하며 지식인들과 함께 48시간 투쟁.

1976 (41세)　멕시코에서 객원교수로 4개월간 체류. 아쿠타가와상 심사위원으로 활동.

1978 (43세)　평론『소설의 방법小説の方法』발표.

1979 (44세)　소설『동시대 게임同時代ゲーム』발표.

1981 (46세)　'오에 겐자부로 동시대 논집大江健三郎同時代論集'(전 10권) 발표.

1983 (48세)　소설『새로운 사람이여 눈을 떠라新しい人よ眼ざめよ』발표. 캘리포니아대 버클리 캠퍼스에서 연구원으로 체류.

1985 (50세)　평론『소설의 전략小説のたくらみ、知の楽しみ』발표. 소설『하마에게 물리다河馬に噛まれる』로 오사라기지로상大佛次郎賞 수상.

1986 (51세) 일본에서 황석영 소설가와 대담. 소설『M/T와 숲의 이상한 이야기M/Tと森のフシギの物語』발표.

1987 (52세) 소설『그리운 시절로 띄우는 편지懷かしい年への手紙』발표.

1988 (53세) 평론『새로운 문학을 위하여新しい文学のために』발표.

1990 (55세) 첫 SF소설『치료탑治療塔』발표.『인생의 친척人生の親戚』으로 이토세문학상伊藤整文学賞 수상.

1993 (58세) 『우리들의 광기를 참고 견딜 길을 가르쳐 달라われらの狂気を生き延びる道を教えよ』로 이탈리아 몬델로상 수상. 『구세주의 수난—타오르는 녹색나무 제1부'救い主'が殴られるまで—燃えあがる緑の木 第一部』발표.

1994 (59세) 8월 소설『흔들림—타오르는 녹색나무 제2부揺れ動く—燃えあがる緑の木 第二部』발표. 9월 소설 집필 중단 선언. 10월 일본에서 가와바타 야스나리川端康成에 이어 두 번째 노벨문학상 수상. 10월 일왕이 주는 문화훈장 거부.

노벨문학상 수상

1995 (60세) 소설『위대한 세월—타오르는 녹색 나무 제3부大いなる日に—燃えあがる緑の木 第三部』발표. 한국의 고려원에서『오에 겐자부로 전집』(전 15권, 1995~2000) 번역 간행.

1996 (61세) 소설 창작 복귀 선언. 미국 프린스턴대 객원강사로 체류.

1997 (62세) 미국 아카데미 외국인 명예위원으로 선발됨. 5월 일본으로 귀국. 12월 어머니 타계.

1999 (64세) 소설『공중제비宙返り』상·하권 발표. 베를린 자유대 객원교수로 초빙.

2000 (65세) 하버드대 명예박사학위 받음. 소설『체인지링取り替え子』발표.

2001 (66세) 우익 단체 '새로운 역사 교과서를 만드는 모임'에 반대 성명 발표.

2002 (67세) 프랑스 레지옹 뇌르 코망되르 훈장 수상.

2003 (68세) 에드워드 사이드Edward Said 등이 참여한 왕복 서간『폭력에 저항하여 쓰다暴力に逆らって書く』발표.

2004 (69세) 가토 슈이치加藤周一 등 지식인들과 함께 평화헌법(제9조) 개정에 반대하며 '9조 모임' 발족을 알리는 기자회견 개최.

2005 (70세) 소설『책이여, 안녕さようなら、私の本よ!』발표. '오에 겐자부로상' 창설 계획 발표. 서울에서 열린 국제문학포럼에 참가하여 판문점 방문. 오에 자택에서 황석영 소설가와 광복 60주년 기념 대담. 프랑스의 국립 동양언어문화연구소INALCO 명예박사학위 받음.

2006 (71세) 고려대에서「나의 문학과 지난 60년」강연.

2007 (72세) 오자키 마리코尾崎真理子와의 인터뷰집『오에 겐자부로 작가 자신을 말하다大江健三郎 作家自身を語る』발표.

2009 (74세) 노벨문학상 수상 작가 르클레지오와 대담. 소설『익사水死』발표.

2011 (76세) 도쿄에서 '원전 반대 1000만인 행동' 시위 참여.

만년의 오에(2015)

2012 (77세) 에세이집『정의집定義集』발표.

2013 (78세) 마지막 소설『만년양식집晩年様式集』발표.

2014 (79세) 『오에 겐자부로 자선 단편大江健三郎自選短編』발표.

2015 (80세) 한국의 '연세-김대중 세계미래포럼'에서 강연. 아베 신조安倍晋三 정권의 헌법 개정 추진을 강력히 비판.

2016 (81세) 리쓰메이칸立命館대 '가토 슈이치 문고加藤周一文庫' 개관 기념으로 마지막 강연을 함.

2023 (88세) 타계. 모교인 도쿄대에 '오에 겐자부로 문고' 창설.

2024 (1주기) 21세기문화원에서『오에 컬렉션』(전 5권) 간행.

새로운 문학을 위하여

2024년 1월 20일 초판 1쇄 인쇄
2024년 1월 25일 초판 1쇄 발행

지은이　오에 겐자부로
옮긴이　이민희
펴낸이　류현석

펴낸곳　21세기문화원
등　록　2000.3.9 제2000-000018호
주　소　서울 성북구 북악산로1가길 10
전　화　923-8611
팩　스　923-8622
이메일　21_book@naver.com

ISBN 979-11-92533-08-7 04830
ISBN 979-11-92533-07-0 (세트)

값 18,000원